上升的一切必将汇合

[美] 弗兰纳里·奥康纳 —— 著
仲召明 —— 译

FLANNERY O'CONNOR

EVERYTHING THAT RISES
MUST CONVERGE

图书在版编目（CIP）数据

上升的一切必将汇合 /（美）弗兰纳里·奥康纳著；仲召明译. -- 北京：北京联合出版公司，2024.7（2024.10重印）.（九读·好译本名著）. -- ISBN 978-7-5596-7657-3

Ⅰ. I712.45

中国国家版本馆CIP数据核字第2024GK4756号

上升的一切必将汇合

作　　者：[美]弗兰纳里·奥康纳
译　　者：仲召明
出 品 人：赵红仕
选题策划：九读文化
责任编辑：孙志文
特约编辑：刘苑莹
封面设计：丁小雨

北京联合出版公司出版
（北京市西城区德外大街83号楼9层　100088）
北京联合天畅文化传播公司发行
上海盛通时代印刷有限公司印刷　新华书店经销
字数233千字　889毫米×1240毫米　1/32　14.75印张
2024年7月第1版　2024年10月第3次印刷
ISBN 978-7-5596-7657-3
定价：59.00元

版权所有，侵权必究
未经书面许可，不得以任何方式转载、复制、翻印本书部分或全部内容。
本书若有质量问题，请与本公司图书销售中心联系调换。
电话：13052578932

目 录

上升的一切必将汇合　　001

格林利夫　　028

树林风景　　067

久久的寒意　　104

家的慰藉　　150

瘸子应该先进去　　187

启示　　253

帕克的背　　290

审判日　　325

天竺葵　　359

理发师　　　　　　　　　379

野猫　　　　　　　　　　399

庄稼　　　　　　　　　　412

火鸡　　　　　　　　　　427

火车　　　　　　　　　　447

上升的一切必将汇合

医生告诉朱利安的母亲，她血压太高，必须减掉二十磅体重，所以在每周三的晚上，朱利安只得带母亲乘公交车，去市区上在基督教青年会开设的一个减肥班。减肥班是为年过五十、体重在一百六十五至两百磅之间的劳工女子设立的。朱利安的母亲在班上还算苗条，但母亲说，女士是不会说出自己的年龄和体重的。自从施行白人、黑人混乘以后，她就不愿一个人在晚上搭公交车，而且，因为上减肥班是她少有的乐趣之一，是她的健康所必需的，又免费，所以她说，想想她为朱利安做的一切，朱利安至少应该出趟门带她过去。朱利安不愿去想母亲为他做的一切，但每个周三的晚上，他都强打起精神带她去。

她站在门厅里的镜子前戴帽子，快要准备走了。朱利安背着手，一动不动地靠在门框上等待着，就像等待着利箭射穿自己的圣塞巴斯蒂安[1]。帽子是最近买的，花了她七点五美元。她不停地说："也许我不该花那么多钱买它。是的，我不应该买。我这就摘下来，明天把它退回去。我不应该买这顶帽子。"

朱利安翻起白眼。"不，你应该买下来，"他说，"戴上它，我们走吧。"那是一顶丑陋不堪的帽子：紫色天鹅绒帽檐在一边垂下，又在另一边翘起；帽子其余部分是绿色的，看起来就像填料外露的坐垫。他觉得这顶帽子滑稽、神气活现而又可怜兮兮。让她快乐的都是小东西，但所有这些小东西都让朱利安沮丧。

她又一次拿起帽子，放在头顶上。两缕灰发垂在她红润脸庞的两侧。她十岁时，那双天蓝色的眼睛肯定也像现在这样纯真、未经世事。她不像个含辛茹苦，供他吃喝，送他去念书，至今仍支持着他，"直到他能站稳脚跟"的寡妇，而是一个他必须带她进城的小女孩。

---

[1] 基督教圣徒，在三世纪的宗教迫害时期，被罗马皇帝杀害，一般认为他卒于公元二八八年。在文学和绘画作品中，他被描绘成遭捆绑、被乱箭射死的形象。

"好了,好了,"他说,"我们走吧。"为了让她动身,他打开门,走上步行道。天空是了无生气的紫罗兰色,在天空的映衬下,房舍显得黑黝黝的,成了全都一样丑陋的球形肝色怪物,尽管没有哪两栋房子是一模一样的。四十年前,这里是上流社区,因此他的母亲坚持认为他们能在这里拥有一套住宅是很不错的。每一栋房子的周围都有一圈窄窄的泥土地,泥土地上通常会坐着个邋遢的小孩。朱利安双手插在口袋里走着。他目光呆滞,头低下来,朝前伸着。他决定在为了母亲的快乐牺牲自己的这段时间里,让自己完全麻木。

门关上了。他转身,看见那个戴着一顶无比糟糕的帽子的矮胖身影朝他走来。"唉,"她说,"人只能活一次,得为这一次多付出一些,我至少不会像个闲人那样走来走去。"

"等我开始挣钱了,"朱利安阴沉地说,但他知道自己永远都挣不到钱,"你想什么时候开这样的玩笑,就什么时候开吧。"那时,他们首先会搬家。他想象过拥有这样的房子:两边最近的邻居也在三英里[1]之外。

"我觉得你做得挺好的,"她一边戴手套一边说,"你才

---

[1] 一英里约等于 1.6 公里。

离开学校一年。罗马不是一天建成的。"

在基督教青年会减肥班里，只有几个成员会戴着帽子和手套去上课，并且有个上过大学的儿子，而她是其中之一。"需要时间的，"她说，"而这个世界现在又一团糟。这顶帽子戴在我的头上比戴在其他任何人的头上都好看，尽管售货小姐拿出它时，我说：'把这个东西拿回去。我是不会把它戴在头上的。'不过她说：'戴上看看嘛。'她把帽子戴在我的头上时，我说：'哎——呀。'她说：'要我说，您和这顶帽子真是相得益彰，而且，'她又说，'戴上它，您肯定显得与众不同。'"

朱利安想，她如果自私点，或者是个酗酒并冲他喊叫的老母夜叉，他会自立得多。他走着，沉浸在绝望里，仿佛苦难已经使他失去信心。看到朱利安那张绝望而又不耐的长脸，母亲陡然停下，显出受伤的表情，拉住他的胳膊。"等着我，"她说，"我这就回家把这东西摘掉，明天就退回去。我昏了头。我可以用那七块半付煤气费。"

朱利安用力地抓住她的胳膊。"不要退回去，"他说，"我喜欢它。"

"唉，"她说，"我觉得自己不应该……"

"不要说了,好好享受这顶帽子吧。"他咕哝道,比刚才更沮丧。

"这个世界一团糟,"她说,"我们能享受点什么真是个奇迹。我跟你说,天翻地覆了。"

朱利安叹了口气。

"当然了,"她说,"你如果知道自己是谁,可以去任何地方。"朱利安每次带她去减肥班,她都要说这个。"减肥班里的那些人,大多数和我们不是一类,"她说,"但我可以对任何人都客气。我知道自己是谁。"

"他们根本不在乎你客不客气,"朱利安恶狠狠地说,"知道自己是谁只对一代人有好处。现在,你根本就不知道自己在什么地方、自己是谁。"

她停下来,瞥了朱利安一眼。"我当然非常清楚自己是谁,"她说,"你如果不知道自己是谁,我会为你感到羞愧。"

"哦,见鬼。"朱利安说。

"你的曾祖父当过本州州长,"她说,"你的祖父是个富裕的地主。你的外祖母姓葛德海。"

"看看四周,"他紧张地说,"你知道自己现在是在哪儿吗?"他忽地挥舞胳膊,指了指这个地方,渐浓的黑暗至少让这里显得不那么肮脏了。

"你怎么老是这个样子?"她说,"你的曾祖父有个种植园,还有两百个奴隶。"

"现在已经没有奴隶了。"他气恼地说。

"他们还是奴隶的时候更幸福。"她说。朱利安呻吟一声,痛苦地发现她又谈到了这个话题。每隔几天,她就会绕到这上面来,就像开放铁轨上的火车。他知道沿途每一个站点、每一个交叉口和每一处沼泽,也知道在哪一点上,母亲的结论一定会庄严地滑进车站:"荒诞。根本就不现实。他们应该站起来,这没错,但应该站在篱笆那一边,那一边才属于他们。"

"我们别说了。"朱利安说。

"我替他们难过,"她说,"那些半白[1]的。他们悲惨啊。"

"你能不能别说了?"

"想想我们如果是半白的,心里的感受肯定很复杂。"

"我现在的感受就很复杂。"他痛苦地说。

"那我们说些令人愉快的事情吧,"她说,"记得我还是

---

[1] 指黑白混血人种。

个小女孩时，常到爷爷那儿去。那栋房子有座双楼梯，楼梯通向真正的二楼——一楼只用来做饭。我喜欢待在楼下的厨房里，因为我喜欢墙的气味。我会坐着，把鼻子贴在泥灰上，深呼吸。那栋房子其实是葛德海家的，但你的祖父切斯蒂尼付了贷款，替他们保住了房子。他们家道中落了，"她说，"不管中落不中落，他们永远都不会忘了自己是谁。"

"肯定是那栋破烂的大房子提醒了他们。"朱利安咕哝道。他说起那栋房子时，总带着轻蔑，想到它时，却又总是心怀向往。在它被卖掉之前，他见过那房子一次，当时他还是个孩子。双楼梯烂掉了，被拆下来，黑仔[1]住在里面。但母亲知道，房子留在了他的脑海里。它经常出现在他的梦里。他会站在宽阔的门廊下，听橡树叶的沙沙声，继而不紧不慢地穿过天花板很高的门厅，走进和门厅相连的客厅，注视着磨坏了的小地毯和褪了色的挂毯。他觉得，能够欣赏那栋房子的人是他，而不是母亲。他爱它破败的优雅胜过他能叫得出名字的任何东西。就因为那栋房子，他们居住过的所

---

1 在原文中，nigger 和 negro 都是对黑人的蔑称，nigger 最严重，negro 次之。为了以示区别，译文分别翻译成"黑鬼"和"黑仔"。

有社区对他而言都是折磨——然而母亲几乎意识不到这种区别。她不觉得自己感觉迟钝,反而认为这是"能屈能伸"。

"我想起了老黑人保姆卡罗琳。世上没有比她更好的人了。我一向非常尊重我的有色人种朋友,"她说,"我愿意为他们做任何事情,而他们……"

"看在上帝的分儿上,你能不能不谈这个话题?"朱利安说。他一个人乘公交车时,会有意坐在黑仔旁边,好像这样能弥补母亲的罪过。

"你今晚动不动就生气,"她说,"你没觉得不舒服吧?"

"是的,我没觉得不舒服,"他说,"别说话了。"

她噘起嘴唇。"看样子你心情很不好,"她说道,"我根本就不该和你说话。"

他们来到公交车站。公交车还没来。朱利安双手插在口袋里,向前伸着头,怒视着空荡荡的街道。等公交车和将要乘公交车导致的沮丧感,就像一只滚烫的手,开始爬上他的脖子。母亲痛苦地叹了口气之后,他渐渐意识到母亲的存在。他阴郁地看着母亲。她直挺挺地站着,戴着那顶荒唐的帽子,帽子仿佛是代表她虚幻尊严的一面旗帜。他产生了想要挫一挫母亲锐气的恶毒冲动,于是突然松开领带,将其解下并塞进口袋。

她僵住了。"为什么每次带我进城,你都非要这个样子?"她问,"你为什么存心让我难堪?"

"你要是永远都不知道自己是在哪里,"他说,"至少应该明白我是在哪里。"

"你看起来就像个——恶棍。"她说。

"那么我一定就是了。"他嘟囔道。

"我回家算了,"她说,"我不烦你了。你如果连这点小事都不能为我做……"

他翻着白眼,又把领带系上。"在我所处的阶级里,"他咕哝道,把脸凑到她跟前,咬牙切齿地说,"真正的文化在脑子里,脑子里,"他说,敲敲自己的头,"脑子。"

"在心里,"她说,"也在于你怎样做事,而你怎样做事,是由你是谁决定的。"

"在该死的公交车上,没有人在乎你是谁。"

"我在乎自己是谁。"她冷冰冰地说。

亮着灯的公交车出现在后面一道斜坡的顶上。它驶近时,他们走到街上,迎上去。他把手放到母亲的胳膊肘上,将她托到嘎吱作响的台阶上。她面带微笑地上车,仿佛正走进客厅,这里的每个人都在等她。他投代币时,母亲在走道一边宽大的前排[1]三人座的其中一张上坐下。一个龅牙、头发又长又黄的瘦削女人坐在三人座的最边上。母亲移身挪到龅牙女人旁边,为朱利安留出自己身边的座位。他坐下来,看着走道另一边的地板,一双穿在红白两色帆布凉鞋里的瘦脚稳稳地放在那里。

他的母亲立即开始泛泛而谈,想要吸引任何一个想说话的人。"天气还会更热吗?"她说,从手袋里掏出一把上面画着日本风景的黑色折扇,在面前扇起来。

"我看可能会吧,"龅牙女人说,"但有一件事我很肯定:我的公寓是不可能更热了。"

"一定是因为吸收了下午的阳光。"朱利安的母亲说。她微微前倾,前后看了看公交车——半满,都是白人。"车上坐的都是自己人嘛。"她说。朱利安不安起来。

"总要变一变嘛。"走道另一边的那个女人说,她就是那双红白两色帆布凉鞋的主人。"我前几天坐的那辆公交车上,

---

[1] 种族隔离制度废除之前,在美国南方地区的公交车上,黑人只能坐后排座位,而且如果座位满了,要给白人让座。

他们就像跳蚤一样多——从车头到车尾。"

"这个世界整个都乱了,"朱利安的母亲说,"我不知道我们是怎么让它陷入这种困境的。"

"让我看不过去的是好人家的男孩子偷汽车轮胎,"那个龅牙女人说,"我对我儿子说,你也许不是有钱人,却是有教养的。我如果抓到你掺和进那种混账事情里,就把你送到感化院去,那里才是你应该待的地方。"

"真是教育有方啊。"朱利安的母亲说,"你的儿子念高中了吗?"

"九年级。"龅牙女人说。

"我儿子去年刚大学毕业。他想写作,但目前在卖打字机,还没起步哪。"朱利安的母亲说。

龅牙女人探出身体,端详朱利安。朱利安恶狠狠地看了她一眼,所以她又坐回到座位上。走道上有一张被人丢掉的报纸。朱利安站起来捡起报纸,在面前打开。他的母亲用低微的声音,想谨慎地把交谈进行下去,但走道另一边的那个女人大声说:"噢,不错啊。卖打字机和写作差不多嘛。他可以随时从这一行跳到那一行。"

"我跟他说,"朱利安的母亲说,"罗马不是一天建成的。"

朱利安举着报纸，退回到自己意识内部的隔层里，他在那里度过了大部分时间。那是一种精神泡沫，他无力支撑自己继续成为周遭所发生事情的一部分时，只要身处泡沫之中，就能找到自己。在那里，他能看到外面并做出评判，而且在泡沫里面，他是安全的，不会受到外界的任何侵害。那是唯一一个可以让他觉得自己摆脱了愚昧的周围人的地方。他母亲从未进去过，在那里面，他能非常清楚地看到母亲。

老太太很聪明，但朱利安觉得，母亲如果能从正确的前提开始，会变得更好。母亲根据自己幻想出来的那个世界的规则生活，朱利安从未看见她涉足过外面。那个世界的规则就是，她首先把许多事情弄得一团糟，制造出必须牺牲自我的局面之后，为朱利安牺牲自己。他也许接受了母亲的牺牲，但那只是因为母亲缺乏远见，已经使牺牲成为必然。一生中，在没有切斯蒂尼氏财产的情况下，母亲努力表现得像切斯蒂尼氏，并给予朱利安一切她认为切斯蒂尼氏该有的东西。但是，她说，既然努力是趣事，为什么要抱怨呢？而且当你赢了，就像她一样，回顾艰难时光是非常快乐的！朱利安不能原谅的是，母亲享受这种努力，并认为她赢了。

她说自己已经赢了，意思是她成功将朱利安养大并送他去念了大学。他发展得如此之好——好看（为了让朱利安的牙整齐笔直，她牙掉了也没补），聪明（朱利安认为自己太聪明了，所以不会成功），未来就在他的前方（他肯定没有未来）。她原谅朱利安的悲观，因为朱利安尚未成人；原谅朱利安激进的想法，因为他缺乏对现实的经验。她说朱利安还不知道"生活"是怎么回事，甚至还未走进真正的世界，却已经像个五十岁的男人那样对它不抱幻想了。

这一切更深一层的讽刺意味是，尽管她是这样的母亲，朱利安却发展得特别好。虽然上的是三流大学，但由于自觉，他还是在接受一流教育后毕业了；尽管是在小心思的左右下长大的，他最终却获得了大智慧；尽管时常听到母亲那些愚蠢的观点，他却摆脱了偏见，不惧面对事实。最不可思议的是，他没有被自己对母亲的爱蒙蔽，反而在精神上摆脱了她，可以完全客观地看待她。他没有受制于母亲。

公交车猛地一冲，然后停下来，将他从沉思中甩出来。后面一个正前倾着身体、迈着小碎步朝前走的女人，差一点被晃得跌坐在他的报纸上。这个女人下去，一个大块头黑仔上来。朱利安放低报纸，观察那个黑人。看到平日里的不公正现象，会让他获得一种满足感。这些不公正的现象证实了他的观点：在半径三百英里的范围内，没有什么人值得去认识。黑仔穿着体面，拎着一只手提箱。他四下看了看，继而在一排座位的一头坐下，另一头坐着那个穿红白两色帆布凉鞋的女人。他随即打开一份报纸，将自己隐藏在报纸后面。母亲开始用胳膊肘不停地戳朱利安的肋骨。"你现在明白我为什么不愿意一个人乘这样的公交车了吧。"她低声道。

就在那个黑仔坐下时，那个穿着红白两色帆布凉鞋的女人站起来，向公交车的后面走去，坐在已经下车的那个女人的座位上。朱利安的母亲前倾身体，赞许地看了她一眼。

朱利安跨过走道，在穿着帆布凉鞋的那个女人刚才坐的位子上坐下。他从这个位置平静地看着对面的母亲——母亲的脸因愤怒而变红。他注视着母亲，仿佛她是个陌生人。他突然紧张起来，好像已经对母亲公开宣战。

朱利安想和这个黑仔攀谈，和他说说艺术或者政治或者超出他们俩周围的人理解范围的其他任何话题，但那人依然稳坐着，埋首于报纸。他要么不在意座位的变化，要么根本就没注意到，害得朱利安没办法表达自己的同情。

母亲责备地注视着朱利安。那个龅牙女人直勾勾地看着朱利安，好像他是一种最近才出现在地球上的怪物。

"你有火柴吗？"他问黑仔。

黑仔把手伸进口袋，递给朱利安一盒火柴，但目光并未离开报纸。

"谢了。"朱利安说。他傻乎乎地握了火柴一会儿。车门上方有块"禁止吸烟"的标牌。仅仅是这块牌子还不足以阻止他——他没有烟。因为负担不起，几个月之前，他戒烟了。"对不起。"他咕哝道，把火柴递回去。黑人放低报纸，生气地看了他一眼，接过火柴，又举起报纸。

母亲仍在盯着朱利安看，但并未趁朱利安感到不自在的瞬间反击他。她的眼里仍然是悲痛的神色，脸看起来红得不自然，也许是因为血压升高了。朱利安不允许自己的脸上显出丝毫的同情，他占了上风之后，要不顾一切地保持下去，直到最后。他想给母亲一个她会记住一段时间的教训，但此刻他似乎没办法做到——黑仔拒绝从报纸的世界里走出来。

朱利安交叠双臂，默然地看着前方，面对着母亲，但似乎又没看见母亲，仿佛拒绝承认母亲的存在。他想象出一幅画面：公交车抵达他们要下的站点后，他依然坐在座位上。

当母亲问"你不下去吗",他就像看一个冒失地与自己说话的陌生人似的看看母亲。他们要下车的那个街角通常寂静无人,但灯火通明,让母亲自己走过四段街区去基督教青年会也没什么大不了的。他决定等那一刻来临时,再决定要不要让母亲一个人下车。他必须在十点钟出现在基督教青年会,带母亲回去,但他可以让母亲琢磨他会不会去接她。母亲没有任何理由认为自己总是可以依赖他。

朱利安的思绪又回到那个房顶很高、零落地摆着几件古董大家具的房间。他的精神放松了片刻,接着,他意识到坐在对面的母亲的存在,脑海中的画面便皱缩起来。他冷冷地审视着母亲。她那双穿在小舞鞋里的小脚就像小孩的脚那样悬着,无法完全够到地板。她用一种夸张的责备眼神盯着他。朱利安觉得自己与母亲完全疏离了。在那一刻,朱利安很愿意给她一巴掌,就像扇一个受他管束的极令人讨厌的小孩。

他开始想象能用以教训母亲的各种行不通的方法。他可以和一些杰出的黑仔教授或律师做朋友,并带一个回家住一晚。他这样做是完全正当的,但母亲的血压可能会升到三百。他不能把母亲逼到中风的地步,而且,他从未成功地交到一个黑仔朋友。他试过在公交车上和看起来较好的几类像教授或神父或律师的黑仔交朋友。有天早上，他坐到一个看起来很优秀的深棕色男人身边，那人能用浑厚严肃的声音回答他的问题，可惜是个殡葬业者。还有一天，他在一个抽着雪茄、手指上戴着钻戒的黑仔旁边坐下。但那个黑仔说了几句生硬的玩笑话后，就按响蜂鸣器并站起来。从朱利安的身边挤过去准备下车时，他往朱利安的手里塞了两张彩票。

他想象母亲病入膏肓，卧床不起，而他只能为母亲找来一位黑仔医生。他把这个想法玩味了几分钟，然后丢开它，转而短暂地想象自己作为支持者参加静坐示威。这种情况有可能发生，但他并未一直沉浸在这样的想象里。相反，他逐渐接近那最恐怖的画面：他带着一个漂亮但会让人怀疑她是黑仔的女人回到家里。做好心理准备吧，他会说，你拿这件事一点办法也没有。这就是我看中的女人。她聪明、有自尊，甚至可谓优秀。她饱经风霜，但并不觉得那是乐事。迫害我们吧，快来迫害我们吧。把她赶出这儿吧，但记着，你把她赶出去也就等于把我赶出去了。他眯起眼睛，透过他所引发的愤怒，看见坐在对面的母亲涨紫了脸，收缩成侏儒大小——那就是她道德秉性的体积——像一具木乃伊似的坐着,那顶可笑的帽子仿佛一面旗帜。

公交车停下时,他的幻想再次被打断。在吸吮似的咝咝声里,门开了,一个有色女人从黑暗里走进来。她身材高大、衣着花哨、表情阴沉,还带着个小男孩。那个小孩可能有四岁大,穿着短短的套装,戴着顶提洛尔帽[1],帽子里插着一根蓝色羽毛。朱利安希望小男孩坐在自己的旁边,那个女人去坐他母亲旁边的位子。他觉得这样的安排再好不过。

等代币时,那女人扫视公交车,寻找可以坐的地方——朱利安希望这个女人能坐到别人最不想让她坐的位子上。她身上有种朱利安熟悉的东西,但朱利安说不出来那是什么东西。她是女人中的巨人,面容坚定,似乎不怕任何人找碴儿,而且要把找碴儿的人找出来。她硕大的下唇下垂着,就像一块警示标志:"别惹我"。她臃肿的身体包裹在绿色绉纱裙里,双脚从红鞋里挤出来。她戴着一顶丑陋不堪的帽子:紫色天鹅绒帽檐在帽子的一边垂下,又在另一边翘起;帽子的其余部分是绿色的,看起来像是填料外露的坐垫。她拿着一只鼓鼓囊囊的红色大手袋,手袋里面仿佛满是石头。

---

[1] 一种绿色软毡帽,常装饰着羽毛或花结。

让朱利安失望的是，小男孩爬上了朱利安母亲旁边的那个空位。所有小孩，不管黑的白的，在朱利安母亲的眼里都是"可爱的"，而且母亲认为，总体来说，黑人小孩比白人小孩更可爱。小男孩爬上座位时，朱利安的母亲对小孩笑了笑。

与此同时，那女人重重地坐到朱利安身边的空位上。让朱利安气恼的是，她是挤进去的。这个女人在他身边坐下时，他看见母亲的脸色变了，继而心满意足地意识到，母亲比他还要反感这件事。她的脸看起来快要变成灰色，眼睛里有种隐约感觉到了什么的神色，仿佛突然对一种可怕的对抗感到恶心。朱利安明白，这是因为从某种意义上来说，他的母亲和这个女人交换了儿子。母亲不会明白这件事的象征意义，但她会感觉到。朱利安的愉悦明白无误地流露在脸上。

身边的这个女人喃喃地对她自己说了几句朱利安听不分明的话。朱利安感觉身边好像竖立着一根刺，又像是愤怒的猫发出的低沉咆哮。除了挺立在绿色大腿上的红色手袋，朱利安什么也看不见了。他回想这个女人站着等代币时的模样——笨拙的身躯——目光从红色的鞋子往上升，越过结实的大腿、巨大的乳房和傲慢的脸庞，抵达紫绿两色的帽子。

他的眼睛睁大了。

两顶一模一样的帽子发出朝霞般明亮的光辉,打断他的思绪。因为开心,他的脸顿时神采奕奕。他不敢相信,命运给了母亲一个这样的教训。他咯咯地大声笑起来,好让母亲看他,看到他所看到的。母亲缓慢地将目光转向他,眼睛里的蓝似乎变成了瘀伤的紫。片刻间,他意识到母亲是无辜的,这让他感到不安,但这种感觉只持续了几秒,接着原则救了他——公正给了他嘲笑的权利。他笑得更厉害了,好像在大声对母亲说:这就是对你小心眼的惩罚。这件事会给你一个永生难忘的教训。

母亲的目光移向那个女人。她似乎无法忍受继续看着儿子,看那个女人还容易些。朱利安再次感觉到身侧那根竖立的刺的存在。这个女人就像一座即将爆发的轰隆着的火山。母亲一边的嘴角开始轻微地抽动,表情渐渐恢复正常。意识到母亲在突然发现她们的帽子一样之后也许会觉得很有趣,不觉得这是什么教训,朱利安的心开始往下沉了。朱利安的母亲盯着这个女人看,一丝愉悦的笑容浮现在脸上,好像这是一只偷了她帽子的猴子。小黑仔那双大眼睛兴趣盎然地仰视着朱利安的母亲。小男孩试图吸引她的注意已经有一会儿了。

"卡佛!"大个子女人突然说,"到这块儿来。"

看到焦点终于到了自己身上,卡佛抬起双脚,转身面向朱利安的母亲,咯咯地笑了。

"卡佛!"这个女人说,"你听见我的话了吗?到这块儿来!"

卡佛从座位上滑下来,背靠着座位基座,蹲着不动,然后顽皮地转头面向朱利安的母亲,朱利安的母亲正朝他微笑。那个女人伸出一只手,把卡佛从走道的另一边抓到自己身旁。卡佛调整了一下姿势,靠在女人的腿上,对朱利安的母亲咧嘴而笑。"他多可爱呀。"朱利安的母亲对那个龅牙女人说。

"我想是吧。"龅牙女人不太肯定地说。

大个子女人把卡佛拉过来坐直,但卡佛挣脱她的手,冲向走道的另一边,一边放声咯咯大笑,一边爬上他所爱之人旁边的座位。

"我看他喜欢我。"朱利安的母亲说,并对那个女人微笑。那是她对下等人特别礼貌时会使用的微笑。朱利安眼前一阵黑暗。那个教训就像屋顶的雨水,从他母亲身旁滚下去了。

那个女人站起来,把小男孩从座位上拽下来,仿佛要把他从疾病传染源旁边抓走。朱利安能够感觉到,卡佛的母亲因为没有像他母亲的微笑那样的武器而愤怒。她狠狠地拍了儿子的腿一下。他立即号叫起来,接着用头顶她的肚子,用脚踢她的小腿骨。"老实点。"她暴喝道。

这时,公交车停下,一直在看报纸的那个黑仔下车。那女人挤过去,接着砰地把小男孩放到她和朱利安的中间。她牢牢地按着儿子的膝盖。过了一会儿,卡佛把双手放在脸上,透过指缝窥视朱利安的母亲。

"我看见你喽!"朱利安的母亲说,然后把一只手放在脸上,也窥视卡佛。

那个女人把卡佛的手打下来。"别丢人了,"她说,"不然我揍扁你!"

朱利安庆幸他们下一站就要下了。他扯了扯绳索[1],那个女人也做了相同的动作。噢,我的上帝啊,他想道。他有种可怕的直觉:他们一同下车后,他的母亲会打开钱包,给那

---

[1] 美国公交车上常装有绳索,乘客可拉动绳索,通知司机在下一站停车。

个小男孩一枚五美分镍币。对她而言,这样的行为自然得如同呼吸。公交车停下,那个女人把想继续待着的小孩拖在身后,朝前门冲去。朱利安和母亲站起来,跟在后面。他们快到门口时,朱利安试图替母亲拿手袋。

"不,"她低声道,"我要给那个小男孩五美分。"

"不行!"朱利安咬牙切齿地说,"不行!"

朱利安的母亲低头对小男孩微笑,接着打开包。公交车门开了,那个女人抓住卡佛的胳膊,把他拎起来。小男孩扒着母亲的大腿下了车。一到街上,她就放下儿子,摇晃他。

朱利安的母亲从公交车台阶上下来时,不得不合上钱包,但脚刚落地,她又把钱包打开,开始在里面翻找。"我只找到一枚一美分的,"她悄声说,"看起来像是新的。"

"不要这么做!"朱利安咬紧牙关,愤怒地说。街角有一盏路灯,朱利安的母亲急忙跑到路灯下面,以便能更好地搜摸手袋的深处。那个女人沿街快速而去,小男孩被拎在半空中,吊在她身后。

"喂,小家伙!"朱利安的母亲喊道,快走几步,在路灯柱的那一边赶上他们。"这枚亮晶晶的一美分新镍币是给你的。"她拿出硬币,硬币在微弱的路灯光里闪出青铜的色泽。

那个魁梧的女人转过身,站立片刻。她因为压抑着愤怒,双肩耸起,面孔板起来,瞪着朱利安的母亲。然后,突然,就像一台被施加了过多压力的机器,她终于爆发了。朱利安看见黑色的拳头和红色的手袋一起挥出来。朱利安闭上眼睛,缩着身体,与此同时,听见那个女人叫喊道:"谁的一美分他也不要!"他睁开眼睛时,那个女人正沿街朝前走,快要消失不见了。小男孩瞪大眼睛,目光越过妈妈的肩膀,盯着坐在人行道上的朱利安的母亲。

"我叫你不要那么做了,"朱利安愤怒地说,"我叫你不要那么做了!"

他咬着牙齿,居高临下地在母亲身边站了一会儿。母亲双腿伸在前面,帽子掉在大腿上。他蹲下来看着母亲的脸。那张脸上没有任何表情。"你活该,"他说,"起来吧。"

他捡起手袋,把掉出来的东西放回去,然后又捡起母亲大腿上的帽子。他看见人行道上的那枚一美分镍币,捡起来,在母亲的眼前把它扔进钱包。然后他站起来,弯下腰,伸出手,想把母亲拽起来。母亲赖在地上不动。他叹了口气。黑色的公寓楼耸立在他们两边,不规则的六边形灯光照射其上。在这段街区的末端,有个男人从一扇门里走出来,朝与他们相反的方向而去。"好了，"朱利安说，"假如有人经过，问你为什么坐在人行道上，该怎么办呢？"

母亲抓住他的一只手，喘着粗气吃力地站起来。母亲站了一会儿，轻微地摇摇摆摆，黑暗中的光点仿佛正盘绕着她。母亲那被阴影笼罩的茫然目光终于定在他的脸上。朱利安没有掩饰恼怒。"我希望你能吸取这个教训。"他说。母亲躬身向前，目光在朱利安的脸上搜寻，似乎想弄清楚他到底是谁。然后，仿佛认定儿子身上没有她熟悉的东西，她伸着头，朝着错误的方向迈开步。

"你不去基督教青年会啦？"他问。

"回家。"母亲含混道。

"好啊，我们步行吗？"

母亲继续朝前走，以此作为回应。朱利安背着手，跟在她后面。朱利安觉得有必要解释母亲得到的这个教训，好让这个教训永远存在于母亲的脑海——不能让教训就这样溜走。他想让母亲明白发生在她身上的事。"不要以为她只是个高傲的黑女人，"他说，"她代表不再接受你带着优越感的施舍的整个有色种族。她就是你黑色的影子。她能和你戴同样的帽子，而且毫无疑问，"朱利安无缘无故地补充道（也许觉得这样很好玩),"帽子戴在她头上,比戴在你头上好看。这一切的含义是,"朱利安又说,"旧世界已经消失。旧礼仪已经过时,你的亲切屁都不值。"朱利安痛苦地想到那对他而言已经消失的房子。"你别再自以为是了。"朱利安最后说。

母亲继续步伐沉重地朝前走,对他毫不在意。母亲一边的头发乱了,手袋也掉了,但她没有理会。朱利安弯腰捡起手袋递给母亲,她没接。

"你不用表现得好像这个世界已经终结了似的,"朱利安说,"因为它还没终结。从现在起,你要生活在一个新世界了。现实些,振作起来,"他说,"这不会要你的命。"

母亲的呼吸加快了。

"我们等公交车吧。"他说。

"回家。"母亲口齿不清地说。

"我讨厌看见你这副样子,"朱利安说,"就像个孩子。你让我失望了。"他决定在原地停下,让母亲停下等公交车。"我不走了,"他停下,说道,"我们坐公交车。"

母亲继续朝前走,仿佛没听见他的话。他赶上前抓住母亲的胳膊,母亲停下来。他看着母亲的脸,感到一阵窒息:

他看到的是一张自己以前从没见过的脸。"叫爷爷来接我。"母亲说。

他盯着母亲,愣住了。

"叫卡罗琳来接我。"母亲说。

朱利安错愕地放开母亲,母亲前倾着前行,一条腿好像比另一条腿短。似乎有一股黑色的潮水将母亲从他身边冲走了。"母亲!"他喊道,"亲爱的,心肝,等等!"母亲瘫下来,倒在人行道上。他向前冲,跌坐在母亲身边,叫喊道:"妈妈、妈妈!"他把母亲翻过来。母亲的脸扭曲得厉害,一只瞪大的眼睛略微向左移动,好像已经脱离了原位。另一只眼睛呆愣愣地盯着朱利安看,又在他的脸上搜寻着,但什么也没发现,于是闭上了。

"在这里等着,在这里等着!"朱利安叫喊道,随即跳起来,开始朝他看到的前方的一束光线奔跑,寻求帮助。"救命,救命啊!"他叫唤道,但声音细弱,几不可闻。他跑得越快,那些光线就漂流得越远。他的双脚无知无觉地移动着,仿佛不能将他带到任何地方。那股黑色的潮水仿佛要把他冲回到母亲的身边,一刻不停地阻止他进入自责和悲痛的世界。

格林利夫

梅太太卧室的窗户低矮，面朝东。那头在月光里呈银色的公牛站在窗户下，头颅扬起，就像下凡来耐心追求她的一个神，在倾听着房间里的动静。窗户里黑漆漆的，梅太太的呼吸声太过轻盈，无法传到外面。掠过月亮的云块让牛变成了黑色，牛在黑暗中撕扯树篱。云过去了，牛又显现在原地，慢条斯理地咀嚼着，被它扯掉的树篱枝条挂在牛角尖上，宛如桂冠。月亮再度隐退时，除了慢条斯理的咀嚼声，没有任何东西能表明牛的位置。然后，一片粉红色的光辉突然盈满窗口。百叶窗打开，一条条光线从牛身上滑过。牛后退一步，低下头，仿佛是要展示它两只角上的花冠。

在将近一分钟的时间里，房子里未传出任何声音。然后，牛再度抬起加冕过的脑袋时，一个女人的喉音就像对狗讲话般说:"从这里滚开吧,先生!"接着那个声音又立刻咕哝道:"不知道是哪个黑鬼的低等牛。"

那头牲口刨着地面,前倾着站在百叶窗后面的梅太太迅速拉上窗帘,免得牛受光线吸引,冲进灌木丛里。她依然前倾着身体,等了一会儿。睡袍松垮垮地挂在她窄窄的双肩上,绿色橡胶卷发夹整齐地分布在前额,发夹下面的脸光滑得如同混凝土结面,上面涂着可以在她睡觉时祛皱纹的蛋白糊。

刚才在睡梦中,梅太太听到一种从容而有节奏的咀嚼声,仿佛某个东西正在吃这栋房子的一堵墙。她知道,只要这个地方还是她的,那个不知道是什么的东西就会不停地吃下去,从房子前面的篱笆开始吃,接着以同样从容的节奏,继续平静地吃她的房子,吃她和儿子们,然后吃掉格林利夫氏之外的所有东西。它吃啊吃,吃掉一切,直到除格林利夫氏以外什么也没剩下。格林利夫一家住在一座完全归他们所有的小岛上,那小岛位于曾是她的地盘的中央。那个东西就要咬到她的胳膊时,她跳起来,继而发现自己已经完全醒了,正站在房间中央。她当即分辨出那个声音:一头牛正在撕扯她窗户下面的灌木丛。格林利夫先生肯定没关上车道门,而且梅太太毫不怀疑,她的草坪上有一整群牲畜。她拧开微弱的粉红色台灯,然后走到窗边,打开百叶窗。那头瘦削的长腿公牛正站在离她大约四英尺[1]的地方,平静地咀嚼着,就像个粗鲁的乡巴佬求婚者。

梅太太眯眼狠狠地望着牛时想到,十五年来,她让这些不思上进的人的猪拱她的燕麦,让他们的骡子在她的草坪上打滚,让他们的下等牛搞她的奶牛。如果现在不把这头牛圈起来,它将翻过栅栏,在天亮之前毁了她的牲口——而格林利夫先生正在路下面半英里的佃户房里呼呼大睡。梅太太除了穿上衣服,开车到那里叫醒他,没有其他办法能把他找来。他会来,但他的表情、姿势和每一次停顿都似乎在说:"照我看,那两个小子不该让自己的老娘深更半夜这样开车出来。如果是我的儿子,就会自己把牛圈起来。"

公牛低下并晃了晃脑袋,花冠滑到牛角的根部,看起来就像一顶颇有威仪的带刺皇冠。梅太太这时已关上百叶窗,过了一会儿,听见牛步伐沉重地走开了。

格林利夫先生会说:"我的儿子,肯定不会让自己的老

---

[1] 一英尺约等于30.48厘米。

娘深更半夜到外面找佃户帮忙。他们会自己弄好的。"

梅太太认真考虑之后，决定不去打扰格林利夫先生。她回到床上，想着格林利夫家的儿子们将来如果在这个世界上有出息，那也是因为在没有人要他们的父亲时，她梅太太给了他一份工作。她已经用了格林利夫先生十五年，而其他人连五分钟都不愿用他。只是他接近一件东西时的那副模样，就足以让所有长着眼睛的人看出他是个什么样的工人了。他高耸起肩膀，蹑手蹑脚地走路，而且似乎永远都不曾径直朝前走。他走在一个看不见的圆的边缘上，你如果想看到他的脸，必须走到他的前面去。她还没有解雇他，只是因为她总是怀疑自己能不能找到更好的人选。他太懒了，甚至都无法出去再找一份工作；他也没有偷东西的欲望，而且在她对他讲了三四次之后，他还是会把事情做了的；直到请兽医为时已晚，他才会告诉她哪头奶牛病了；如果她的牲口棚着火了，他会先喊自己的老婆去看看火势大小，然后再把牲口赶出来。至于那个老婆，梅太太甚至不愿想起她。和老婆比，格林利夫先生算得上贵族。

"我的儿子，"他会说，"就是砍了自己的右胳膊，也不会让自己的老娘去……"

"格林利夫先生,你的儿子如果还有自尊,"梅太太总有一天会对他说,"不会让他们的母亲做的事情多着呢。"

翌日早晨,格林利夫先生一到后门口,梅太太就告诉他,这个地方有一头走失的公牛,她希望格林利夫先生立刻把牛圈起来。

"已经在这里三天了。"格林利夫对着伸在前面、微微翻过来的右脚说,仿佛想要看看鞋底。梅太太向厨房门外探出身体,看见格林利夫正站在后门口三级台阶的下面。梅太太是个矮小的女人,长着一双近视的浅色眼睛,灰色的头发就像一只心烦意乱的鸟儿头上的羽毛,耸立在她的脑袋上。

"三天!"梅太太用压抑的尖叫声说,以这种声音说话已经成为她的一种习惯。

格林利夫先生的目光越过近处的牧场,看向远方,然后从衬衫口袋里掏出一包烟,往手上抖出一根烟。他把烟盒放回去,站着看了那根烟一会儿。"我把它关在公牛圈里,但它跑出来了,"他又说,"从那以后我就没见过它。"他凑向香烟,点上火,然后将头微微转向梅太太的方向。他的脸上半部分斜斜的,下半部分又窄又长,就像一只粗糙的圣杯。

他戴着一顶朝鼻子倾斜的毡帽，深陷的狐狸色眼睛被遮蔽在帽子下面。他的身形毫不起眼。

"格林利夫先生，"她说，"今早先把那头牛弄走再干别的活儿。你知道它会毁了育种计划。把它弄走，圈起来，下次这个地方再出现走失的牛，立刻告诉我。你明白了吗？"

"你想把它圈在哪儿呢？"格林利夫先生问。

"我不管你把它圈在哪儿，"她说，"你应该有点自己的见解。把它圈在它跑不出来的地方。它是谁的牛？"

格林利夫先生犹豫了一会儿，不知该继续沉默还是开口，然后开始看自己的左边。"它肯定是哪个人的牛。"过了一会儿，他说。

"是啊，当然了！"她说，然后用恰到好处的力道轻轻摔上门。

她走进两个儿子正在那里吃早餐的餐厅，在桌首椅子的边缘坐下来。她从不吃早餐，但会陪他们坐着，看他们吃掉他们想吃的东西。"老实讲！"她说，然后开始谈论那头牛。她模仿格林利夫先生的口气说："它肯定是哪个人的牛。"

韦斯利仍在看他盘子旁边那份叠在一起的报纸，但斯科菲尔德会不时停下手中的刀叉，看看母亲，笑一笑。这两个儿子对同一件事从来都不会有相同的反应。就像她说的，他们就像白天和黑夜那样迥然不同。他们唯一的共通之处就是，谁也不关心发生在这个地方的事。斯科菲尔德是商人那种类型的人，韦斯利则是个知识分子。

老二韦斯利七岁时得过风湿热，梅太太觉得正是这件事导致他成了知识分子。斯科菲尔德是个保险推销员，一生中没生过一天的病。他卖的如果是其他更好的保险，梅太太倒不会在意，但他卖的是只有黑仔才会买的保险。他就是被黑仔称为"保险人"的那种人。他说黑鬼保险比其他任何一种保险都挣钱，在宾客面前，他会更大声地说这样的话。他会叫喊说："妈妈不喜欢我这样说，但我的确是这个县最棒的黑鬼保险推销员！"

斯科菲尔德三十六岁，有着一张令人愉快的笑脸，但还没结婚。"是啊，"梅太太会说，"可你如果卖体面的保险，一些好女孩就会愿意嫁给你。有哪个女孩会嫁给黑鬼保险推销员呢。你总有一天会醒悟的，到时一切就太晚了。"

听到这样的话，斯科菲尔德就会怪腔怪调地叫道："怎么了，妈妈。我要等你死了再结婚，到时候我要娶个胖胖的好村姑，让她接管这个地方！"有一次，他补充道："像格林利夫太太那样的好女士。"他说完这句话时，梅太太从椅子里站起来，走向自己的房间，背直得就像草耙柄。她在床沿上坐了一会儿，那张小小的脸耷拉着。最后，她低声说："我累死累活，挣扎流汗，给他们留下这么个地方，而我一死，他们就把废物娶到这里来，把一切都给毁了。他们会娶废物，把我挣下的一切都给毁了。"就在那一刻，她决定更改遗嘱。第二天，她去见自己的律师，把产业弄成限定继承，让他们结婚后不能把产业留给妻子。

一想到他们中的一个可能会娶一个和格林利夫太太哪怕只有一丁点相像的女人，梅太太就觉得恶心。她已经容忍了格林利夫先生十五年，而她忍受格林利夫太太的唯一办法就是完全不让她进入自己的视线。格林利夫太太体形庞大，松松垮垮，她家的院子看起来就像一个垃圾场。她的五个女儿总是脏兮兮的，就连最小的女儿都嗅鼻烟。格林利夫太太把全部时间都花在她所谓的"祷告疗法"上面，而不是建个花园或洗洗他们一家人的衣服。

她每天都要把报纸上的那些病态的报道剪下来——关于女子被强奸、罪犯逃脱、小孩被烧死、火车损毁、飞机失事和电影明星离婚的文章。她把纸片带到树林里，挖坑埋掉，然后趴在上面，咕哝、呻吟大约一个小时，同时前后划拉身下那巨大的双臂，最后直挺挺地躺在地上。梅太太怀疑她打算在泥土里睡觉。

她和格林利夫一家打了几个月交道后，才发现这件事。某天早晨，她出去勘查一块地。她原本想在那块地上种黑麦，但长出来的是苜蓿，因为格林利夫先生往播种机里放错了种子。她从分割两块牧场的一条小路上返回，一边喃喃自语，一边用她带着防蛇的长棍子有节奏地戳着地面。"格林利夫先生，"她低声说，"我承担不起你的错误。我是个穷女人，只有这片产业。我有两个儿子要受教育。我不能……"

一种痛苦的喉音在什么地方呻吟开来："耶稣啊！耶稣啊！"随即又是极度急切的呻吟声，"耶稣啊！耶稣啊！"

梅太太停下，将一只手按在喉咙上。那个声音如此尖厉，就像某种狂暴的力量摆脱束缚，破土而出，正朝她猛冲过来。她接下来的想法更理智一些：有人在她的产业上受伤了，这个人会把她拥有的一切都讹走，她没买保险。她向前飞奔，转上小路的一个拐弯处时，看见格林利夫太太以张开的双手和双膝着地，头朝下趴在路边。

"格林利夫太太！"她尖声叫道，"出什么事了？"

格林利夫太太抬起头。她的脸上满是斑驳的泥土和泪痕。她那双紫花豌豆颜色的小眼睛红了一圈，肿了起来，但她神情镇定自若，就像一条牛头犬。她用双手和双膝着地，左右移动并呻吟："耶稣啊，耶稣。"

梅太太往后退了退。她认为耶稣这个词应该只在教堂里被提及，就像有些词不能出卧室一样。她是个很好的女基督徒，对宗教颇为尊敬，尽管她并不会相信宗教里的一切都是真的。"你怎么了？"她锐利地问。

"你打断我治病了，"格林利夫太太说，挥了挥手让梅太太站到一边，"我结束后才能和你说话。"

梅太太站着，身体前倾，张大了嘴。她把棍子提离地面，仿佛无法确定自己想要用它打什么。

"噢，耶稣啊，戳我的心吧！"格林利夫太太尖叫道，"耶稣，戳我的心！"然后她直挺挺地仰躺在泥土里，就像一座巨大的人体土墩。她的腿和胳膊伸出来，好像试图把四肢缠绕在大地上。

梅太太觉得自己就像被小孩冒犯了，愤怒而又无奈。"耶稣，"她一边说一边往后退，"会以你为耻。他会叫你立刻从那里爬起来，去洗你孩子的衣服！"然后她转过身，以最快的速度走开了。

梅太太一想到格林利夫的儿子们将出人头地，总是会想到四仰八叉、不知羞耻地躺在地上的格林利夫太太，然后对自己说："嗯，不管他们走多远，他们来自那里。"

她真想在遗嘱里写入这样的内容：她死后，韦斯利和斯科菲尔德不能再继续雇用格林利夫先生，因为她有能力对付格林利夫先生，但他们没有。有一次，格林利夫先生告诉她，她的两个儿子连干料和青料都分不清。但她告诉他，他们有别的才能，斯科菲尔德是成功的商人，韦斯利是成功的知识分子。格林利夫先生未予置评，但总是抓住一切机会，通过表情或一些简单的姿势让她明白，他极度看不起他们。格林利夫家地位卑下，但格林利夫先生从来都会毫不迟疑地让梅太太知道，他自己的两个儿子如果能够生活在梅太太儿子那样的环境里，他们——O. T. 格林利夫和 E. T. 格林利夫——肯定会混得更好。

格林利夫家的两个儿子比梅家的两个儿子小两三岁。他们是双胞胎，你和他们其中一个说话时，永远都不知道站在你面前的是 O. T. 还是 E. T.，而他们也从来没有这个教养去向你说明自己是谁。他们双腿细长，骨瘦如柴，红皮肤，明亮贪婪的狐狸色眼睛和他们父亲的一模一样。格林利夫先生从知道他们是双胞胎起,就以他们为傲。他表现得,梅太太说,好像这是他们自己想出来的好点子。他们精力充沛,干活勤奋,而她愿意对任何人承认,他们已经进步了一大截——这是拜第二次世界大战所赐。

他们都参了军,于是,在制服的伪装下,和别人家的孩子没什么两样了。自然,他们张嘴说话时,你就能分辨出来,但他们很少开口。他们做过的最聪明的事情就是让自己被派到海外,继而娶了法国妻子。他们娶的还都不是法国废物,而是好女孩。她们自然不知道这对双胞胎糟蹋了标准英语,也不知道格林利夫氏是什么样的人。

韦斯利因为心脏有毛病,不能为国效力。斯科菲尔德在军队里待了两年,但他不在乎这事,所以兵役结束时,只是个上等兵。格林利夫家的两个儿子都是中士什么的,在那些日子里,格林利夫先生不放过任何一个带着军衔提到他们的机会。他们都成功负伤,所以现在都有抚恤金。而且,他们一退伍就利用一切照顾条件,上了大学的农学院——在那段时间里,纳税人养着他们的法国老婆。他们两个如今住在公路下面大约两英里的地方,在政府的援助下买了那块地,那两栋联排砖制平房也是政府援建和付款的。如果说战争造就了谁,梅太太说,那就是格林利夫家的儿子。他们各有三个小孩,这些小孩说格林利夫家的英语和法语。而由于母亲的背景,他们将会被送到教会学校,被培养成懂规矩的人。"你们知道,再过二十年,"梅太太问斯科菲尔德和韦斯利,"这些人会变成什么样子吗?"

"上流阶层。"她抑郁地说。

她和格林利夫先生打了十五年的交道,到如今,应付他已经成为她的第二天性。在有些日子里,格林利夫先生的情绪如同天气一般,是决定她能做什么和不能做什么的一个因素。她已经学会如何读格林利夫先生的神情,就像真正的乡下人能够读懂日出和日落那样。

她是被骗来当农妇的。已故的梅先生是个商人,在地价下跌时买了这个地方,这是他死前留给妻子的唯一财产。儿子们不愿意搬来乡下的破败农场住,但她没有别的办法。她卖掉这个地方的树,用进款干起奶场生意,然后格林利夫先生应征了她的招聘广告。"我看到你的厂(广)告,和两个儿子马上到。"他在信里只说了这些,但第二天就开着一辆七拼八凑的卡车抵达。他的妻子和五个女儿坐在车斗里,他自己和两个儿子坐在驾驶室里。

格林利夫先生和太太在她的地方待了这么些年，几乎一点也没见老。他们无忧无虑，无责一身轻。他们就像田野里的百合花，吸走她辛辛苦苦放进地里的营养，等她因为过度劳累和担忧撒手人寰时，健健康康又兴旺蓬勃的格林利夫家又会接着吸斯科菲尔德和韦斯利的血。

韦斯利说格林利夫太太不见老的原因是她把自己所有的情感都释放在"祷告疗法"里。"你应该开始祷告，亲爱的。"他用格林利夫太太的那种口气说。可怜的孩子，他忍不住想要有意地无礼一下。

斯科菲尔德只会让她愤怒得难以忍受，但真正让她担忧的是韦斯利。他瘦削、紧张、秃顶。做知识分子对他的情绪是一种可怕的压力。她怀疑韦斯利要在她死后才结婚，但她敢肯定，韦斯利到时候会被一个坏女人俘获。好女孩不喜欢斯科菲尔德，但韦斯利不喜欢好女孩。他什么都不喜欢。他每天驱车二十英里到他任教的大学，晚上再驱车二十英里回来，但他说自己讨厌这二十英里的车程，讨厌那所二流大学，讨厌读那所大学的那些低能儿。他讨厌这个国家，讨厌自己所过的生活，讨厌和母亲以及白痴兄弟一起生活，讨厌听到该死的奶牛场、该死的雇工和该死的坏机器的事。他尽管说过这些话，却从来没有为离开采取过任何行动。他谈论巴黎和罗马，可他连亚特兰大[1]都没去过。

"你去那些地方会生病的，"梅太太会说，"在巴黎，有谁会知道你吃无盐食品？你觉得，你娶个古怪的女人，带她去那里，她会为你做无盐饭菜吗？肯定不会，她不会的！"她说这些话时，韦斯利会在椅子里粗鲁地转过身，不理会她。有一次，她把谈话拉得太长，韦斯利咆哮道："那么，你为什么不做点实在的事呢，女人？你为什么不像格林利夫太太那样，为我祷告呢？"

"我不喜欢听到你们两个拿宗教开玩笑，"她说，"你们如果去教堂，一定会认识好女孩。"

但他们什么话也听不进去。现在，她看着他们俩坐在桌子的两边，没有一个人对一头走失的牛是否会毁了她的牛群有丝毫的关心，而那是他们的牛群、他们的未来。她看着他们俩：一个弓腰看报，另一个在椅子里向后仰，傻瓜似的冲她咧嘴笑。她想跳起来，用拳头擂桌子，然后大叫："你们

---

[1] 美国佐治亚州首府。

总有一天会发现,会发现什么是现实,但为时已晚!"

"妈妈,"斯科菲尔德说,"你先别激动,我来告诉你那是谁的牛。"他调皮地看着母亲。他让椅子向前倒去,然后站起来。他缩着肩,举起手遮住头,踮着脚朝门口走去。他来到过道里,拉开门,让门遮住全部身体,只露出一张脸。"你想知道吗,宝贝?"他问。

梅太太冷冷地看着他。

"那是 O. T. 和 E. T. 的牛,"他说,"是我昨天从他们的黑鬼那里听来的,他对我说,他们丢了头牛。"他龇牙对母亲一笑,接着便悄无声息地消失了。

韦斯利抬头大笑。

梅太太又把头转向前面,表情依然如故。"我是这个地方唯一的成年人。"她说。她向桌子倾下身,从韦斯利的盘子旁边抽走报纸。"你们知道我死了之后会发生什么事吗,你们知道怎么对付他吗?"她开始了,"你知道他为什么不知道那是谁的牛了吗?因为那是他们自己的牛。你知道我必须忍受什么吗?你知道这些年要不是我用脚踩着他的脖子,你们两个可能得每天凌晨四点钟起来挤牛奶吗?"

韦斯利把报纸拉回到餐盘的旁边。他注视着母亲的整张脸,低声说:"我不会为了把你的灵魂从地狱中拯救出来而挤牛奶的。"

"我知道你不会。"她用尖厉的声音说。她坐回去,开始在盘子旁边快速地翻转自己的餐刀。"O. T. 和 E. T. 是好小伙子,"她说,"他们应该是我的儿子。"这一想法如此可怕,以至于一道泪水之墙立刻模糊了她视野里的韦斯利。她只看见韦斯利黑黑的轮廓从桌边迅速站起来。"而你们两个,"她叫喊道,"你们两个应该属于那个女人!"

他朝门口走。

"我不知道等我死了,"她用纤细的声音说,"你们会变成什么样子。"

"你总是嚷嚷着等你死了,"他边往外冲边吼道,"但我觉得你看起来非常健康。"

她在原处坐了一会儿,直视前方,目光穿过房间另一边的窗户,看着一幅灰色和绿色的景象。她让脸和脖子上的肌肉放松下来,深深地吸一口气,但面前的景象流聚成模糊的一团灰。"他们大可不必认为我很快就会死。"她喃喃道。在她的心里,一种更具挑衅意味的声音补充说:我要在完全准备好的时候死。

她用餐巾擦了擦眼睛，然后站起来走到窗户旁边，盯着面前的那幅景象看。奶牛们在路那边的两块淡绿色的牧场上吃草，它们的后面有一道黑色的树木之墙，带着锐利的锯齿状边缘，将它们围住，挡住了淡漠的天空。两块牧场足以让她平静。从房子的任何一扇窗户望出去，她看到的都是自己性格的反映。她城里的朋友说，她是他们认识的最了不起的女人：在几乎身无分文、毫无经验的情况下，离开城市去了一个破败衰落的农场，并且干成功了。"一切都和你作对，"她会说，"天气和你作对，泥土和你作对，雇工和你作对，他们联合起来和你作对。除了使用铁腕，没有其他办法！"

"看看妈妈的铁腕！"斯科菲尔德会叫喊并抓住母亲的手臂，把它举起来，于是梅太太那青筋暴露的纤弱小手如同被折下的百合花的花头，在手腕上方晃荡。宾客们总是哈哈大笑。

太阳在吃着草的黑白色奶牛的上方移动，只比天空的其余部分明亮一点。她向下看，发现一个晦暗的轮廓正在奶牛中间移动——可能是太阳在某个角度投下的影子。她尖叫一声，继而转身大步走出房子。

格林利夫先生正在青贮壕[1]里往一辆小车上装料。她站在青贮壕的边上，向下看着格林利夫先生。"我叫你抓住那头牛的，它现在在奶牛群里。"

"我没有三头六臂。"格林利夫先生说。

"我告诉过你先做那件事。"

他把小车推出壕沟露天的一头，朝着牲口棚而去，梅太太紧紧地跟在后面。"你不要以为，格林利夫先生，"她说，"我不知道那究竟是谁的牛，以及你为什么不急着通知我它在这里。我在养着O.T.和E.T.的牛，而这头牛正在毁坏我的牛群。"

推着小车的格林利夫先生停下来，看向身后。"是他们两个孩子的牛？"他用不相信的腔调说。

梅太太一句话也没说，只是紧闭着嘴，看向别处。

"他们告诉我，他们的牛跑了，但我压根没想到就是这头牛。"他说。

"我想让那头牛现在就被圈起来，"她说，"我会开车到O.T.和E.T.家，告诉他们必须今天来把它弄走。我应该为

---

[1] 大型壕沟式青料贮存设施，一般用于大规模饲养场。

它待在这里的这段时间收费——这样就不会再发生同样的事情了。"

"他们买它也不过花了七十五美元。"格林利夫先生出价了。

"白给我，我也不要。"她说。

"他们本来打算把它宰了，"格林利夫先生继续说道，"但它挣脱了，一头撞上他们的小卡车。它不喜欢汽车和卡车。他们费了好大工夫才把它的角从挡泥板里弄出来，完了他们一松开，它又跑了。他们太累了，懒得追它——我压根也没想到就是那头牛。"

"这不是你的职责嘛，格林利夫先生，"她说，"你现在知道了。找匹马，把它抓住。"

半小时后，她透过前窗看到了那头牛：松鼠色，臀部突起，浅色的长角。它正在房子前面的那条土路上缓步走着。格林利夫先生骑在马上，跟在它后面。"这的确是我见过的那头格林利夫家的牛。"她低声说。她走出去，来到门廊下，叫喊道："把它圈在它跑不出去的地方。"

"它喜欢挣脱绳索，"格林利夫先生说，同时赞许地看着牛的臀部，"这位先生是个运动员。"

"如果那两个孩子不来弄走它，它就会变成一个死运动员，"她说，"我这是在警告你。"

格林利夫先生听到了她的话，但没作答。

"它是我见过的最难看的牛！"她叫喊道。但格林利夫先生已经沿路走下很远，听不到了。

她拐上 O. T. 和 E. T. 家的车道时已是上午。那是一栋崭新的低矮红砖房，看起来就像带窗户的仓库，坐落在一个没有树木的小山头上。阳光直射而下，跳动在白色的屋顶上。现在人人都在建这种房子。除了那三条狗，没有任何东西表明这房子属于格林利夫氏。她刚停下车，那三条半是猎犬、半是绒毛狗的混种狗就从房子后面冲出来。她想着总是能够根据狗的等级来判定人的等级，按了几下门铃。她坐着等人出来时，继续审视这栋房子。所有的窗户都拉了下来，她琢磨着，政府是不是给这玩意儿装了空调。没有人出来，于是她又按了按铃。这时，一扇门打开，几个孩子出现在门里。他们站在那里看着她，没有往前走的意思。她想到这是真正的格林利夫氏的一个特点——他们可以戳在门里，一连看你几个小时。

"你们这些孩子能过来一个吗？"她叫喊道。

过了片刻，他们全都慢慢地朝前移动。他们穿着工装裤，赤着脚，但没有她预想的那么脏。有两三个看起来非常像格林利夫氏，余下的就没那么像了。最小的是个长着凌乱黑发的女孩。他们在离车大约六英尺的地方停下，站在那里看着她。

"你很漂亮嘛。"梅太太对最小的女孩说。

没有回答。他们那种无动于衷的表情几乎一模一样。

"你们的妈妈呢？"她问。

对于这个问题，一时间也没有回答。然后他们其中一个用法语说了什么。梅太太听不懂法语。

"你们的爸爸呢？"她问。

过了一会儿，一个男孩说："他也不在则（这）里。"

"啊——"梅太太说，仿佛某件事情被证明了，"那个有色人种雇工在哪儿？"

她等着，继而断定没有人打算回答她。"大舌头，"她说，"你们愿意跟我回家，让我教你们怎么说话吗？"她哈哈大笑，但她的笑声消逝在沉默的空气里。她觉得自己正面对着格林利夫氏陪审团，接受生活的审判。"我要往前开，看看能不能找到那个雇工。"她说。

"你想去就去好了。"一个男孩说。

"哦,谢谢你。"她咕哝一声,开车走了。

牲口棚在从房子里伸出来的车道的下面。她以前没见过,但格林利夫先生曾详细地描述过这个牲口棚,因为它是按照最新的规格建造的。它采用了挤奶间的布局,在那里,可以从下面给奶牛挤奶,牛奶会通过管子,从机器流到奶房里。再也不需要用桶传送,格林利夫先生说,不需要人动手。"你啥时候弄一个啊?"他问。

"格林利夫先生,"她说,"我必须亲力亲为。政府并未从头到脚地援助我。盖个挤奶间会花掉我两万美元,而我现在只能勉强维持收支平衡。"

"我的儿子盖了,"格林利夫先生咕哝道,然后说,"但儿子和儿子是不一样的。"

"的确不一样!"她说,"我为此感谢上帝!"

"我感谢商(上)帝赐给我那么多东西。"格林利夫先生慢吞吞地说。

你该感谢,梅太太在随后令人难堪的沉默里想道,你从来没依靠自己做过什么。

她在牲口棚旁边停下车,按了按喇叭,但没人出来。

她在车里坐了几分钟，观察放在四周的各种机器，琢磨其中有哪些是买来的。他们有一台牧草收割机，一台干草旋转打包机。她也有这两样。她决定，既然这里没有人，她要下车看看挤奶间，看他们是不是将挤奶间打扫得很干净。

她打开挤奶室的门，把头伸进去。在最开始的一瞬间，她觉得自己仿佛要喘不过气了。阳光从排列在两面墙上、齐人高的一排窗户外照射进来，充斥在洁白无瑕的水泥房间里。金属立柱闪烁出强光，她必须眯着眼睛才能看清全部东西。她快速地缩回脑袋，关上门，倚靠着门，皱起眉。外面的光线不是那么明晃晃，但她觉得太阳就在她头顶的正上方，如同一颗即将掉进她脑袋里的银子弹。

一个提着黄色牛犊料桶的黑仔出现在机器棚的拐角处，正朝她走来。他是个皮肤呈浅黄色的男孩，穿着格林利夫双胞胎不要的军装。他在合适的距离停下，把桶放在地上。

"O. T. 先生和 E. T. 先生在哪儿？"她问。

"O. T. 先生他在城里，E. T. 先生他在那边的地里。"黑仔说。他指指左边，又指指右边，就像是在说两颗行星的位置。

"你能记住口信吗?"她带着一副怀疑的神情问道。

"也许记得住,也许记不住。"他略微不高兴地说。

"好,那我写下来。"梅太太说。她钻进汽车,从小笔记本里拿出一段铅笔,然后开始在一个空信封的背面写字。黑仔走过来,站在车窗旁边。"我是梅太太,"她边说边写,"他们的牛在我的农场里,我希望它今天就消失。你可以告诉他们,我对这件事感到很愤怒。"

"那头牛星齐(期)六就跑了,"黑仔说,"后来俺们谁也没看见过它。俺们不知道它在哪儿。"

"那么,你现在知道了,"她说,"你可以告诉 O. T. 先生和 E. T. 先生,他们今天如果不来弄走它,我明天早上要做的第一件事就是让他们的老爹打死它。我不能让那头牛毁了我的牛群。"她把便条交给他。

"我琢磨着 O. T. 先生和 E. T. 先生,"他一边接便条一边说,"会说,你尽管弄死它吧。它已经弄坏俺们的一辆卡车,俺们高兴看到它被弄死。"

梅太太把头缩回来,眯着眼看了他一眼。"他们指望我花费自己的时间,用我的工人打死他们的牛吗?"她问,"他们不想要它了,所以就任它挣脱,再指望别人杀了它?它正在吃我的燕麦，毁我的牛群，然后还有人指望着我去打死它？"

"我敢说是这样，"他轻声说，"它已经弄坏……"

梅太太非常锐利地看了他一眼，然后说："嗬，我没感到惊讶。有些人就是这样，"过了一秒钟，她问，"谁是老板，O. T. 先生还是 E. T. 先生？"她一直怀疑他们暗地里互相争斗。

"他们从来不超（吵）架，"男孩说，"他们就像长在两张皮里的一个人。"

"哼。我想你只是从来没听到他们吵。"

"别的人也没听见嘛。"他看着别处说，仿佛他的傲慢是表现给另外一个人看的。

"呵呵，"她说，"我和他们的父亲打了十五年的交道，不是不知道格林利夫家的某些事情。"

黑仔想到了她是谁，两眼放光地看着她。"你就是我的保险人的母亲吧？"他问。

"我不认识你的保险人，"梅太太锐利地说，"你把便条给他们，告诉他们，他们今天如果不来弄走那头牛，就等于是让他们的父亲明天打死它。"然后，她就开车走了。

她整个下午都待在家里，等着格林利夫双胞胎来弄走那头牛,但他们没来。我还真是等于在替他们干活呢,她愤怒地想道,他们打算最大限度地利用我。为了替两个儿子着想,让他们明白 O. T. 和 E. T. 究竟会干出什么事,吃晚饭时,她又唠叨起这件事来。"他们不想要那头牛,"她说,"把黄油递给我——所以就干脆不管它了,让其他人替他们烦心该如何处理掉它。你们说这叫什么事儿?我是受害者。我一直都是个受害者。"

"把黄油递给受害者。"韦斯利说。他的心情比平时更糟,因为在从大学回家的路上,他的汽车有个轮胎爆了。

斯科菲尔德把黄油递给母亲,然后说:"怎么了,妈妈,打死一头什么也没做、只是在你的牛群里留下一点下等种子的老牛,你不觉得害臊吗?我宣布,"他说,"拥有一个这样的妈妈,而我长成一个这样优秀的儿子,真是个奇迹!"

"孩子,你不是她的儿子。"韦斯利说。

梅太太在椅子里后仰,把指尖放在桌子的边缘上。

"我只知道,"斯科菲尔德说,"考虑到我的出身,我能够成长得这样好已经很不错了。"

他们逗弄母亲的时候,说格林利夫家的那种英语。韦斯利说这种语言的时候,那种特别的腔调就像刀刃一样锐利。

"哎，哥，我告诉你一件西（事）情，"说着，他倾向桌子，"但凡有半个脑袋，你早就知道我要说什么事了。"

"怎么说，弟？"斯科菲尔德说，宽脸膛对着对面那张干缩的窄脸咧嘴而笑。

"我说的是，"韦斯利说，"你和我都不是她的儿子……"但他陡然停下，因为母亲就像一匹被出其不意地鞭打的老马，发出一种沙哑的喘息声。母亲暴跳起来，跑出餐厅。

"噢，看在上帝的分儿上，"韦斯利咆哮道，"你为什么要挑头惹她？"

"根本不是我挑的头，"斯科菲尔德说，"你挑的头。"

"哈。"

"她已经不像过去那样年轻了，受不了这个。"

"她只会发火，"韦斯利说，"受害的总是我。"

他哥哥愉快的面容变了，于是，家族成员的一种丑陋的相似之处出现在他们身上。"谁也不会为你这样一个恶劣的混蛋感到难过。"他说，然后把手伸过桌子，抓住韦斯利的衬衫前襟。

梅太太在自己的房间里听见盘子的破碎声，于是跑着穿过厨房，回到餐厅里。这时，过道门打开，斯科菲尔德正要走出门去。韦斯利则像一只大昆虫似的仰面躺着,倾倒的桌子的边缘砸在他身体中间,破碎的盘子散布在他身上。梅太太把桌子从他身上拖开,抓住他的胳膊,想拉他站起来。他吃力地爬起来,猛地推开母亲,急冲出门,追哥哥去了。

她原本会跌倒的,但后门传来的敲门声让她站直,转过身来。她的目光越过厨房和后门厅,看见格林利夫先生正透过纱门热切地朝里张望。她的全部应变能力都回来了,仿佛需要被魔鬼本人挑衅,她才能重获这一切。"我听到砰的一声,"格林利夫叫喊说,"以为泥灰块掉在你身上了。"

需要他的时候,得有人骑着马才能找到他。她穿过厨房和门厅,站在纱门里面说:"没有,没什么事,就是桌子翻了。有条桌腿不牢靠,"尔后她并未停顿,继续道,"两个孩子今天没来弄走那头牛,所以明天你只好打死它了。"

天空布满了红色和紫色的细条纹,在它们的后面,太阳正在慢慢下沉,就像从梯子上下来。格林利夫先生在台阶上蹲下来,背对着她,帽顶和她的脚在同一水平上。"我明天替你把它赶回家去。"他说。

"噢,不行啊,格林利夫先生,"她用嘲弄的声音说,"你明天开车把它送回家,但下周它又会回到这里来。我知道这样不行。"然后她用悲痛的腔调说："我很吃惊，O. T. 和 E. T. 竟然这样对待我。我原以为他们会有感恩之心。那两个孩子在这个地方度过了一些非常快乐的日子，是不是啊，格林利夫先生？"

格林利夫先生没吭声。

"我觉得是的，"她说，"我觉得是的。但他们现在已经把我为他们做过的所有那些美好的小事全都给忘了。我还记得，他们穿我儿子的旧衣服，玩我儿子的旧玩具，用我儿子的旧枪打猎。他们在我的池塘里游泳，打我的鸟，在我的小溪里钓鱼。我从不曾忘记过他们的生日，而且，要是我没记错，我给他们过过很多个圣诞节。但他们现在还会记得任何一件事吗？"她问。"不会……"她自己回答道。

她看了一会儿正在消逝的太阳，格林利夫先生端详着自己的两只手掌。仿佛突然想到一般，她问："你知道他们不来弄走那头牛的真正原因吗？"

"不，我不知道。"格林利夫先生语气粗鲁地说。

"他们没来是因为我是个女人，"她说，"和女人打交道，你可以逃避任何惩罚。如果有个男人管理这个地方……"

格林利夫先生迅即如发动进攻的蛇一般，立刻说道：

"你有两个儿子。他们知道你有两个男人在这个地方。"

太阳已经消失在树木线的后面。她俯视着此刻向上抬起的那张黝黑狡猾的脸,看着那双在帽檐的阴影里闪闪发亮的眼睛。她等了足够久的时间,让格林利夫先生明白她受到了伤害,然后说:"有些人很晚才学会感恩,格林利夫先生,但有些人永远都学不会。"然后她转过身,留他一人坐在台阶上。

半夜,在睡梦中,她听见一种声音,仿佛一块大石正在她的大脑外壁上研磨,想要磨出一个洞。她在里面不停地走,走在绵延起伏的美丽小山上,用拐杖小心翼翼地探着路。过了一会儿,她想到,那是太阳想要烧穿树木线发出的声音,于是她停下来观察。理智告诉她,它办不到,它只能像往常那样,沉到她的地产外面去。她刚停下时,它是个肿胀的红球,她站着观察时,它开始缩小变淡,最后看起来像一颗子弹。然后,突然,它穿过树木线,沿着小山朝她疾驰而来。她捂着嘴,被惊醒了。她的耳朵里响起熟悉的声音,虽然比上次微弱,但依然清晰——是那头牛在她的窗户下大声咀嚼。格林利夫先生让它跑出来了。

她起床,在黑暗中朝窗户走去,然后透过百叶窗向外看，但那头牛已经从树篱旁走开，所以一开始她并未看到牛。然后，她看见一个庞大的形体驻足在较远的地方，仿佛正在观察她。"这是我最后一晚忍受这个了。"她说。她观瞧着，直到那铁色的阴影在黑暗中走远。

翌日早晨，她等到十一点整。然后她钻进自己的汽车，驱车到牲口棚那里。格林利夫先生正在擦洗牛奶罐，已经把其中的七只立在奶室的外面晾晒了。两个星期来，梅太太一直在叮嘱他做这件事。"好了，格林利夫先生，"她说，"去拿你的枪。我们要打死那头牛。"

"我以为你想让这些个罐子……"

"去拿你的枪，格林利夫先生。"她说，声音和表情里不带任何感情。

"那位先生昨晚从那里跑出来了。"他用懊悔的腔调低声说，然后又对着一只罐子弯下身，一条胳膊伸进罐子里。

"去拿你的枪，格林利夫先生，"她用得意扬扬但单调的声音说，"那头牛在牧场上，和那些不产奶的母牛在一起。我从楼上的窗户里看到它了。我开车带你到那块牧场，然后你可以把它赶到空的牧场上，打死它。"

他缓慢地把手从那只罐子里伸出来。"还没有人要求过我打死我自己孩子的牛！"他用响亮刺耳的声音说。他从后口袋里掏出一块抹布，用它使劲地擦着双手，然后是鼻子。

梅太太仿佛没听到这句话，转过身，然后说："我在车里等你。去拿你的枪。"

她坐在车里，看着格林利夫先生怒气冲冲地走进他放枪的挽具房。他走进去之后，那间房子里传来一阵碰撞声，好像他踢开了挡着他路的什么东西。他端着枪从挽具房里走出来。他从汽车后面绕过来，用力地打开门，坐到她旁边的座位上。他在两膝之间握着枪，直视前方。他更愿意打死我，而不是那头牛，梅太太想道。梅太太别过脸，不让格林利夫先生看见自己的微笑。

早晨干燥而洁净。她开车在树林里穿行四分之一英里，然后进入开阔地带：一条窄路，两边是田地。坚持自己的观点所带来的愉悦让她的感官敏锐起来：鸟儿们四处尖叫，草明亮得几乎无法目视，天空是一片咄咄逼人的蓝。"春天来了！"她欢乐地说。格林利夫先生的嘴角微微动了动，仿佛觉得这是有史以来最愚蠢的一句话。梅太太在第二块牧场的门前停下，格林利夫先生撞开车门，又猛地关上门。他打开牧场大门，梅太太开车进去。他关上大门，默默地钻回汽车里。梅太太沿着牧场的边缘开着车,直到看见那头牛:几乎是在牧场的中央,身处母牛当中,正在安详地吃草。

"那位先生在等着你呢,"她说,狡猾地看了格林利夫先生愤怒的侧脸一眼,"把它赶到下一块牧场里,关起来。我会在你后面开车进去,我来关门。"

格林利夫先生又冲出去,这次故意让车门开着,这样梅太太只得朝座位倾过身来关门。梅太太坐在那里微笑,看着格林利夫先生穿过牧场,朝另一边的大门走去。他每走一步,似乎都是在把自己向前摔,继而又后退,仿佛正在召唤一种力量来见证他是被迫的。"哎,"她大声说,仿佛格林利夫先生仍在车里,"是你自己的儿子让你做这件事的,格林利夫先生。"O. T. 和 E. T. 现在可能正在捧腹嘲笑他们的父亲。梅太太似乎听见他们用相同的鼻音在说:"让爹替我们打死我们的牛。爹肯定会觉得,他要打死的是头好牛呢。打死那头牛,会要了爹的命!"

"那两个孩子如果对你有一点关心,格林利夫先生,"她说,"他们就会来弄走这头牛。我对他们感到吃惊。"

他先是绕着圈子去开大门。那头黑乎乎的牛身处斑驳的奶牛中间,站在原地不动。它低着头,一刻不停地吃着草。

格林利夫先生打开大门,然后开始绕着圈子回来,打算从后面接近那头牛。他到了牛后面大约十英尺的地方时,用胳膊拍打自己身体的两侧。牛慵懒地抬起头,继而又把头低下去,继续吃草。格林利夫先生又弯下腰,捡起什么东西,故意甩起胳膊,朝牛扔过去。梅太太觉得那肯定是块锋利的石头,因为牛跳起来,开始飞奔,最后消失在小山的边缘处。格林利夫先生不慌不忙地跟在后面。

"你不要假装赶不上它!"她叫喊道,然后发动汽车,径直穿过牧场。在坡地上,她必须慢慢地开。她抵达大门那儿时,格林利夫先生和那头牛都已不见了踪影。这块牧场比前一块小,是绿色的圆形地块,几乎被树林完全包围。她下车关上大门,站在牧场上搜寻格林利夫先生的踪迹,但他彻底消失不见了。她立刻明白,格林利夫先生的计划就是在树林里跟丢那头牛。她会看见格林利夫先生从那圈树林的某个地方出来,一瘸一拐地朝她走来。最后,格林利夫先生会走到她的身边,说:"你如果能在树林里找到那位先生,你就比我厉害。"

她打算说:"格林利夫先生,就算我不得不和你一起走进树林里,待整个下午,我们也得找到那头牛。就算由我扣扳机，你也得打死它。"格林利夫先生看到她这么郑重其事，会返回到树林里，迅速将牛打死。

她回到车里，驱车朝牧场的中央行驶。格林利夫先生从树林里走出来之后，无须走很远就能到达她的身边。此刻，她想象格林利夫先生坐在树桩上，用棍子在地上画线条。她决定掐着表，再等够十分钟，然后她就按喇叭。她下车走了走，接着在车前的保险杠上坐下，等着并休息。她非常累，后仰着头，让头靠着引擎盖，闭上眼睛。她不明白为什么现在只是上午，她却这么累。尽管眼睛闭上了，她还是能够感觉到头顶上方那个又红又热的太阳。她微微睁开眼，但白色的光线迫使她又把眼闭上。

她在引擎盖上靠了一会儿，昏昏欲睡，琢磨自己为什么会这样累。她闭着眼睛，把时间想成过去和未来而不是日与夜。她断定，她累是因为她一刻不停地工作了十五年。她断定，自己完全有权利累，完全有权利在再度开始工作之前休息几分钟。在任何一种审判席前，她都可以说："我工作了，没放纵。"就在她回顾自己辛劳的一生时，格林利夫先生可能正在树林里游荡，格林利夫太太可能正平躺在地上，在剪报上睡觉。这几年，那个女人越来越糟糕，梅太太相信，她是真的疯了。"我恐怕你的妻子已经被宗教给扭曲了，"有一次，她委婉地对格林利夫先生说，"凡事都得适度，你知道吗？"

"有一回，她治好了一个男人，那人有一半的内脏已经被虫子吃掉了。"格林利夫先生说。梅太太当时转过身，差点吐了。可怜的灵魂，她现在想道，这么无知。几秒之后，她睡着了。

她坐起来，看了看手表，发现已经过去了不止十分钟，但她还没听到枪声。她产生了一个新的想法：或许格林利夫先生用大石块扔它，把那头牛惹火了，于是那头畜生掉头朝向他，把他撞到一棵树下，用角戳了他？这个想法的讽刺意味逐渐加深：O. T. 和 E. T. 会雇一个不择手段的律师控告她。这是她和格林利夫氏打了十五年交道的一个不错的结局。她几乎是带着愉悦这样想，仿佛正在给朋友们讲一个故事，而故事即将到达完美的结局。然后，她又把这个想法丢开，因为格林利夫先生带着枪，而她已经买了保险。

她决定提醒格林利夫先生。她把手伸进车窗里，按了三声长喇叭和两三声短的，让格林利夫先生知道她已经不耐烦了。然后她走回来，又在保险杠上坐下。

几分钟后,一个东西从树林里跑出来:一个黑色的庞大影子,仰头几次,然后朝她大步跑过来。过了片刻,她才看出是那头牛。它以近乎摇摆的欢乐步伐,慢吞吞地跑着,穿过牧场,朝她而来,仿佛对于再次见到她感到欣喜若狂。她的目光越过它,看看格林利夫先生是不是也走出树林了,但他没出来。"它在这里,格林利夫先生!"她喊道,然后看向牧场的另一边,想看看格林利夫先生是不是从那里走出来了,但格林利夫先生不在她的视野里。她回过头,看见那头牛低着头,正朝她奔跑过来。她一动不动,不害怕,只是感到难以置信的冰冷。她注视着那狂暴的黑色闪电朝自己大步跑过来,仿佛对距离没有概念,仿佛不能立刻断定牛的意图。在她的表情改变之前,那头牛就像一个狂热而痛苦的恋人,已经把头埋在她的大腿上。它的一只角陷没在她的身体里,刺穿她的心脏;另一只角沿着她身体的一侧弯曲,牢牢地夹住她。她依然直勾勾地注视前方,但面前的整幅画面已经改变——树木线是除了天空别无他物的世界里的一道黑色伤口。她的脸上带着一副视力突然恢复却发现光线难以忍受的表情。

格林利夫先生举着枪从牧场的一边朝她奔跑过来。她看到格林利夫先生过来了，尽管她并未朝他所在的方向看。她看见格林利夫先生正在靠近一个看不见的圆圈的外部，树林在格林利夫先生身后裂开，他的脚下空无一物。格林利夫先生朝牛的一只眼开了四枪。梅太太没听到枪声，但那副巨大的身躯倒下去，把她拉向它的脑袋时，她感觉到那副身躯的颤抖。于是，格林利夫先生来到她身边时，她仿佛正俯身对着牛的耳朵低语她的最后一个发现。

树林风景

上个星期,玛丽·福琼和老头每天早晨都要去看那台机器把泥土挖出来扔在一个土堆上。工程在新湖湖边、老头卖给那个人的几块地中的一块上进行,那个人打算建一个钓鱼俱乐部。每天上午大约十点,他开车带着玛丽·福琼到那儿,然后把那辆破旧不堪的深紫色凯迪拉克停在能俯瞰工程所在地的路堤上。湖泊离工地不足五十英尺,红色的波浪朝前舒展,在另一边被一片黑色的树林挡住。那片树林看起来仿佛要蹚过湖水,来到田地上。

他坐在保险杠上,玛丽·福琼分开腿坐在引擎盖上。他们就这么看着,有时候会看几个小时。机器有条不紊地在曾是牧场的地上吃出一个方形红土坑。这恰好是皮茨成功清除了苦味草的唯一一块牧场,老头福琼先生卖掉它时,皮茨差点中风。福琼先生可以继续留着这块地的。

"我还没听说过一个让放牛场阻碍进步的傻瓜。"他在保险杠上对玛丽·福琼如是说了好几次。但小女孩只是盯着机器看,眼里别无他物。她坐在引擎盖上,俯视着那巨大的嘴巴贪婪地吃着泥土,然后,在连续的呕吐声中,机器做了一个迟缓而机械的抽回动作,接着转身又把泥土吐出来。玛丽·福琼眼镜后面的那双浅色眼睛一次次地追随着机器的这一套重复动作,而她的脸上——那是老头的脸的小小复制品——始终都是全神贯注的表情。

对于玛丽·福琼长得像她的外祖父这件事,除了老头自己,没有人特别高兴。他认为这大大增强了玛丽·福琼的吸引力。他认为玛丽·福琼是他见过的最聪明、最漂亮的小孩,而且他让其他人知道,如果——强调语气的"如果"——他会留下点什么给别人,他只会留给玛丽·福琼。玛丽·福琼现在九岁,和他一样又矮又宽,有着他那样的淡蓝色眼睛、宽阔而突出的额头、镇定而咄咄逼人的怒容,以及深红色的皮肤;在内在上,她也像外祖父。她很明显地表现出他那样的智慧、坚强的意志和冲劲。他们相差七十岁,但两人之间的精神距离是微小的。玛丽·福琼是他唯一尊重的家人。

他不喜欢小女孩的母亲,他的第三或第四个女儿(他从来都搞不清楚),尽管这个女儿认为是自己在照顾他。她认为——她是个非常谨慎的人,从未将这样的想法说出来,只是暗自期待着——只有她在容忍老年的父亲,所以这份产业应该留给她。她嫁给一个姓皮茨的傻瓜,生了七个孩子,也都是傻瓜——除了最小的玛丽·福琼——玛丽·福琼返祖到外祖父这里来了。皮茨一美分也挣不到,所以在十年前,福琼先生允许他们搬到他的产业上来务农。皮茨挣的全归皮茨,但土地还是福琼的,而且福琼经常有意让他们意识到这一事实。井干了,他不许皮茨钻一口深井,坚持要他们用管子从泉眼里取水。他不想为钻井掏钱,而且他知道,如果让皮茨掏钱,当他以后有机会对皮茨说"你可是坐在我的地盘上",皮茨就可以对他说"但是,你喝的水是我的水泵抽上来的"。

皮茨一家人在这里住了十年,开始觉得这个地方是他们的。女儿是在这里出生长大的,但老头认为,女儿在嫁给皮茨以后,表现出喜欢皮茨胜过这个家,所以她回来时就像个佃户。不过,他基于和不许他们钻井同样的原因,也不许他们交租。一过六十岁,人就处于一个尴尬的位置,除非他掌握着很多利益。他通过时不时卖掉一块地，给皮茨一家人一个切身的教训。再也没有比看着福琼先生把一块地产卖给外人更让皮茨痛苦的事了，因为他想自己买下来。

皮茨瘦削，长下巴，脾气暴躁，阴沉，闷闷不乐，他的妻子是那种以责任为傲的女人：待在这里照顾爸爸是我的责任。我不做谁做？我心里完全明白，我这么做不会得到任何回报。我这么做，因为这是我的责任。

老人不会被这种话欺骗哪怕一分钟。他知道，他们正在不耐烦地等着可以把他放进一个八英尺深的坑里再用土盖住的那一天。他们估计，到时候，就算他没把这个地方留给他们，他们自己也能买下它。他已经秘密地立好遗嘱，把一切都留给玛丽·福琼托管，指定他的律师而不是皮茨作为遗嘱执行人。他死了以后，玛丽·福琼会让其余的人吓一跳，他毫不怀疑，玛丽·福琼能做出这样的事。

十年前，他们说，如果是个男孩，他们打算依照他的名字，把即将降生的小孩取名为马克·福琼·皮茨，但他当即就告诉他们，他们如果把他的姓和皮茨这个姓联系在一起，他就把他们赶出这个地方。婴儿降生了，是个女孩。他发现，小女孩尽管才一天大，却十分明显地带着他的特征。他动了恻隐之心，主动建议他们把她叫作玛丽·福琼——追忆他至爱的母亲——七十多年前，她因为生他而去世。

福琼的产业位于一条泥土路旁的乡间，泥土路离公路有十五英里远。他一向支持进步，如果不是为了与时俱进，他根本不会卖地。有些老年人阻挠改良，反对新事物，畏惧变化，他不是那种人。他想在自家的门前看到公路，许许多多的新款汽车奔驰在这条公路上面；他想在路对面看见超市，他想在不远的地方看到加油站、汽车旅馆和汽车电影院。进步让这一切都进行起来了：电力公司在河上建了一座大坝，大坝淹没了周围乡村的大片地区，由此形成的湖与他的土地交接了有半英里长。每个人都想在湖边拥有一块地。传闻说他们就要有电话线了，传闻说在福琼地产的前面就要铺路了，传闻说这里最终将成为一个镇子。他认为镇子应该叫佐治亚州福琼镇。他是个有远见的人，尽管他已经七十九岁了。

昨天，那台挖土的机器停下了。今天，他们看着两台巨大的黄色推土机填坑。在卖地之前，他的地产总共有八百英亩[1]。他已经卖掉了位于产业后部的五块二十英亩的土地，他

---

[1] 一英亩约等于4046.8平方米。

每卖出一块地，皮茨的血压就得上升二十个点。"皮茨这家人是会让放牛场阻碍社会进步的那种人，"他对玛丽·福琼说，"但你和我不是。"玛丽·福琼也是皮茨家的人这一事实，被他以一种绅士风度忽略了，仿佛那是不该由孩子承担的一种苦难。他喜欢把玛丽·福琼想成自己的一件完美陶制品。他坐在保险杠上，玛丽·福琼坐在引擎盖上，光着的双脚搭在他的肩膀上。一台推土机在他们的下面移动，铲着他们停车的这段路堤的边缘。老头如果把脚往外挪几英寸[1]，就悬在路堤边缘上了。

"看着点，"玛丽·福琼的叫喊声盖过机器的噪声，"他会铲掉你的土的。"

"桩子在那儿呢，"老头叫嚷说，"他还没过桩子。"

"他只是现在还没过。"她吼叫道。

推土机从他们下面经过，继续朝着远远的那一头前进。"嗯，你看着，"他说，"睁大眼睛，他如果撞倒桩子，我会制止他的。皮茨这家人是会因为放牛场或放骡场或一排豆子妨碍进步的那种人，"他继续说，"我们这种人眼界比他们

1　一英寸等于 2.54 厘米。

高,知道人不能为了一头奶牛而阻止时代的步伐……"

"他在晃那一头的桩子呢!"玛丽·福琼尖叫道。他还没来得及阻止,玛丽·福琼已经从引擎盖上跳下去,沿着路堤的边缘跑起来,黄色的小裙子在身后鼓荡着。

"别跑得离路堤边那么近!"他叫喊道。但玛丽·福琼已经到达桩子那里,正要蹲下来,打算看看桩子被晃到什么程度。她俯身在路堤上,对坐在推土机驾驶室里的男人晃了晃拳头。那个男人对她挥挥手,继续做自己的事。玛丽·福琼那小小手指头里的见识,比他们其他所有人脑子里的见识还要多呢,老头心里想道,骄傲地看着小女孩朝自己走回来。

玛丽·福琼有一头浓密且非常漂亮的沙色头发——和他还有头发时一模一样。头发很直,被剪到眼睛的上面,顺着脸颊的两边垂到耳梢上。她的头发就像一道门,脸只露出中心部分。玛丽·福琼的眼镜是银边框的,也和他的一样。玛丽·福琼甚至以他那副模样走路:肚子前凸,拖着脚,步伐小心而又莽撞,身体有些摇晃。玛丽·福琼现在贴着路堤边走着,右脚的外侧与路堤边缘齐平。

"我说了不要走得离路堤边那么近,"他呼喊道,"要是掉下去，你就活不到俱乐部完工的那一天啦。"他一向非常小心，确保玛丽·福琼能避开危险。他不会让玛丽·福琼坐在有蛇出没的地方，或者把手放在可能藏着马蜂的灌木丛上。

她并未移开分毫。她也有老福琼的习惯：如果不是自己想听的话，她就不听。既然这是老福琼自己教给她的一个小窍门，老福琼只好欣赏她对这个窍门的运用了。他预见到，等玛丽·福琼老了，这会让她很受用。玛丽·福琼来到汽车旁边，一声不吭地爬回到引擎盖上，接着像刚才那样，把双脚放回到他的肩膀上，仿佛他只不过是汽车的一部分。玛丽·福琼的注意力又回到远处的推土机上。

"记住，你如果不小心点，就什么也得不到。"外祖父说。

他是个强调纪律的人，但从未抽过玛丽·福琼。他觉得，对于有些小孩，比如皮茨家前面那六个，原则上应该每周抽他们一次，但管束聪明的小孩另有办法。他从没对玛丽·福琼动过手，也不允许玛丽·福琼的母亲或哥哥姐姐们打她哪怕一耳光。老皮茨则另当别论。

皮茨是个脾气暴躁、不分青红皂白就发怒的人。有好多次，福琼先生心脏狂跳，看着皮茨从桌旁他那个座位——不是首位，福琼先生坐在首位呢，是侧位——慢慢地站起来，突然毫无缘由且不作解释地扭头面向玛丽·福琼，说："跟我来。"然后他就离开餐厅，边走边解腰带。这时，一种与小孩的脸格格不入的表情就会出现在玛丽·福琼的脸上。老头描述不出那种表情，但那种表情让他愤愤不已。那种表情里夹杂着一点恐惧、一点尊敬和一点其他东西——非常像是合作的东西。这种表情将会出现在她的脸上，然后她跟着皮茨出去。他们坐进皮茨的卡车里，皮茨沿路驱车到福琼先生听力范围以外的地方：他在那里揍玛丽·福琼。

福琼先生知道皮茨揍了玛丽，因为他曾开着自己的车跟着他们，目睹了殴打的全部过程。他在一百英尺外的一块大石头后面看着小孩抱住一棵松树，而皮茨就像用弹簧刀使劲砍灌木那样，用腰带抽小孩的脚踝。玛丽只是像站在热炉子上似的上下蹦跳，如同一条遭到痛打的狗似的发出抽泣声。皮茨打了大约三分钟，然后一言不发地转过身，回到卡车里，把玛丽留在那儿。玛丽倒在树下，用双手抓住双脚，来回摇晃它们。老头蹑手蹑脚地靠上前，想把玛丽看得更清楚些。玛丽的脸扭曲成由小小红块组成的一张拼图，鼻涕和眼泪一起奔流着。老福琼扑到她身上,气急败坏地说:"你为什么不还手?你的勇气到哪儿去了?你觉得我会让他打我吗?"

她跳起来,从外祖父身边向后退,仰起下巴。"没有人打我。"她说。

"你当我是瞎子吗?"外祖父勃然大怒道。

"没有人在这儿,也没有人打我,"玛丽·福琼说,"这辈子还没人打过我,如果谁打我,我就杀了他。你自己看看,没人在这儿……"

"你把我当成瞎子还是骗子了!"外祖父叫喊道,"我亲眼看见他了,你什么也不做,任由他摆弄;你什么也不做,就是抱着树,上蹿下跳几下,然后哇哇地哭。要是我,我会对他的脸挥出拳头,接着——"

"没人在这儿,也没人打我,如果有人打我,我会杀了他!"她叫喊道,飞奔着穿过树林。

"是我在颠倒黑白喽!"他在玛丽·福琼身后吼叫道,然后在树下的一块小石块上坐了下来,满腔的烦闷和愤怒。这是皮茨对他的报复。仿佛被皮茨沿路开车带到这里揍的是他,仿佛屈从的人是他。开始时,他觉得可以对皮茨说,你如果再打她,我就把你们赶出这个地方。他想以此来制止皮茨，但他这样说的时候，皮茨说："把我赶走吧，但我会把她也带走。快点这样做吧。我用鞭子打的是自己的孩子，只要我乐意，可以每天都用鞭子打她一顿。"

他能让皮茨感受到自己的手段时，就会坚决地去做。现在，他有了一个锦囊小妙计，这个计策将成为揍向皮茨的一记重拳。他告诉玛丽·福琼如果不小心点她什么也得不到时，正喜滋滋地想着这个计策。他没等玛丽回答，就又说道，他可能不久就会再卖一块地，如果真卖的话，他可能会给玛丽·福琼一份红利，可玛丽·福琼如果再对他无礼，红利就没戏了。他经常用小小的言语之刺对付玛丽·福琼，但这只是一种游戏，就像在公鸡面前竖一面镜子，看着公鸡和它自己的影像打架。

"我不想要什么红利。"玛丽·福琼说。

"我还没见你拒绝过一次呢。"

"你也没见我要过一次。"玛丽·福琼说。

"你攒了多少钱了？"他问。

"不关你的事，"玛丽·福琼说，用脚跺了跺他的肩膀，"别干涉我的事。"

"我敢打赌，你把钱缝在了床垫里，"他说，"就像黑鬼老女人那样。你应该把钱放在银行。我做完这桩买卖,立马给你开个户头。除了我们俩,谁也没办法查你的账户。"

推土机再一次从他们的下面经过,让他没办法说接下来的话。他等着,噪声一过去,他就憋不住了。"我打算把房子正前面的那块地卖了,让人家盖加油站,"他说,"以后我们就不用开出老远去给车加油了,出了前门就能加油。"

福琼的房子建在土路后面两百英尺的地方,他打算卖掉的正是这两百英尺长的地。他的女儿曾快乐地把这块地称作"草坪",尽管那只不过是一块杂草地。

"你是说,"过了一会儿,玛丽·福琼说,"草坪?"

"是的,小姐!"他拍着大腿说,"我说的就是草坪。"

玛丽·福琼不再说什么,他回头抬眼看着玛丽·福琼。在那扇小小的头发之门里,他看见的是他自己,但那不是他现在表情的映像,而是他不高兴时的那种阴沉的表情。"那是我们玩的地方。"玛丽·福琼咕哝道。

"可是你可以去其他许多地方玩。"他说。他被玛丽·福琼冷漠的态度惹恼了。

"我们以后看不见路那边的树林了。"玛丽·福琼说。

老头凝视着她。"路那边的树林?"老头重复道。

"我们以后看不见那道风景了。"玛丽·福琼说。

"风景?"老头重复道。

"树林,"玛丽·福琼说,"我们以后从门廊下看不见树林了。"

"从门廊下看树林?"老头重复道。

然后玛丽·福琼说:"我爸爸在那块地上放牛。"

因为讶异,老头的愤怒迟来了片刻。然后,他的愤怒像熊熊烈火一样爆发了。他跳起来,转过身,把拳头擂在汽车的引擎盖上。"他可以到别的地方放牛!"

"小心别掉到路堤下面去。"玛丽·福琼说。

他目光始终盯着玛丽·福琼,从车头绕到一侧。"你以为我在乎他在哪里放他的牛犊吗?你以为我会让一头牛犊碍我的事吗?你以为我会把那个傻瓜在哪里放他的牛犊放在心上吗?"

玛丽·福琼坐着,脸红红的,比她头发的颜色还要深。现在,他们的表情是一样的。"叫他的兄弟为傻瓜的,必将经受地狱之火。"[1] 玛丽·福琼说。

---

1 出自《马太福音》5: 22。

"不要审判，"老头叫喊道，"否则你也将会受到审判！"他的脸色，是玛丽·福琼脸色的映像，但更紫一些。"你！"他说，"你让他想什么时候打你就什么时候打你，什么都不做，就知道小声地哭，上蹿下跳！"

"他和其他任何人都没碰过我，"玛丽·福琼说，用一种极为平静的语气，斟酌每一个字，"没有人打过我，如果谁打我，我就杀了他。"

"完全是颠倒黑白！"老头尖声叫道。

推土机从他们的下面经过。他们的脸相隔一英尺，保持着同样的表情。推土机的噪声渐渐远去，老头说："你自己走路回家吧。我拒绝让耶洗别[1]坐我的车！"

"我也拒绝和巴比伦婊子[2]坐同一辆车。"玛丽·福琼滑到汽车的一边，穿过牧场而去。

"婊子是女人！"老头吼叫道，"你什么都不懂！"但玛丽·福琼并未屈尊转头回敬他。看着那结实的小身影趾高气扬地穿过黄点斑斑的田地，朝着树林而去，仿佛不能自已

1　喻指邪恶的女人，见《列王纪上》第16—21章和《列王纪下》第9章。
2　《启示录》中的象征性形象，通常被认为是邪恶和道德败坏的象征。

似的,老头对玛丽·福琼的骄傲,就像新湖上的平和微波一样,回来了。但玛丽·福琼不愿反抗皮茨,这件事就像水底逆流,把那微波向后推。他如果能教会玛丽·福琼像反抗他那样反抗皮茨,那玛丽·福琼就是个完美的孩子了——无所畏惧而又意志坚定,人人都希望能够如此——但这是玛丽·福琼性格中的一个弱点。只有在这一点上,玛丽·福琼不像他。老头转过身,看向湖泊那一边的树林。他想到,五年内,房屋、商店和停车场将取代树林,而对这一切的赞颂大部分要归于他。

他打算通过实例来告诉这个小孩什么是勇气,而由于已明确地下定决心,于是,中午时分,在餐桌旁,他就宣布自己正在和一个叫蒂尔曼的人谈判卖掉房前这块地盖加油站的事。

他的女儿——带着疲惫不堪的神色坐在桌子的最下首——哼了一声,仿佛一把钝刀正慢慢旋转着刺进她的胸膛。"你是说草坪!"他的女儿呻吟道,然后坐回椅子里,用几不可闻的声音重复道,"他是说草坪。"

皮茨家的另外六个孩子开始大叫"那是我们玩的地方!""不要让他那么做,爸!""我们以后看不见路啦!",以及诸如此类的蠢话。玛丽·福琼什么也没说。她一副执拗而矜持的表情,仿佛正在计划自己的什么事。皮茨不吃了,双眼瞪着前方。他的盘子里满满的,但他的拳头一动不动地放着,就像盘子两边两块黑色的石英石。他的目光开始在环坐餐桌的孩子间移动,仿佛要从他们中找出一个与众不同的来。最后,他的目光停在坐于外祖父身边的玛丽·福琼身上。"是你叫他对我们做这种事情的。"他咕哝道。

"我没有。"她说,但声音里毫无自信可言。那只是一阵颤音,是一个受到惊吓的孩子的声音。

皮茨站起来,说:"跟我来。"他转身走出去,一边走一边解腰带。让老头彻底绝望的是,玛丽·福琼从桌旁滑下去,跟在皮茨后面,几乎是奔跑地跟着皮茨来到门外。小女孩上了卡车,然后他们绝尘而去。

这种怯懦让福琼先生悲伤,仿佛那是他自己的懦弱。这种怯懦让他的身体难受。"他打一个无辜的孩子,"他对女儿说,女儿坐在桌子的最下首,明显还没回过神来,"而你们没有一个人阻止他一下。"

"你也没阻止一下啊。"一个男孩说,然后青蛙合唱团又一起嘀咕了一阵。

"我是个心脏有毛病的老家伙，"他说，"我没办法拦住一头阉公牛。"

"是她怂恿你这么做的，"他的女儿用慢悠悠而又疲倦的声音说，头在椅背边框上前后摇晃，"所有事情都是她怂恿你做的。"

"她没有怂恿我做任何事！"他尖叫道，"你不是个做母亲的！你还有什么脸面！那孩子是个天使！圣人！"叫嚷声太大，嗓子都快要被撕裂了，他只得小步跑出餐厅。

在那天下午余下来的时间里，他只得躺在床上。每次知道那个孩子挨打了，他都会觉得自己的心脏对胸腔而言有点太大了，被挤压得难受。不过，他现在比以往任何时候都更坚决地想要看到加油站在房子前面建起来。如果这样会让皮茨中风，那再好不过。如果这样会让皮茨中风乃至瘫痪，那是皮茨活该，那样他就永远都没法再打玛丽·福琼了。

玛丽·福琼从不会真的或长久地生他的气。尽管在那天余下来的时间里他并未见到玛丽·福琼，但他翌日早晨醒来时，玛丽·福琼正骑坐在他的胸口，命令他快点起床，不然他们就赶不上看混凝土搅拌机了。

他们到达那里时，工人们正在给钓鱼俱乐部打地基，混凝土搅拌机已经在工作了。混凝土搅拌机的体积和颜色与马戏团里的大象差不多。他们站在那里,看混凝土搅拌机搅拌了半小时左右。老头十一点半要和蒂尔曼见面谈交易,所以他们只得离开。老头没告诉玛丽·福琼他们要去哪里,只是说他必须见一个人。

蒂尔曼在公路下面五英里的地方经营着一家包括加油站、废旧金属场、废旧汽车场和舞厅的乡下综合商店,那条公路连接着从福琼家前面经过的土路。因为土路很快就要变成公路,蒂尔曼想选个好位置,再办一家这样的企业。蒂尔曼是个有进取心的人——福琼先生觉得,蒂尔曼是这样一种人:永远都不是紧跟形势,而总是超前一些。这样,当形势到来时,蒂尔曼已经在那里等着了。公路沿线有很多标牌,标明离蒂尔曼商店仅五英里、仅四英里、仅三英里、仅两英里、仅一英里,然后是"注意,蒂尔曼商店就在拐弯处!",最后是用醒目的红色字母写着的"朋友们,蒂尔曼商店到了!"。

蒂尔曼商店的两边是报废汽车的存放地——收容无药可救的汽车的一种病房。他也卖户外装饰品,比如石鹤、石鸡、花坛、花盆、小风车。为了不让舞厅的顾客觉得晦气,在商店远远的后面，还有一排墓碑和纪念碑可供出售。他的大部分业务都是在户外进行的，所以他的店面不值什么钱。那是一栋单间木制建筑，后面加盖了一个铁皮大厅作为舞厅。舞厅被分为两个区域——有色人种的和白人的——两个区域里各有一台独立的自动点唱机。他有个烧烤坑，还出售烧烤三明治和软饮料。

老头驱车抵达蒂尔曼的凉棚下面时，看了玛丽·福琼一眼：小女孩的腿抬到座位上，下巴支在膝盖上。老头不知道玛丽·福琼是否会记得他打算把那块地卖给蒂尔曼。

"你来这里做什么？"玛丽·福琼突然问道，脸上一副僵硬的表情，仿佛嗅到了敌人。

"不关你的事，"老头说，"我下去之后，你老实待在车里。我会给你买点东西的。"

"不要给我买什么东西，"玛丽·福琼阴沉地说，"因为我不会待在这里。"

"哈！"老头说，"你已经在这里了，除了等着，一点办法也没有。"老头不再管玛丽·福琼，下车走进阴沉沉的商店。蒂尔曼正在店里等他。

半小时后，老头出来了，但玛丽·福琼已经不在车上。

她藏起来了,老头断定。他绕过商店,想看看玛丽·福琼是不是在后面。他朝舞厅两个区域的门里看了看,然后转悠到墓碑那儿。接着,他扫视停放着那些凄惨汽车的场地,想到玛丽·福琼可能在二百辆汽车中任何一辆的里面或后面。老头回到商店前面。一个黑仔男孩坐在地上,倚着正在冒水珠的冰桶,喝着一瓶紫色饮料。

"孩子,那个小女孩去哪里了?"他问。

"俺没看见什么小姑娘。"男孩说。

老头不耐烦地在口袋里摸索一会儿,递给男孩一枚五分镍币,说:"一个非常漂亮的小女孩,穿着黄色的棉裙子。"

"您说的是一个像您这样敦实的女娃吧,"男孩说,"她坐上卡车,和一个白人走喽。"

"什么样的卡车,什么样的白人?"他叫喊道。

"一辆绿色的小卡车,"男孩咂着嘴说,"她管那个白人叫'爹'。他们刚才朝那个方向去了。"

老头颤抖着钻进自己的汽车,起程回家。他感到既愤怒又屈辱。玛丽·福琼以前从来没丢下过他,更不会为了皮茨而丢下他。是皮茨命令她坐上卡车,她不敢违抗。得到这个结论后,老头比刚才更加愤怒。她究竟是怎么回事,为什么就没办法反抗皮茨呢？在其他所有方面，他都把玛丽·福琼训练得非常好，为什么她的性格中会有这样一个缺陷呢？这真是个可恶的谜题。

老头来到家门前，登上门阶。玛丽·福琼坐在旁边的秋千上，闷闷不乐，目光越过老头打算卖掉的这块土地，看着前方。玛丽·福琼双眼肿胀，眼圈泛着粉红色，但老头并未在她的腿上看到红色的伤痕。老头在玛丽·福琼的旁边坐下。他想让自己的口气显得严厉，发出来的却是挤压变形的声音，这声音仿佛出自想要重新获得认可的求婚者。

"你为什么丢下我？你以前从没丢下过我。"他说。

"因为我想。"她说道，直视前方。

"你肯定没这么想过，"他说，"是他逼你的。"

"我跟你说了，我会走的，所以就走了，"她用低沉而断然的声音说道，不去看外祖父，"现在，你可以去干你的事了，让我一个人待着。"她的声音里有种清晰的决绝意味，他们以前争论时，她从来没用过这种腔调说话。她凝视的目光越过这块除茂盛的粉色、黄色、紫色杂草外别无他物的土地，越过红土路，抵达顶部边缘为绿色的黑色树林暗沉沉的轮廓。在那后面是更远处的树林窄窄的灰蓝色轮廓，而那片树林的后面就是天空。天空里除了一两片纤薄的云,什么也没有。她看着这片风景,仿佛这风景是比老头更让她喜欢的一个人。

"这是我的地,对吧?"他问,"我卖我自己的地,你为什么会这么不自在呢?"

"因为这是草坪。"她说。她的眼泪和鼻涕一起肆意奔流出来,但她一直绷着脸,液体一流到她的舌头够得到的范围内,就被她舔掉。"我们以后看不见路那边了。"她说。

为了让自己再次确信那里没什么可看的,老头又眺望一下路的那一边。"我以前没见过你这样,"他不解地说,"那里除了树林,什么都没有啊。"

"我们以后看不见那些树了,"她说,"而且这是草坪,我爸爸要在这上面放牛犊。"

听到这句话,老头站起来。"你的举止越来越像皮茨家的人,越来越不像福琼家的人了。"他说。他以前从没对玛丽·福琼说过这样难听的话,话一出口,他就觉得后悔了。这句话对他自己的伤害比对玛丽·福琼的伤害更大。老头转身进屋,上楼走进自己的房间。

下午，老头几次从床上爬起来，看向窗外，目光越过"草坪"，看着玛丽·福琼所言的那片他们以后再也看不见的树林的轮廓。每一次，他看到的都是同样的东西：树林——不是一座山、一道瀑布或任何一种种植花木，只是树林。在下午某个特定的时间里，阳光在树木间迂回穿梭，使得每一株纤细而又光秃秃的松树都清晰可见。一根松树干只是一根松树干，他自忖道，在这一带，谁没见过松树干呢？每次起床并看向窗外，他都会再度确信，自己卖掉那块地是明智的。这件事给皮茨造成的不快是永恒的，但他可以给玛丽·福琼买点什么，以此来补偿她。对于成年人，一条路要么通往天堂，要么通往地狱，但对于孩子，沿途有很多站点，在这些站点，一件小东西就能吸引他们的注意。

他第三次起床看树林时，差不多已是六点钟。快要隐匿到树林后面的落日喷薄出红光，那些瘦削的树干仿佛被红光之池托了起来。老头凝视了好一会儿，仿佛在一个被延长的瞬间里，他从通向未来的一切事物的嘈杂声中被拉了出来，被困在他以前无法理解且让他不舒服的神秘中。他在幻觉中看到：树林后面好像有个人受伤了，树木泡在血液里。几分钟后，皮茨的小卡车慢慢地停在窗下，打碎了这令人不快的景象。他回到床上，闭起眼睛，但在他闭着的眼皮下，可怖的红色树干在黑色的树林里升起。

吃晚饭时，没有一个人和他说话，包括玛丽·福琼。他匆匆吃完，又回到自己的房间，用整晚的时间向自己指出，在如此近的地方就有一处像蒂尔曼商店那样的设施，这对于未来将是多么有利。无论什么时候需要一块面包，只要走出前门，走进蒂尔曼商店的后门就可以了。他们可以把牛奶卖给蒂尔曼。蒂尔曼是个招人喜欢的人。蒂尔曼会带来其他生意。路很快就要铺了。来自全国各地的游客将在蒂尔曼商店前停留。他的女儿如果觉得自己比蒂尔曼有本事，商店的存在还可以杀一杀她的威风。人人生来自由且平等。这句名言在他的脑海里响起时，爱国意识占了上风，于是他想到，卖掉那块地是他的责任，他必须对未来负责。他看向窗外，看着月亮照耀在路那边的树林的上空。他听了一会儿蛐蛐和树蛙发出的嘈杂声，他能听到，在它们的吵闹声下面，未来的福琼镇在搏动。

他上床了，确信早晨醒来时，他会和往常一样，看到嵌在秀发之门里自己的另一张小小的红脸。玛丽·福琼会完全忘了这项交易，吃完早饭，他们就开车到镇上，去法院拿法律文件。在回来的路上,他会在蒂尔曼商店前停下来,完成这笔买卖。

他早晨睁开眼时,看到的是空荡荡的天花板。他坐起来,环顾房间,但玛丽·福琼不在房间里。他趴在床边,看看下面,但玛丽·福琼也不在床底下。他起床穿衣,来到外面。玛丽·福琼坐在门廊前的秋千上,神态与昨天完全一样。她的目光越过草坪,看着树林。老头十分恼火。自打玛丽·福琼会爬开始,老头每天早晨醒来后,就会看见玛丽·福琼要么在他的床上,要么在床底下。很明显,玛丽·福琼今天早晨更愿意看看树林风景。他决定不去在意她的行为,等玛丽·福琼的怨恨过去了,他再提出自己的不满。他坐到玛丽·福琼的旁边,可她仍然看着树林。"我还以为我们俩要到镇上,去看看新开的船舶店里的船呢。"老头说。

玛丽·福琼并未转头,但犹疑地大声问道:"你去那里还有什么事?"

"没有别的事了。"老头说。

过了一会儿,玛丽·福琼说:"如果只是看船,我去。"但她一眼都没看老头。

"可是得先穿上鞋子呀,"老头说,"我可没打算和一个光着脚丫的女人进城。"但这句玩笑话并未能让玛丽·福琼笑出来。

天气和玛丽·福琼的情绪一样不好。天空看起来仿佛既要下雨又不会下雨。太阳也懒得出现在这令人不快的灰色天空里。在去镇里的路上,玛丽·福琼坐着,一直在看自己的双脚。那双脚伸在她的前面,被包在笨重的棕色学生鞋里。老头以前经常悄悄地来到她身边,发现她正独自与自己的脚说话,他觉得玛丽·福琼现在就在无声地和自己的脚说话。时不时地,玛丽·福琼的嘴唇会动一动,但她没对老头说任何话。而老头的话并不能使她动容,仿佛她根本就没听见。他断定,他要花一大笔钱才能买回玛丽·福琼的好心情,最好是买一艘船,因为他自己也想要。自从水漫到老头的地产上起,玛丽·福琼就把船挂在嘴边。他们先来到船舶店。"带我们去看看穷人能买得起的游艇!"他们一进门,他就生机勃勃地叫喊道。

"全都是为穷人准备的!"店员说,"买一艘你就成穷人了!"他是个结实的年轻人,穿着黄色的衬衫和蓝色的裤子,一肚子早已准备好的幽默话。福琼先生和店员连珠炮似的交换几句聪明话。福琼先生看向玛丽·福琼,想知道她的脸是不是已经明亮起来。她站着,目光越过装有外部马达的小艇,失神地凝视着对面的墙壁。

"小姐对船感兴趣?"店员问。

玛丽·福琼转过身,慢慢地走出商店,走到人行道上,又回到车里。老头诧异的目光追随着她。老头无法相信,一个拥有玛丽·福琼那样智力的小孩会仅仅因为他卖一块地而出现这样的举止。"我想她肯定是生病了,"他说,"我们会回来的。"然后他也回到车里。

"咱们去吃个冰激凌蛋筒。"他建议道,忧心忡忡地看着玛丽·福琼。

"我不想吃什么冰激凌蛋筒。"玛丽·福琼说。

他真正的目的地是法院,但他不想让小女孩看出他的心思。"我去办点我自己的小事,你到杂货店逛逛怎么样?"他问,"我给你一枚二十五美分的硬币,你给自己买点什么。"

"我在杂货店里没有事情可做,"玛丽·福琼说,"我也不想要你的什么二十五美分。"

他不应该觉得二十五美分能引起玛丽·福琼的兴趣,因为连一艘船都不管用。他责备自己的愚蠢。"嗯,怎么了,大姐?"他和蔼地问,"你觉得不舒服吗?"

玛丽·福琼转过头,直视他的脸,用饱含凶狠的声音缓慢地说:"那是草坪。我爸爸在那里放他的牛犊。我们以后再也看不见那片树林了。"

老头尽可能地把怒火压制得久一些。"他打你!"他叫喊道,"你却担心他要在哪里放他的牛犊!"

"我这辈子还没被谁打过,"玛丽·福琼说,"如果谁打我,我就杀了他。"

一个七十九岁的男人不会任由一个九岁的小孩对自己为所欲为。老头的脸上挂着坚决的表情,就和玛丽·福琼的一样。"你是福琼家的人,"老头说,"还是皮茨家的人?做个决定吧。"

她的声音响亮、自信且带着挑衅。"我是玛丽——福琼——皮茨。"她说。

"可我,"老头叫嚷道,"是纯正的福琼氏!"

玛丽·福琼对此无话可说,也通过自己的神态表明了这一点。有那么一刹那,玛丽·福琼看起来似乎被完全击败,老头清楚而又不安地看到,那是皮茨氏的表情。他看到的是皮茨氏的表情,纯洁而朴素,他觉得自己被那表情玷污了,仿佛那是他脸上的表情。他厌恶地转过头,把汽车倒出来,径直前往法院。

法院是一幢表面闪闪发光的红白两色建筑,坐落在大部分草皮都已经被踏没了的一个广场的中央。他在法院前停下车,用专横的语气说:"待在这里。"然后他下车,砰地关上车门。

他花了半个小时的时间拿地契、起草买卖合同。他回到车上时,玛丽·福琼坐在后排座位的角落里。在老头能看到的玛丽·福琼的那部分脸上,是预感到了什么的畏缩表情。天空暗下来,空气里有一股懒洋洋的热潮,仿佛龙卷风马上就要来了。

"我们最好快一点儿,免得遇上暴风雨,"他说,然后又着重补充道,"因为在回家的路上,我还要在一个地方停一下。"但他没得到任何回应,他似乎是在给一具小小的尸体当司机。

在去蒂尔曼商店的路上,他再次回顾让他做出现在这种举动的所有正当理由,从中找不出任何不妥之处。他认定,玛丽·福琼的这种态度不会持续很长时间,但他对玛丽·福琼的失望会持续很久，所以玛丽·福琼在改变态度以后必须道歉，而且他不会买什么船了。他逐渐意识到，玛丽·福琼每次给他带来麻烦，都是因为他不够强硬。他以前太宽宏大量。他专心思考这些事情，没留意到那些标明蒂尔曼商店离他还有多少英里的标牌，直到最后一块写着"朋友们，蒂尔曼商店到了！"的标牌突然欢欣地出现在他的面前。他把车开到凉棚下。

他下车的时候，没看玛丽·福琼一眼。他走进阴沉沉的店铺，蒂尔曼趴在三排罐装货品架前的柜台上，正等着他。

蒂尔曼是个讷于言但敏于行的人。他坐着，双臂习惯性地交叠在柜台上，那颗其貌不扬的脑袋像蛇一样在肩膀上动来动去。他长着一张倒三角形的脸，头上戴着一顶布满斑点的帽子。他那双绿眼睛非常小，他的舌头总是暴露在半张着的嘴里。支票本就在他的手边，于是他们立刻开始办正事。蒂尔曼很快就看完地契，签了买卖合同。然后福琼先生也签了买卖合同，他们在柜台上方握了握手。

和蒂尔曼握手时，福琼先生如释重负。事情，他觉得，已成定局，不会再有和自己或和她的争论了。他觉得自己是依照原则行事，社会进步也得到了保障。

就在他们的手松开时,蒂尔曼的面容蓦地一变,接着完全消失在柜台下面,好像被人从下面拽住了双脚。一只瓶子被砸到柜台后面的一排罐装货品上。老头转过身。玛丽·福琼站在门口,脸红红的,表情狂野,正举着另外一只瓶子准备扔出去。老头弯下身,瓶子砸在他身后的柜台上,但玛丽·福琼又从板条箱里拿出一只瓶子。老头朝玛丽·福琼跳过去,但玛丽·福琼飞奔到商店的另一头,一边嘶喊着一些听不分明的话,一边扔出她够得到的任何东西。老头又扑出去,这一次抓住了玛丽·福琼的裙裾,把她拖到店外。他牢牢地抓住玛丽·福琼,把她拎到离汽车几英尺的地方。玛丽·福琼在他的手臂里气喘吁吁、抽泣不止,突然又安静下来。他费力地弄开车门,把玛丽·福琼扔进去。然后他跑着绕到另一边,钻进去,驾车飞快地离开。

老头觉得自己那颗有这辆车那么大的心脏,正以比他乘坐过的任何交通工具都要快的速度,带着他向前奔驰,仿佛要去一个他注定逃不开的地方。在最初的五分钟里,老头不思考,只是全速前进,仿佛被自己的愤怒左右了。慢慢地,思考的力量回到老头的身上。玛丽·福琼在角落里缩成一团,吸着鼻子,身体一起一伏。

他这辈子还没见过会做出这种行为的小孩。从没有哪个小孩,不管是他自家的小孩,还是别人的小孩,在他面前发这么大的脾气。而且他从来就没想象过哪怕片刻,他自己培养的孩子,当了他九年固定伙伴的孩子,会让他如此难堪。这个他从未对她动过手的孩子!

然后老头顿悟:这是他的错。

玛丽·福琼尊敬皮茨是因为,哪怕没有什么正当的理由,皮茨也打她;而他如果——有自己正当的理由——现在不打她,那么如果玛丽·福琼最终变成一个恶魔,他也只能责怪自己。老头觉得,他只得抽她一顿的时刻已经来临。他拐下公路开上通往家的那条土路时告诉自己,他揍她一顿之后,她就再也不会扔瓶子了。

他沿着泥土路开车,开到他的地产的边界,然后拐上宽度仅能容下一辆汽车的一条边道,在树林中开下半英里。他把车停在他看见皮茨用腰带抽玛丽·福琼的那个地方。路在这里变宽,可容两辆汽车通过或一辆汽车掉头。这片难看而且光秃秃的红土地被高高细细的松树围着,那些树聚集在这里,仿佛就是为了目睹可能在这块空地上发生的任何事。几块石头从泥土里露出来。

"下车。"老头说。然后他伸手越过玛丽·福琼,打开车门。

玛丽·福琼下了车,没去看他,也没问他们要做什么。老头从自己那边下车,绕到车头。

"听着,我要抽你一顿!"他说。他的声音分外响亮但空洞,震颤着,似乎被松树冠吸收又传播出去。他不想在抽玛丽·福琼时被倾盆大雨淋个正着,所以说:"快点,趴到那棵树上准备好。"然后,他开始解腰带。

过了一会儿,玛丽·福琼才明白老头要做什么,仿佛老头的想法必须先穿过她脑海里的一片雾霭。玛丽·福琼没动,但表情渐渐从困惑变成明白。几秒钟以前,玛丽·福琼红红的脸是扭曲变形的,但现在,所有茫然的表情都不见了,只剩下自信,那是决心要做什么且一定会做成功的表情。"没有谁打过我,"她说,"如果谁敢试一下,我就杀了他。"

"我不想听什么大话。"他说,然后朝玛丽·福琼走去。他的双膝非常不稳,好像随时可能向前弯曲。

玛丽·福琼只后退了一步。她镇定地盯着外祖父,接着摘下眼镜,将其扔到一块小石头的后面,那块小石头就在外祖父告诉她趴上去准备好的那棵树近旁。"摘下眼镜。"玛丽·福琼说。

"别给我下命令!"老头高声说道,然后笨拙地把腰带抽在玛丽·福琼的脚踝上。

玛丽·福琼的攻击速度如此之快,老头根本就弄不清自己首先感受到的是哪一击:是她整个结实的身体的重量,还是她双脚的一阵猛踢,抑或是她的拳头对他胸口的暴捶。他对着空气乱挥腰带,不知道要打哪里,只想把玛丽·福琼从自己身上弄开。最后,他一把抓住玛丽·福琼。

"放开!"老头叫喊道,"我叫你放开!"但玛丽·福琼似乎无处不在,能同时从四面八方攻击他。袭击他的仿佛不是一个小孩,而是一群穿着结实的棕色学生鞋、有着小石头一般拳头的小恶魔。老头的眼镜飞到一边。

"我叫你把眼镜摘下来的!"玛丽·福琼吼叫道,但并未停手。

老头抓住一只膝盖,单腿跳跃着,雨一般的一阵攻击落在他的肚子上。他觉得有五只爪子陷进自己上臂的肉里——玛丽·福琼就吊在他的手臂上,与此同时,玛丽·福琼的两只脚正机械而又猛烈地踢他的双膝,另一只拳头一下又一下地捶在他的胸口上。然后，他惊恐地看到玛丽·福琼那张牙齿外露的脸升到自己的面前。玛丽·福琼咬他下巴的一边时，他像头公牛似的吼叫。他似乎看见自己的脸正同时从几个方向来咬自己，但他无暇顾及此事，因为他正被铺天盖地的踢打袭击：先是肚子，继而是胯部。突然，他摔倒在地，然后像个着了火的人似的在地上打滚。玛丽·福琼同时也倒在他的身上，与他一起打滚，但仍在踢他，而且现在可以用两只拳头连续猛打他的胸口。

"我是个老人！"他尖叫道，"放了我吧！"但玛丽·福琼仍未停手，又开始攻击他的下巴。

"住手、住手！"他气喘吁吁地说，"我是你外公！"

玛丽·福琼停下来，她的脸就在老头的脸的上面。两双浅色的一模一样的眼睛对视着。"你觉得够了吗？"玛丽·福琼问。

老头仰视着自己的映像，那是一张得意扬扬而又充满敌意的脸。"是我，"玛丽·福琼说，"抽了你。"然后她又一字一顿地补充道："另外，我是纯种的皮茨氏。"

就在玛丽·福琼松开手时，老头卡住玛丽·福琼的脖子。他凭借一股突然迸发的力量，翻过身，让他们的位置调了一个个儿。接着,老头俯视自己那张胆敢自称皮茨氏的脸。他用双手紧紧环住玛丽·福琼的脖子,抬起玛丽·福琼的脑袋,然后将她的脑袋对着恰好在其下面的一块石头猛撞过去。接着他又撞了两次。然后,他看着那张对他毫不理会、眼珠悠悠向上翻的脸,说道:"我的身体里可没有一丁点皮茨氏的东西。"

他依旧瞪着自己那被征服的映像,最后终于注意到,那张脸虽然完全安静下来,但上面没有一丝懊悔的表情。那双眼睛又翻下来,一动不动地凝视着,但眼里没有他。"这下你得到教训了吧。"他用带些许犹疑的声音说。

依靠那两条挨过踢且不稳当的双腿,他费力而痛苦地站起来走了两步,但在车上就已开始的心脏扩张仍在继续。他转过头,对着身后那个头枕岩石、一动不动的小小身体看了许久。

他仰面跌倒,无助地向上看,任目光沿着光秃秃的树干抵达松树的顶端。随着一阵抽搐,他的心脏再次扩张。它扩张得如此之快,老头觉得自己仿佛正被它拖在后面,穿过树林,正和那些丑陋的松树一起,以他最快的速度奔向湖泊。他意识到,那里有一小块空地,他可以逃到那个小地方,把树林撇在身后。他已经可以远远地看到那块小小的空地，白色的天空倒映在一小片湖水里。他朝空地奔去时，那一小片湖水变大了，接着整个湖泊出现在他的面前，微微起伏的波涛庄严地朝着他的脚边涌来。他蓦然想到自己不会游泳，而且还没买船。他看见自己两边的那些瘦削的树木变粗了，成了神秘的黑色队列，正行过水面，朝远方而去。他绝望地环顾四周，希望有人能救他，但这里空荡荡的，只有一头巨大的黄色怪物坐在一边。怪物和他一样一动不动，嘴里塞满泥土。

久久的寒意

火车停下，正好停在阿斯伯里的母亲站着等他的地方。在阿斯伯里下方，母亲那张戴着眼镜的瘦脸上堆满笑意，但她看见儿子在列车员身后站稳时，笑容不见了。微笑消失得那么迅速，取而代之的震惊表情那么彻底，使得阿斯伯里忽然意识到，自己的病容一定显而易见。天空是一片透着寒意的灰，辉煌的白金色太阳就像来自东方的威严君王，正从包围廷伯博罗的黑色树林的后面升起。太阳在这唯一一片由砖木小平房组成的街区上洒下怪异的光线。阿斯伯里觉得自己即将见证一次伟大的变形：那些平坦的屋顶可能随时都会变成某种异域寺庙的塔楼——那种寺庙供奉着一个他不认识的神。这种幻想只存在了片刻，他的注意力随即回到母亲身上。

母亲轻轻地喊了一声，一脸惊恐。阿斯伯里很高兴母亲能立刻看到他脸上的死气。他六十岁的母亲必须面对现实，而他猜想，如果这次经历没有要了母亲的命，母亲就会得到成长。他下车，和母亲打了个招呼。

"你看起来不太好。"母亲说。她像个医生似的久久注视着儿子。

"我不想说话，"阿斯伯里立刻说道，"这趟旅行太糟糕了。"

福克斯夫人注意到，儿子的左眼布满血丝。他的脸浮肿而苍白，头顶前面已经没有头发——可怜啊，他还只是个二十五岁的小伙子。留在头顶的那一片薄薄的微红色头发呈倒三角形，朝鼻子的方向压下来，似乎拉长了他的鼻子，使得他看起来一脸愤怒，而这种神情又与他对母亲说话的腔调一致。"可能是因为那里一直都很冷，"母亲说，"你为什么不脱了大衣？这里不冷。"

"你不用告诉我现在是几度，"阿斯伯里大声说，"我已经这么大了，知道自己什么时候想脱掉大衣！"火车从他身后无声地开走，火车的另一边是已经废弃的两家连体店铺。阿斯伯里看着铝制火车变成一个小点，消失在树林中。阿斯伯里觉得自己与一个更大的世界的最后一点联系正在永远地消逝。他转过身,冷脸面对母亲。阿斯伯里生自己的气,他居然允许自己——哪怕只有一瞬间——在这个正在衰败的地区枢纽站上想象出寺庙来。他已经完全习惯了想到死亡,但还没习惯在这里想到死亡。

四个月前,他就感觉到自己的结局正在到来。他独自待在那套公寓里,裹着两条毯子和一件大衣,中间夹着三层《纽约时报》。某天晚上,他突然感觉到寒意,接着又出了一身大汗,毯子都湿透了。于是,他对自己的真实状况再也没有一丝怀疑。在那之前,他就感觉到精力正在慢慢衰退,全身各个地方时不时地隐隐作痛,头也痛。因为累计很多天没去做书店里的兼职工作,他已经丢掉那份差事。自那以后,他就一直靠积蓄度日,或者说勉强度日。积蓄一天天变少,最后只够回家的路费。他现在已身无分文。他回到了这里。

"车在哪儿?"他嘟囔道。

"在那边,"母亲说,"你姐姐正在后排睡觉呢,我不想一个人这么早出来。不要叫醒她。"

"嗯,"他说,"不要叫醒睡着的狗[1]。"他拎起那两只胀

---

[1] 原文为 let sleeping dogs lie,意思为莫惹是非。

鼓鼓的行李箱，朝路的另一边走去。

对他而言，箱子太沉。他来到车旁时，母亲看出他已疲惫不堪。他以前从未带着两只行李箱回家。自从初次离开家去上大学，每次回来，除了以备两周之用的必需品和表明他已准备好忍受这十四天的一副呆板顺从的神情，他什么也不带。"你带的东西比往常多。"母亲说。他没回答。

他打开车门，把两只行囊提到姐姐朝天竖着的双脚旁边。他带着一副认出姐姐的厌恶眼神，先是看了她的脚——穿着女童军鞋——又看了看她身体的其余部分。姐姐穿着一身黑色套装，头上包着一块白布，金属发夹从布的边缘下伸出来。姐姐闭着眼，张着嘴。他和姐姐长着一模一样的五官，只是姐姐的五官更大一些。姐姐比他大八岁，是县小学校长。为了不吵醒姐姐，他轻轻地关上车门，绕到另一边，坐到前排座位，闭上眼睛。母亲把车倒到路上。几分钟后，感觉到汽车陡然拐上公路，他睁开眼。公路在长满黄色苦味草的两片田野中间延伸出去。

"你觉得廷伯博罗改善了吗？"母亲问。这是她常问的问题，必须以字面意思看待。

"它还在原地，不是吗？"阿斯伯里以令人不快的腔调说。

"两家店铺换上了新门面。"母亲说。然后,母亲突然粗声粗气地说:"你回家是对的,在这里,你可以找到个好医生。今天下午我就带你去看布洛克医生。"

"我不去,"他说,尽力不让自己的声音颤抖,"我不看布洛克医生。今天下午不去,永远都不去。你觉得,我如果想看医生,不会在那里看吗?那里有好医生。你不知道纽约有更好的医生吗?"

"他会特别关照你,"母亲说,"那里的医生可不会特别关照你。"

"我不想他特别关照我,"过了一会儿,他看着一块模糊不清的紫色田地,说道,"我的问题不是布洛克能解决的。"他的声音支离破碎,几近啜泣。

他不能按照朋友戈茨建议的那样,把过去几周和在那之前的日子当成幻觉。戈茨认定死亡就是一了百了。戈茨那张脸上总是带着紫色的污迹和万丈愤慨。戈茨在日本待了六个月,回来后虽然还是和过去一样脏兮兮的,但像佛陀那样沉稳了。戈茨以镇定却不以为意的态度看待阿斯伯里行将就木这个消息。他引用一句不知出自哪里的话说:"尽管引导万千种生物进入涅槃的是菩萨,但在现实中,没有哪个菩萨做这种引导工作,也没有哪种生物被引导了。"出于对阿斯伯里的福祉的关心,戈茨花了四个半美元带他去参加吠陀[1]哲学讲座——纯属浪费钱。戈茨心醉神迷地听台上那个黝黑的小个子男人讲话时,阿斯伯里百无聊赖的目光在听众中间漫游。他的目光经过几个穿着纱丽的姑娘的脑袋,经过一个日本年轻人、一个戴着红圆帽的蓝黑色男人和几个可能是秘书的姑娘。最后,在这排座位的尽头,他的目光停留在一个戴着眼镜、穿着黑色衣服的瘦削身影上。那人是个神父。神父一副礼貌、兴致盎然而又审慎的表情。在那副不苟言笑、高高在上的表情中,阿斯伯里立刻为自己的感情找到共鸣。讲座结束后,几个学生在戈茨的公寓里聚会,那位神父也去了,在那里,神父仍是一副有所保留的神情。他说得很少,很有礼貌地听着关于阿斯伯里正在接近死亡的讨论。一个穿着纱丽的姑娘说,自我实现不值得讨论,因为它意味着救赎,而救赎这个词毫无意义。"救赎,"戈茨引用别人的话

---

[1] 吠陀是印度教早期最重要的经典,是印度宗教、哲学和文学的基础,原意为"知识""启示"。

说,"是对一种朴素偏见的破坏,而且没有人被拯救。"

"你对这个有什么说的?"阿斯伯里问神父,继而又面带谨慎的微笑,看着其他人的脑袋。他的这丝微笑显得很假。

"'新人类',"神父说,"确实有产生的可能性。当然了,"他尖声补充道,"肯定需要三位一体的第三位[1]来协助。"

"荒谬!"那个穿着纱丽的姑娘说,但神父只是对她微微一笑。现在,神父的微笑里有些许快乐的成分。

神父站起来准备离开时,默默地递给阿斯伯里一张名片。名片上有他的名字——伊格内修斯·沃格尔,耶稣会[2]——和一个地址。也许,阿斯伯里现在想到,他当初应该用一用那张名片,因为他觉得,神父是另外一个世界的人,一个可以理解他的死亡的特殊悲剧意味的人。这场死亡的意义不是他俩周围那群叽叽喳喳的人能理解的。它更不是布洛克所能理解的。"我的问题,"他重复道,"不是布洛克能解决的。"

---

[1] 三位一体是基督教的核心教义之一,认为上帝是三个位格(圣父、圣子和圣灵)的统一;三位一体的第三位,就是圣灵。
[2] 天主教主要修会之一。

母亲立刻就明白他的意思：他是说自己得了神经衰弱症。母亲什么话也没说。母亲没说她当初想告诉他，以后肯定会发生这种事。如果有谁自认为聪明——就算他们真的聪明——那么其他人不管说什么，都无法让他们直截了当地看问题。至于阿斯伯里，问题不只是他聪明，还在于他具有艺术家的气质。她不知道儿子是从哪里沾上这种气质的，因为他的父亲集律师、商人、农场主和政治家等多重身份于一身，无疑是个脚踏实地的人，而她从来也都是个脚踏实地的人。丈夫死后，她想尽一切办法把子女送进大学乃至更高的学府，但她现在明白了，他们受的教育越多，能做的事情就越少。他们的父亲只在只有一间教室的学校里读到八年级，但什么都会做。

她本可以告诉阿斯伯里什么对他有帮助。她本可以说："你要是出去晒晒太阳，要是在牛奶场里工作一个月，就会成为一个完全不同的人！"但她非常清楚这样的建议会得到什么样的结果。阿斯伯里将成为牛奶场里的讨厌鬼，但阿斯伯里如果想，她愿意让他在那里工作。去年，阿斯伯里回家写一个剧本，她让他在牛奶场里工作。他一直在写一个关于黑仔的剧本（母亲不理解为什么有人要写一个关于黑仔的剧本）。他说自己想在牛奶场里和他们一起工作,以便发现他们的兴趣所在。她本可以毫不夸张地对儿子说,他们的兴趣就是能少干活就少干活,过得下去就行。黑仔们容忍阿斯伯里,阿斯伯里学会了安放挤奶器。有一次,他把所有罐子都洗了。母亲记得,他还曾混合过饲料。后来,一头母牛踢了他,此后他再也没去过牲口棚。她知道,阿斯伯里现在如果去那里,或者走出屋子修修栅栏,或者做做任何一种工作——真正的工作,不是写作——他也许能躲开所谓的神经衰弱。"你写的那个关于黑仔的剧本怎么样了?"她问。

"我现在不写剧本了,"他说,"另外,记住一点:我不会去牛奶场工作,不会到外面晒太阳。我病了。我发烧,发冷,头晕,只想一个人待着。"

"那你真的是病了,应该去看布洛克医生。"

"而且我也不会去看布洛克医生。"他说完了,稳稳地坐在座位里,专注地看着前方。

她拐上他们家的车道——两块牧场之间的一条四分之一英里长的红色小路。干奶期奶牛在路的一边,产奶牛群在另一边。她减慢车速,最后停下车。她注意到一头一条腿受了伤的奶牛。"他们没照料好它,"她说,"看那个疙瘩!"

阿斯伯里猛然把头转向相反的方向。一头根西奶牛[1]站在那里，镇定地看着他，仿佛觉得他们之间存在某种联系。"仁慈的上帝啊！"他以异常痛苦的腔调说，"我们能继续开吗？现在是凌晨六点钟！"

"好、好。"母亲说，赶忙发动汽车。

"是谁在鬼叫？"姐姐在后排座位上拉长声音说，"哦，是你，"她说，"哦、哦，我们又和我们的艺术家在一起了。完完全全、完完全全地在一起。"她用很明显的鼻音说。

他没搭理姐姐，也没转过头。对付姐姐，他很有经验。永远都不要搭理姐姐的话。

"玛丽·乔治！"母亲严厉地说，"阿斯伯里病了。别烦他。"

"他怎么了？"玛丽·乔治问。

"到家了！"母亲说，好像另外两个人都是瞎子。房子屹立在山上——一栋白色的两层农舍，附带宽阔的门廊和令人赏心悦目的廊柱。母亲每次走近这栋房子，都感到骄傲。她曾不止一次对阿斯伯里说："在这里，你有大城市里的一

---

[1] 原产于英吉利海峡上英属根西岛的一种奶牛。

半人都渴望拥有的一个家！"

她去过阿斯伯里在纽约住的那个糟糕的地方。他们走上五段黑漆漆的石头楼梯，经过数个开着口的垃圾桶，最后走进两个附带衣橱和卫生间的潮湿房间。"你在家里不可能住这样的房间。"她低声说。

"是啊！"阿斯伯里面带狂喜的表情说，"不可能！"

她猜自己不能理解儿子的真正原因在于，她根本不能理解敏感为何物，艺术家为什么会那么怪。他姐姐说他不是艺术家，而且他没有才华，而这就是他苦恼的根源，但玛丽·乔治自己也不是个快乐的姑娘。阿斯伯里说她冒充知识分子，智商其实不超过七十五，她真正感兴趣的是找个男人，可任何一个理智的男人都不会完整地看她一眼。母亲曾多次对阿斯伯里说，玛丽·乔治要是肯用心，会非常有魅力。阿斯伯里说，玛丽·乔治想要有魅力都快要想得疯掉了。她但凡有一点魅力，阿斯伯里说，就不会是一所县小学的校长。而玛丽·乔治说，阿斯伯里如果有一丁点才华，现在已经出版了一点什么。她想知道，阿斯伯里已经出版了什么呢？退一步说，他写过什么呢？

福克斯夫人曾指出，阿斯伯里不过二十五岁，但玛丽·乔治说,大多数作家在二十一岁就出版了书,阿斯伯里足足落后了四年。福克斯夫人不太了解这种事,但暗示说阿斯伯里可能一直在写一本非常长的书。一本非常长的书,玛丽·乔治说,照我说,他最后要是能拿出一首诗来,那就算他是干这行的料。福克斯夫人希望最后出来的不止是一首诗。

福克斯夫人把汽车拐上侧车道,一群珠鸡[1]四散飞向天空,绕着房子一边飞翔一边鸣叫。"回家了,回家了,近乡情怯,但心中是快乐的!"福克斯夫人说。

"噢,上帝啊。"阿斯伯里呻吟道。

"艺术家来到了毒气室。"玛丽·乔治用她那鼻音说道。

阿斯伯里扶靠着车门,下了车,朝房子的前门走去,忘记了两只行李箱,仿佛处在恍惚中。他姐姐下车,站在车门旁,眯眼看着他佝偻而摇晃的身影。她看着阿斯伯里走上前门台阶时,半张开嘴,一脸震惊的表情。"怎么了?"她问,"他真的出问题了。他看起来有一百岁。"

"我不是告诉过你了吗?"母亲低声道,"你赶紧闭上嘴,

---

[1] 强健的地栖鸟,能飞翔。

别去烦他。"

阿斯伯里走进房子里。他只在过道里停留了一会儿,看见自己苍白憔悴的映像在穿衣镜里瞪着他。他扶着栏杆,吃力地爬上陡峭的楼梯,走过楼梯平台,继而攀登上较短的第二段楼梯,走进自己的房间。这是一个通风良好的大房间,铺着一块褪了色的蓝色小地毯,白色窗帘最近才挂起来,以迎接他的到来。他什么也没看,直接倒下,让脸贴着自己的床。这是一张窄窄的古董床,高高的、装饰性的金属床头板上雕刻着一只装饰着花环的篮子,篮子里盛满水果。

他在纽约时,给母亲写了一封由两张便条组成的信。他希望那封信在他死后才被读到,那就像卡夫卡写给父亲的信。阿斯伯里的父亲二十年前就死了,阿斯伯里认为这是一件大好事。他知道,那个老头曾是法院那帮人中的一个,也是个乡绅,每件事都想管管。他知道自己肯定忍受不了父亲。他读过父亲的一些信件,父亲的愚蠢让他惊骇不已。

他当然知道母亲无法立刻明白那封信的意思。母亲那缺乏想象力的大脑需要花一些时间才能明白那封信的重要性,但母亲终将明白,阿斯伯里已经原谅她对他做过的一切。另外,他觉得,母亲只有在读过那封信之后,才能意识到自己对他做过什么。他不认为母亲现在对此有丝毫的认识。母亲的自我满足本身几乎就是无意识的，但因为那封信，她可能将获得一种痛苦的领悟。这将是他留给母亲的唯一有价值的东西。

阅读那封信或许会让母亲痛苦，他写信时也常常不堪忍受——因为，为了面对母亲，他必须面对自己。"我来这里是为了逃离家里那种奴役的气氛，"他写道，"为了发现自由，为了解放想象力，为了像把一只鹰带出樊笼一样，让想象力'旋转进入不断扩展的旋涡中'（叶芝）。结果我发现了什么呢？它不会飞翔。它是一种被驯化了的鸟，坐在自己的囚笼里，怒发冲冠，拒绝走出来！"下面这些话被画了两道下划线："我没有想象力。我没有才华。我不会创造。除了对这些东西的渴望，我什么也没有。你为什么不把这渴望也杀死呢？女人，你为什么缚住我？"

他写到这里时，已抵达绝望的深渊。他认为，母亲读这些话，至少将意识到他的悲剧和她在其中扮演的角色。母亲其实从未强迫他按照她的意思行事。根本没必要。母亲的行事方式已经成为他呼吸的空气，以至于最终发现别种空气时，他无法在其中存活。他觉得，母亲即便不能立刻理解，那封信也将给她留下久久的寒意，或许还能使她及时看清真正的自己。

他已经销毁了自己写的其他所有东西——两部枯燥的长篇小说、半打从未上演过的戏剧、无趣的诗歌和粗糙的短篇小说——只留下这相当于一封信的两张便条。它们在那只黑色的行李箱里。此刻，他的姐姐正气喘吁吁、满腔怒火地拖着这只黑色行李箱爬第二段楼梯。他的母亲拎着较小的那只箱子走在前面。母亲走进房间时，他翻了个身。

"我把这只箱子打开，把你的东西拿出来，"母亲说，"你现在就可以躺着休息，过几分钟我把早餐给你端来。"

他坐起来，不耐烦地说："我不想吃什么早餐，而且我可以自己开箱子。放下它。"

他姐姐来到门口，一脸的好奇。她任黑色行李箱砰地掉在门槛上。接着她用脚推着它穿过房间，直到她离阿斯伯里很近，可以好好地看他一眼。"我看起来要是像你这样糟糕，"她说，"一定会去医院。"

母亲严厉地白了她一眼，于是她走开了。接着母亲关上门，走到床边，在他身旁坐下来。"我希望你这次在家多住些日子，好好休息休息。"母亲说。

他说:"我不会再离开这里了。"

"太好了!"母亲叫喊道,"你可以在自己的房间里弄个小工作室。上午,你可以写剧本;下午,你可以去牛奶场里帮忙!"

他转过苍白而僵硬的脸,面对着母亲。"关上窗帘,让我睡觉。"他说。

母亲走了后,他躺了一会儿,注视着灰墙上的水渍。漏雨形成的长长的冰锥形图案,从最上面的线脚里爬出来。就在他床铺上面的天花板上,漏雨形成了一只双翅张开的猛禽。一条冰锥横穿过这只猛禽的喙,几条小一些的冰锥从它的双翅和尾巴上垂下来。自他的童年时代起,这只鸟就在那里,总是让他恼怒,有时让他害怕。他经常有这样一种幻觉:那只鸟能动,随时都有可能飞下来,把冰锥丢在他的头上。他闭上眼睛,心想:我必须看着它的日子已经没几天了。接着,他就睡着了。

他下午醒来时,一张粉红色的张着嘴的脸悬在他身体的上面。听诊器的黑色管子从布洛克的脸两边那两只他熟悉的大耳朵,一直垂到布洛克暴露在外的胸膛上。见他醒了,医生做了一个鬼脸:眼珠子朝上翻,似乎即将从脑袋里钻出去。布洛克叫喊道:"说'啊——'!"

布洛克是孩子们的噩梦。在方圆几英里内,孩子们被他看过后,会呕吐、发烧。福克斯夫人站在布洛克身后,满脸笑容。"布洛克医生来了!"她说,仿佛布洛克是她从房顶抓来、送给她的小男孩的一个天使。

"把他弄走。"阿斯伯里咕哝道。他感觉自己似乎是从一个黑漆漆的洞穴的底部看着那张蠢脸。

医生凑近一些,晃了晃耳朵。布洛克秃顶,长着一张愚蠢的婴儿般的圆脸。在布洛克身上看不出任何智慧的迹象,除了那双冷酷而又无动于衷的五美分镍币颜色的眼睛——它们总是带着不动声色的好奇,悬在布洛克正在看的什么东西上。"阿兹伯里[1],你看起来真的不太好哦。"他喃喃道。他取下听诊器,丢进包里。"我从没见过在你这个年纪的人看起来像你这样憔悴。你怎么这么不爱惜自己的身体呢?"

一种源源不断的砰砰声从阿斯伯里脑袋的后面传来,他的心脏仿佛被困在里面,正挣扎着想要出来。"我没请你

---

[1] 布洛克有些口齿不清。

来。"阿斯伯里说。

布洛克把一只手放在阿斯伯里那张愤怒的脸上,扒开一只眼睛的眼睑,端详一下里面。"你肯定是在那里流浪。"布洛克说。他又把一只手按在阿斯伯里的后腰上。"我自己也去过那里一次,"他说,"清楚地看到他们收入甚微,下班后直接回家。张开嘴。"

阿斯伯里下意识地张开嘴,钻头一样的目光在他的嘴上面摇摆,继而钻进去。他咬着牙齿闭上嘴,气喘吁吁地说:"我如果想看医生,会待在那里看。在那里,我可以给自己找个好医生!"

"阿斯伯里!"母亲说。

"你的喉咙这样有多久了?"布洛克问。

"她请你来的!"阿斯伯里说,"让她回答你的问题。"

"阿斯伯里!"母亲说。

布洛克向自己的包凑过身,拿出一条橡皮管。他拉起阿斯伯里的衣袖,把管子绑在他的上臂上。接着他拿出一个注射器,找到静脉。他哼着赞美诗,把针头刺进去。作为隐私的血液遭到这个傻瓜的侵犯时,阿斯伯里躺在那里,直勾勾地瞪着愤怒的眼睛。"主缓慢但准确,"布洛克以含混不清的声音唱道,"哦,主缓慢但准确。"注射器满了,他拔出针头。"血液不会说谎。"他说。他把阿斯伯里的血射进一只瓶子里,塞住,然后把瓶子放进包里。"阿兹伯里,"他开口道,"有多久了……"

阿斯伯里坐起来,猛地向前伸出头,说道:"我没找你来。我不回答任何问题。你不是我的医生。我的问题不是你能解决的。"

"大多数问题都不是我能解决的,"布洛克说,"我还没发现一件我能完全理解的事情。"布洛克叹息一声,站起来。他的眼睛似乎正在很远的地方冲阿斯伯里闪闪发光。

"他真的病了,"福克斯夫人解释道,"不然不会这样失礼。我想让你每天都过来,直到把他治好。"

阿斯伯里的眼睛变成愤怒凶狠的紫罗兰色。"我的问题不是你能解决的。"他重复道。他又躺下去,闭上眼睛,直到布洛克和母亲走了。

在接下来的几天里,他的健康状况急剧恶化,但他的意识异常清晰。他在快要死之前,发现自己身处一种明心见性的状态中,与他必须听的母亲的话格格不入。母亲的大部分话都是关于叫黛西和贝茜·巴顿这类名字的奶牛,以及它们详尽的状况——它们的乳腺炎、它们身上的螺旋蛆,还有它们的人工流产手术。母亲锲而不舍地要他在一天的中午时分走出房间,坐在门廊下,"欣赏美景"。他因为担心反抗会引起一场大辩论,只得迈着沉重的步子走到外面,僵硬而无精打采地坐在门廊下。他的双脚裹在阿富汗大衣[1]里,双手抓着椅子的扶手,仿佛他即将向前跳进耀目的瓷一样的蓝色天空里。草坪向前延伸四分之一公顷,抵达将它与前面的牧场分开的带刺铁丝网栅栏。在一天的中午时分,干奶期奶牛歇息在牧场的北美枫香树[2]下。在路的另一边是两座小山和坐落在小山之间的一个水塘。母亲会坐在门廊下,看着牛群走过水坝,走到水坝另一边的小山上。整幅风景被一道树墙环绕着。在他被迫坐在那里的时间里,那道树墙是淡蓝色的,让他悲伤地想到黑仔褪色的连体工装裤。

母亲详述帮工们的种种错误时,他不耐烦地听着。"那两个不蠢,"她说,"他们知道怎么为自己着想。"

---

[1] 一种毛在里、皮在外的嬉皮风格大衣。
[2] 大型落叶阔叶树种,高可达三十米。

"他们需要为自己着想。"他咕哝道,但和母亲争论没用。去年,他花很长时间写了一个关于黑仔的剧本,他想和他们相处一段时间,以弄清他们对自身环境的真正感受。但这么多年过去了,为他母亲干活的那两个黑仔已经丢失了所有的主观能动性。他们不爱说话。叫摩根的那个皮肤呈浅棕色,有印第安人血统;另一个年纪大一些,叫兰德尔,又黑又胖。他们对阿斯伯里说话时,就像对他左边或右边的一个隐形人说话。他和他们肩并肩干了两天活儿之后,觉得自己并未赢得他们的信任。他决定试一试比谈话更大胆的方式。一天下午,他站在旁边看兰德尔调整挤奶器时,默默地掏出香烟,点了一根。那个黑仔停下手中的活儿,看着他。他等阿斯伯里吸了两口之后,说道:"她不晓道(得)有人在这里抽烟。"

另一个走过来,站在那里,咧着嘴笑。

"我知道。"阿斯伯里说。他故意停顿片刻,晃了晃烟盒,把烟盒递出去。他先递给兰德尔,兰德尔抽出一根。他又递给摩根,摩根也抽出一根。他亲自为他们点着香烟,接着,他们三个站在那里抽烟。除了两台挤奶机器有节奏的咔嗒声,以及某头奶牛把尾巴甩在身体一侧的啪的一声,没有其他任何声音。这是交流的时刻，在这样的时刻，黑人和白人之间的区别消失得无影无踪。

第二天，两罐牛奶被乳品厂退回来，因为里面有烟灰。他揽下责任，告诉母亲，抽烟的是他，不是黑鬼。"你做什么，他们就做什么，"她当时说，"你以为我不知道他们两个？"母亲无法认为他们是无辜的；但这次经历让阿斯伯里如此兴奋，他决定换个方式再干一次类似的事情。

第二天下午，他和兰德尔在牛奶房里往罐子里倒鲜奶时，他捡起一只被黑仔喝空了的果冻杯，灵机一动，给自己倒了一杯温牛奶，一饮而尽。兰德尔不倒牛奶了，一动不动地站在那里，身体半倾，俯在罐子上，看着他。"她不晓道（得）这个，"他说，"她不晓道（得）这件事。"

阿斯伯里又倒了一杯，递给兰德尔。

"她不晓道（得）这个。"兰德尔重复道。

"听着，"阿斯伯里声音嘶哑地说，"这个世界正在改变。我没有理由不能喝你喝过的杯子，你也是！"

阿斯伯里握着朝兰德尔递出去的杯子。"你接了烟，"他说，"也接下牛奶吧。一天损失两三杯牛奶伤害不了我母亲。我们要想自由地生活，必须先自由地思考。"

摩根出现了,站在门框里。

"不想喝这种牛奶。"兰德尔说。

阿斯伯里旋过身,把牛奶朝摩根递出去。"过来,小伙子,喝一杯。"他说。

摩根注视着他,然后脸上露出一种明显的狡诈表情。"我没看见你自己喝呢。"他说。

阿斯伯里不喜欢喝牛奶。第一杯温牛奶已经让他的胃不舒服了。他喝了一半,把剩下的递给摩根。摩根接过来,低头看着杯子的里面,仿佛牛奶里藏着一个重大秘密。摩根把杯子放在冷却器旁边的地上。

"你不喜欢喝牛奶?"阿斯伯里问。

"我喜欢,但我不喝这种牛奶。"

"为什么?"

"她不晓道(得)这个。"摩根说。

"我的上帝啊!"阿斯伯里爆发了,"她她她!"第二天、第三天、第四天,他做出同样的尝试,但就是没办法让他们喝牛奶。几天后的一个下午,他正准备走进牛奶房时,听见摩根问:"你怎么每天都让他喝这么多牛奶?"

"他做的事情他负责,"兰德尔说,"我做的事情我负责。"

"他怎么那样谈论自己的妈妈?不晓事。"

"他小的时候,做妈妈的没把他弄服了。"兰德尔说。

家里令人难以忍受的生活打败了他,他提前两天回到纽约。他原本想死在那里,现在的问题是羁留在家里,他能忍受多久。他本可以加快死亡的到来,但自杀不是一种胜利。死亡正朝他走来,合法合理,就像生命的一个礼物。那将是他最大的胜利。而且,在善良的邻居们的眼里,儿子自杀表明母亲失败了。他觉得自己为母亲免除了一次公开出丑的厄运。母亲将从那封信里得到一个私密的启示。他把两张便条封在一个马尼拉纸[1]的信封里。他在信封上写的是:"只有在阿斯伯里·波特·福克斯死后才可以打开。"他把信封放在他房间的书桌抽屉里,锁上。在找到一个可以放钥匙的地方之前,他把钥匙收在睡衣的口袋里。

上午,他们坐在门廊下时,母亲觉得应该花些时间谈谈他会感兴趣的话题。第三天上午,母亲说起他的写作。"我觉得等你好了,"母亲说,"你要是能写一本关于这里的书就

---

[1] 一种相对便宜的纸,通常是米黄色的,纸中的纤维可以通过肉眼分辨。

太好了。我们还需要一本《飘》那样的好书。"

他能感觉到胃里的肌肉抽紧了。

"把战争写进去,"母亲建议道,"那样写总是能把一本书弄得很长。"

他缓缓地仰起头,仿佛害怕脖子会断掉。过了一会儿,他说:"我不打算写任何书了。"

"哦,"母亲说,"如果不乐意写书,你可以只写写诗歌。诗歌很好。"母亲意识到阿斯伯里真正需要的是和一个知识分子谈谈。可玛丽·乔治是她认识的唯一另外的知识分子,而阿斯伯里又不愿意和玛丽说话。母亲想到布什先生——已经退休的卫理公会神父,但她还没谈起这件事。现在,她决定冒冒险。"我想请布什博士来看看你,"她说,提高了布什先生的级别,"你会喜欢他的。他收集稀有硬币。"

母亲没想到自己得到的竟是那样的反应。阿斯伯里浑身颤抖,继而发出一阵响亮但断断续续的笑声。阿斯伯里似乎要窒息了。过了一会儿,他平静下来,但又开始咳嗽。"你要是觉得我在死前需要精神上的帮助,"他说,"那可完全错了。而且,我肯定不需要混蛋布什的帮助。天哪!"

"我根本就不是那个意思,"母亲说,"他有埃及艳后时代的硬币。"

"哦,你如果请他到这里来,我会叫他下地狱去,"他说,"布什!太妙了!"

"我想让你高兴起来。"母亲不高兴地说。

一时间,他们默默地坐在那里。然后母亲抬起头。阿斯伯里坐在那里,又前倾身体,对母亲微笑。阿斯伯里的脸越来越明亮,仿佛他刚刚想到一个绝妙的主意。母亲注视着阿斯伯里。"我会告诉你我希望谁来。"阿斯伯里说。这是他到家后第一次显露出愉悦的表情,不过母亲觉得那表情里带着狡诈。

"你希望谁来?"母亲疑惑地问。

"我想见神父。"他说。

"神父?"母亲不解地说。

"最好是耶稣会神父,"他说,越来越快活,"是的,一定得是耶稣会神父。城里有。你可以打电话给我找一个。"

"你怎么了?"母亲问。

"大多数神父都受过良好的教育,"他说,"但耶稣会神父非常可靠。耶稣会神父能够谈论天气之外的事情。"他想着"伊格内修斯·沃格尔,耶稣会"这几个字,已经能够勾勒出一个神父的模样。母亲也许只能找到一个更世俗些，或者更愤世嫉俗些的小人物。神父们受古老机构的保护，有资格愤世嫉俗，看鹬蚌相争，坐收渔翁之利。他在死之前，可以和一个有文化的人谈谈——即便是在这片荒凉之地里。另外，没有什么会比这件事更让母亲恼怒。他不明白，自己为什么没有早一些想到这个主意。

"你不是那个教派的信徒，"福克斯夫人没好气地说，"那个教堂在二十英里之外。他们不会派人来的。"福克斯夫人希望这件事到此结束。

阿斯伯里坐回到椅子里，沉浸在自己的想法中。他决定强迫母亲去打这个电话。过去，他如果对母亲纠缠不休，母亲总是会按照他的意思去做。"我快要死了，"他说，"我只要求你做一件事，结果你拒绝了我。"

"你并没有快要死了。"

"等你意识到，"他说，"就晚了。"

又是一阵令人不快的沉默。继而，母亲说："现如今，医生不会让年轻人死的。医生会给他们开一些新药。"母亲紧张但自信地晃了晃一只脚。"总之，人们不像过去那样容易死。"母亲说。

"母亲,"他说,"你应该准备好。我想就连布洛克都知道,只是他还没告诉你。"布洛克第一次出诊之后,每次再来时,都一脸冷峻,笑话和滑稽的表情不见了。他默默地抽阿斯伯里的血,五美分镍币颜色的双眼不再友善。根据对医生的定义,布洛克是死亡的敌人。现在,布洛克仿佛知道自己正和真正的敌人在战斗。布洛克说,在没弄清楚究竟是什么病之前,他是不会开处方的,阿斯伯里当时哈哈大笑。"母亲,"他说,"我真的要死了。"他努力让每个字都像一把敲在母亲头顶上的锤子。

母亲的脸色变得苍白了些,但她并未眨眼。"难道你认为,"母亲生气地说,"我会坐在这里,任你去死?"母亲的目光就像远处的两座小山一样坚毅。对于自己不久于人世,阿斯伯里头一次清晰地感到怀疑。

"你是这样认为的吗?"母亲狂怒地问。

"我不认为你与这件事有任何关系。"他声音颤抖地说。

"哼。"母亲说道,站起来,离开门廊,仿佛已无法再多忍受这种愚蠢一秒钟。

他忘掉耶稣会神父,转而快速地回顾自己的症状:发烧的次数变多,同时觉得身上冷,几乎没有力气拖着身体到门廊下,痛恨食物;而布洛克不能让母亲感到一丝满意。他就连坐在门廊下都能感到一阵新的寒冷,仿佛死亡已经在开玩笑地捏得他的骨头咯咯响了。他把阿富汗大衣从脚上拉下来,踉踉跄跄地走上楼梯,回到床上。

他的情况越来越糟。在接下来的几天里,他变得如此虚弱,又如此频繁地对母亲絮叨耶稣会神父。母亲终于绝望,决定满足他的愚蠢念头。母亲打了电话,用阴冷的声音解释说她的儿子病了,可能脑子有点不正常了,他想要和神父说说话。她打电话时,阿斯伯里俯身在楼梯栏杆上听着,赤着脚,披着阿富汗大衣。母亲挂断电话后,他下楼来,问神父什么时候来。

"明天的什么时候。"母亲没好气地说。

母亲打了电话,他知道母亲的信心开始动摇。母亲引着布洛克进来或出去时,楼下的过道里总是会传来窃窃私语。那天晚上,他听见母亲和玛丽·乔治在门廊下低声说话。他想他听见了自己的名字,于是起床,踮着脚来到走廊上,下了三级楼梯,接着便清晰地听见了说话声。

"我只能叫个神父来,"母亲说,"我觉得情况很严重。我原以为只是神经衰弱,现在觉得是大病。布洛克医生也觉得是大病。不管是什么,现在情况更糟糕了,他太虚弱了。"

"别幼稚了,妈妈,"玛丽·乔治说,"我告诉过你,现在再告诉你一次:他的病完全是由心理压力造成的。"玛丽·乔治在任何问题上都是专家。

"不,"母亲说,"是真的病了。医生说的。"他想,自己听出母亲的声音嘶哑了。

"布洛克是个傻瓜,"玛丽·乔治说,"你必须面对这样的事实:阿斯伯里写不出东西,所以病了。他将成为一个病鬼,而不是艺术家。你知道他需要什么吗?"

"不知道。"他母亲说。

"两三次电击疗法,"玛丽·乔治说,"一劳永逸地把有关艺术家的东西从他的脑子里弄出来。"

母亲轻轻地喊了一声,他抓住楼梯栏杆。

"记住我的话吧,"姐姐继续说道,"他还要在这里待上五十年,但什么事也不做。"

他回到床上。从某种意义上说,姐姐是对的。他有负于他的神——艺术。但他是个忠诚的仆人,而现在,艺术要送他去死。一开始,他就在一种神秘的清晰中明白了这一点。他想着很快就要躺在家族墓地的一块宁静泥土里,睡着了。过了一会儿,他看见自己的尸体被缓缓地抬到那里,与此同时,母亲和玛丽·乔治坐在门廊下的椅子上,看着他被抬走,但并未流露出多少兴趣。棺材被抬过水坝时,她们会抬起头,看着队列在水塘里的倒影。一个戴着天主教领圈的黑色的瘦削身影跟在后面。神父的脸上是一副神秘的阴沉表情,在那副表情里面,有一丝禁欲和堕落融为一体的迹象。阿斯伯里躺在小山坡上的一个窄窄的墓穴里。那些模糊不清的吊唁者,在默默地站了一会儿之后,四散到墨绿色的草地上。耶稣会神父退到一棵枯树下面,抽烟、沉思。月亮升起来,阿斯伯里感觉有人弯腰俯在他的身体上,一股柔和的温暖触在他冰冷的脸上。他知道,这是艺术来叫醒他了。他坐起来,睁开眼睛。在小山的另一边,母亲房子里的灯光全都亮着。黑色的水塘上点缀着五美分镍币颜色的小星星。耶稣会神父消失。奶牛四散在他的周围,在月光下吃草。其中一头——又大又白,身上布满斑点——正在轻轻地舔他的脸,仿佛那是一块盐。他在一阵颤抖中醒来,发现因为他盗汗,床上湿漉漉的。他坐在黑暗中,瑟瑟发抖。他知道,他离死没几天了。他低头,似乎看到了死亡之火山口的里面,然后昏昏沉沉地倒在枕头上。

第二天，母亲在他那张憔悴不堪的脸上看到一种超脱凡尘的东西。他看起来就像一个快要死了、一定要让圣诞节提前的小孩。他坐在床上，指挥母亲重新摆布几把椅子，又让母亲扯下一幅画着少女坐在石头上的画，因为他知道这幅画会让那位耶稣会神父笑出来。他还让母亲把舒服的摇椅搬走。做完这一切之后，房间看起来就像牢房，墙壁上除了污迹，别无其他。他觉得这个房间对来访者会很有吸引力。

他抬头不耐烦地看着天花板，那只喙被一条冰锥穿过的鸟似乎很沉着，似乎也在等待。他等了一上午，但神父直到下午的晚些时候才到。母亲刚打开门，一个响亮但听不分明的声音就在楼下的过道里轰鸣起来。阿斯伯里的心脏猛烈地跳动起来。片刻后，楼梯上传来沉重的嘎吱嘎吱声。几乎与此同时，母亲面带被强迫的表情走进来，一个身形庞大的老人跟在她后面。老人直接穿过房间，拿起床边的一把椅子，把椅子放在屁股下面。

"我是芬恩神父——来自珀加托利[1]。"他友好地说。他长着一张大红脸，留着一丛硬挺的灰发。一只眼睛瞎了，但

---

[1] 原文为 Purgatory，意思是"炼狱"。

好的那只又蓝又清澈，正锐利地注视着阿斯伯里。他的背心上有一块油污。"听说你想和神父谈谈？"他说，"很明智。我们谁也不知道全能的主何时会召唤我们。"然后，他抬起那只好眼，看着阿斯伯里的母亲，说："谢谢你，你现在可以离开了。"

福克斯夫人全身僵直，并未挪动身体。

"我想和芬恩神父单独谈谈。"阿斯伯里说。他突然觉得自己在这里有了个盟友，尽管他没想到母亲找到的是这样一个神父。母亲厌恶地看了阿斯伯里一眼，然后离开房间。阿斯伯里知道母亲站在门外没走。

"你能来真好，"阿斯伯里说，"这个地方真是太令人沮丧了。这里没有一个可以谈谈话的聪明人。神父，你对乔伊斯怎么看？"

神父搬起椅子，挪得离阿斯伯里近一些。"你大点声，"他说，"瞎了一只眼，耳朵有一只也聋了。"

"你对乔伊斯怎么看？"阿斯伯里提高声音。

"乔伊斯？乔伊斯什么？"神父问。

"詹姆斯·乔伊斯。"阿斯伯里说，大笑起来。

神父在空中挥了挥一只大手，仿佛有小飞虫在烦他。

"我没见过他，"他说，"开始吧。你做晨祷和晚祷吗？"

阿斯伯里似乎困惑了。"乔伊斯是个伟大的作家。"他轻轻地说，忘记要大声了。

"你不做，对吧？"神父说，"你如果不经常祈祷，永远都学不会做个好人。你如果不对耶稣说话，就不可能爱耶稣。"

"耶稣受难的神话总是让我着迷。"阿斯伯里大声说。但神父似乎并不明白他的意思。

"你有关于纯洁性的问题吗？"神父问道。阿斯伯里的脸渐渐变得苍白。神父不等他回答，继续说道，"我们每个人都有，但你必须就这个问题对圣灵祈祷。意识、心灵和身体都要虔诚。不祈祷，什么都战胜不了。和家人一起祈祷。你和家人一起祈祷吗？"

"上帝不允许，"阿斯伯里喃喃道，"我妈妈没有时间祈祷，我姐姐是个无神论者。"阿斯伯里大声说。

"太遗憾了！"神父说，"那你必须为她们祈祷。"

"艺术家通过创作祈祷。"阿斯伯里谨慎地说。

"还不够！"神父不耐烦地说，"你不每天祈祷，就会忽视自己不朽的灵魂。你知道教义问答吗？"

"当然不知道。"阿斯伯里嘟囔道。

"谁创造了你?"神父以军人的口吻问道。

"关于这个问题,不同的人有不同的信仰。"阿斯伯里说。

"是上帝创造了你,"神父随即又说,"谁是上帝?"

"上帝是人类创造出的一种概念。"阿斯伯里说。他感觉自己正在进入状态。他们两个可以玩一玩这个游戏。

"上帝是一种绝对完美的灵,"神父说,"你是个非常无知的小伙子。上帝为什么要创造你?"

"上帝并未——"

"上帝创造你是为了让你知道他、爱他,在这个世界上侍奉他,并乐于到那个世界里和他在一起!"老神父以穷追不舍的腔调说,"你不想接受教义问答,怎么知道如何去拯救自己不朽的灵魂呢?"

阿斯伯里明白了,他犯了个错误。是时候摆脱这个老傻瓜了。"听着,"他说,"我不是天主教徒。"

"不想祈祷的一个蹩脚的借口!"老人哼道。

阿斯伯里在床上微微向下滑了滑。"我快要死了。"他大声说。

"但是你还没死,"神父说,"你既然从来都没和上帝说过话,打算怎么面对上帝?你打算怎么得到自己从没祈求得到的东西?上帝不会把圣灵降给没祈求得到圣灵的人。祈求他把圣灵降给你吧。"

"圣灵?"阿斯伯里说。

"你无知到连圣灵都没听说过?"神父问。

"我当然听说过圣灵,"阿斯伯里愤怒地说,"但我最不想得到的就是圣灵!"

"但你得到的最后一样东西可能就是圣灵。"神父说。他的那只好眼里有愤怒和凶狠的神色。"你想让自己的灵魂遭受永恒的诅咒吗?你想永远被上帝抛弃吗?你想遭受最可怕的、比火还厉害的丧失之痛?你想永远遭受丧失之痛?"

阿斯伯里无助地动了动双臂和双腿,仿佛被那只可怕的眼睛射出的目光钉在了床上。

"你的灵魂里如果充满垃圾,圣灵怎么能找到它?"神父咆哮道,"在你明白自己是个懒惰、无知和自负的年轻人之前,圣灵不会降临!"神父说,把拳头擂在小小的床头柜上。

福克斯夫人冲进来。"够了!"她叫喊道,"你怎么能这样和一个生病的可怜小伙子说话?你在让他不舒服。你马上离开这里。"

"可怜的小青年连教义问答都不知道,"神父说,站起来,"我原以为你已经教会他每天祈祷了。你忽视了作为母亲的责任。"他转过身走到床边,和蔼地说:"我会为你祈祷,但从此以后,你必须自己不间断地每天祈祷。"随后,他把一只手放在阿斯伯里的头上,用拉丁语咕哝着什么。"随时给我打电话,"他又说,"我们可以再这样聊聊。"然后,他跟在后背僵直的福克斯夫人身后走出去。阿斯伯里听见他的最后一句话是:"他本质上是个好青年,但太无知了。"

母亲弄走那个神父之后,又快速地回到他的房间,打算对他说她早就说过会这样了。但母亲看见他时——坐在床上,脸色苍白、愁苦、憔悴,瞪大孩子气的震惊的眼睛,注视着前面——就没了那个心思,又快速地走出去了。

第二天早上,他那么虚弱,母亲决定无论如何都要说服他去医院。"我不会去医院的,"他不停地重复说,左右摇摆他那砰砰作响的脑袋,仿佛想把脑袋从身体上摇下来,"只要还有意识,我是不会去医院的。"他痛苦地想到,等他没了意识,母亲就会把他拖下床,送到医院里,让他的血液里充满药物,把他的痛苦延长几天。他坚信,死亡正在到来,就在今天。现在,他不胜痛苦地想到自己毫无意义的一生。他觉得自己就像一个壳,必须往里面填点东西,但他不知道该填什么。仿佛这就是弥留之际,他开始用心铭记房间里的一切东西——可笑的古董家具、小地毯上的图案、母亲刚刚换上的愚蠢的绘画。他甚至端详起那只喙被一条冰锥穿过的愤怒的鸟,觉得鸟待在那里,是因为有某种他猜不到的目的。

他在寻找一种东西,一种他觉得自己必须拥有的东西,一种他必须在死之前为自己创造的、具有重大意义的、最后的终极经历——利用自身智慧去获得。他总是依靠自己,从来就不是强者后面的爱哭鬼。

从前,玛丽·乔治十三岁而他五岁时,玛丽·乔治答应给他一件礼物(没说是什么),接着把他骗到一个挤满人的大帐篷里,拖着他来到最前面。一个穿着蓝色套装、戴着红白两色领带的男人站在那里。"喂,"玛丽·乔治高声说,"我已经被拯救了,但你可以救他。他是个讨厌鬼,还狂妄自大。"他挣脱玛丽·乔治的手,像一只小野狗似的冲到外面。后来,他要自己的礼物时,玛丽·乔治说:"你要是再等一等,就能得到救赎,但你跑了,所以现在什么也得不到!"

这一天在慢慢地过去,他因为害怕不能获得最后一次有意义的经历,越来越慌乱。母亲不安地坐在床边。母亲给布洛克打了两次电话,但找不到他。阿斯伯里想,即便是现在,母亲也没意识到他活不长了,更不知道再过几小时死亡就要到来。

房间里的光线开始变得怪异,好像快要现形。光线以一种昏暗的形态进来,似乎在等待。在外面,光线移动到褪了色的树木线的边缘时停下。他从窗沿看出去,能看到几英寸树木线。突然,他想到自己在牛奶场里和黑鬼一起抽烟的那次交流经历,随即兴奋得瑟瑟发抖。他们可以一起抽最后一次烟。

过了一会儿,他在枕头上转过头,说:"母亲,我想和黑仔们说再见。"

母亲的脸陡然白了。一时间,母亲的脸似乎要掉下来。母亲紧闭着嘴,眉毛皱缩到一起。"再见?"她语调平缓地说,"你要去哪里?"

在几秒钟的时间里,他只是看着母亲,然后说:"我想你知道。把他们找来,我没有多少时间了。"

"荒谬。"母亲咕哝道，但站起来，匆忙出去了。他听见母亲在离开家之前又打了一个电话，试图找到布洛克。到了这个时候，母亲还指望布洛克，这让阿斯伯里觉得感动和怜悯。他等着，为这次见面准备着，就像一个信教的人准备迎接最后一次领圣餐仪式。过了一会儿，他听见他们的脚步声从楼梯上传来。

"兰德尔和摩根来了，"母亲说，把他们领进来，"他们来向你问好。"

他们两个一边咧着嘴笑，一边走进屋子，拖着脚来到床边。他们站在那里，兰德尔在前面，摩根在后面。"你看起来真的不错，"兰德尔说，"你看起来非常不错。"

"你看起来不错，"摩根说，"是的，先生，你看起来很好。"

"我以前从来没见过你的气色这么好。"兰德尔说。

"是啊，他看起来不错，对吧？"母亲说，"我认为他看起来是不错。"

"是的，先生，"兰德尔说，"我敢说，你甚至不像是病了。"

"母亲，"阿斯伯里无奈地说，"我想和他们单独说说话。"

母亲身体僵直地站了一会儿，然后走出去。她穿过走廊，走进另一边的房间里，坐在摇椅里。通过两扇打开的门，他能看见母亲在轻微地抽搐。两个黑仔的表情好像在说，他们最后的保护也已经失去了。

脑袋如此沉重，阿斯伯里想不起来自己原本打算干什么。"我要死了。"他说。

他们脸上的笑容僵住了。"你看起来很好。"兰德尔说。

"我很快就要死了。"阿斯伯里重复道。然后，他松了口气，记起自己原本打算和他们一起抽烟。他够到床头柜上的烟盒，把烟盒递给兰德尔，忘记把香烟晃出来。

兰德尔接过烟盒，放进自己的口袋里。"我谢谢你，"他说，"我实心实意地感谢你。"

阿斯伯里瞪着眼睛，仿佛又忘记了要干什么。过了一会儿，他注意到另一个黑仔的表情变得非常悲伤，然后他意识到，那不是悲伤，是不高兴。他在床头柜的抽屉里摸了摸，拿出一盒没拆的香烟，扔给摩根。

"我谢谢你，阿斯伯里先生，"摩根说，脸变得明亮，"你看起来真的不错。"

"我就要死了。"阿斯伯里不耐烦地说。

"你看起来很好。"兰德尔说。

"你过几天就能下床到处走了。"摩根预言道。他们两个似乎都不知道该往哪儿看。他毫无顾忌地看向走廊的另一边。母亲把摇椅掉了个方向,背对着他。很明显,母亲无意替他把他们弄走。

"我敢说你只是得了一次小感冒。"过了一会儿,兰德尔说。

"我感冒了就吃点松脂和糖。"摩根说。

"闭上你的嘴。"兰德尔说,对摩根发火了。

"闭上你自己的嘴,"摩根说,"我就是吃这两样东西把感冒治好的。"

"他不会吃你吃的东西。"兰德尔咆哮道。

"母亲!"阿斯伯里声音颤抖地叫喊道。

母亲站起来。"阿斯伯里先生接待客人的时间已经够久了,"母亲喊道,"你们可以明天再来。"

"我们走了,"兰德尔说,"你看起来不错。"

"你看起来确实不错。"摩根说。

他们鱼贯而出,互相附和着对方说的他看起来究竟有多么好的话，没等他们走到走廊上，阿斯伯里的视线就模糊了。刹那间，他看见母亲的轮廓——仿佛是门框里的一道阴影。接着，母亲随他们两个消失在走廊上，走下楼梯。他听见母亲又给布洛克打电话，但他一点也不在意了。他觉得自己的脑袋在飞速旋转。现在他知道，自己在死之前不会获得什么意义重大的经历了。除了把放着那封信的抽屉的钥匙给母亲，然后等死，已没有什么事情可做。

他沉沉睡去。五点钟醒来时，他看见母亲那张苍白的脸——异常地小——仿佛处在一口黑暗之井的井底。他从睡衣口袋里掏出钥匙，递给母亲，含混不清地说，抽屉里有封信，但等他死了才能打开抽屉，不过母亲似乎并不明白他是什么意思。母亲把钥匙放在床头柜上，走出房间时并未将钥匙带走。他又做起梦来，在梦中，两块巨石在他的脑袋里盘旋。

六点多一些，他醒过来，听见布洛克的汽车停在下面的车道上。那声音就像是召唤，驱走睡意，让他头脑清醒。他突然预感到，等待他的命运将比他在任何时候预想的都更残酷。他一动不动地躺着，就像地震前一刻的一只动物。

布洛克和他的母亲一边上楼梯一边说话，但他听不清他们在说什么。医生做着鬼脸走进来；他母亲则面带微笑。"宝贝，看看谁来了！"母亲叫喊道。母亲的声音如射出的子弹般有力，打断了他的思绪。

"老布洛克发现病根所在了。"布洛克说，坐进床边的椅子里。他把双手举过头，做出职业拳击手的那种胜利姿势，继而又任凭双手落在大腿上，仿佛这一动作耗尽了他的全部力气。然后，他解下他带来用以搞活气氛的彩色头巾，用头巾把脸擦了个遍。他的脸每次从头巾后面露出来时，表情都不相同。

"我觉得你真是太顽皮了！"福克斯夫人说，"阿斯伯里，"她又说，"你得的是波状热[1]。这个病会一直反复，但不会要了你的命！"她的笑容明亮灼热得就像一只没有灯罩的灯泡。"我终于可以松一口大气了。"她说。

阿斯伯里慢慢地坐起来，脸上毫无表情，然后又倒下去。

布洛克俯在他的上方，微笑着。"你不会死的。"布洛克

---

[1] 一种传染病，病原体是布鲁氏菌，由患上这种病的牛、羊、猪传染给人。症状是间歇性发热，循环起伏呈波浪形，全身酸痛，乏力，多汗，肝、脾和淋巴结肿大。也叫波浪热。

深感满意地说。

除了那双眼睛,阿斯伯里身上没一个部位在动。他的双眼表面上似乎没动,但在下面深处的某个模糊不清的地方,存在着一种几乎无法察觉的运动,仿佛有个东西正在虚弱无力地挣扎。布洛克凝视的目光就像钢针似的插下去,钉住这个东西,直到这东西耗尽生命。"波状热不算什么,阿兹伯里,"布洛克咕哝道,"就和奶牛挨了揍一样。"

男孩低微地呻吟一声,然后便安静下来。

"他一定是在那里喝了未经高温消毒的牛奶。"他母亲轻声说。接着,他们踮着脚走出去,仿佛觉得他要睡觉了。

他们的脚步声在楼梯上消失后,阿斯伯里又坐起来。他几乎是偷偷地把头转向一边,那里的床头柜上放着他已经交给母亲的钥匙。他猛地伸出手盖住钥匙,抓起来放回口袋里。他的目光越过房间,看向一面小小的椭圆形穿衣镜。这对回瞪着他的眼睛,就是每天从镜子里回望他的那双眼睛,但他觉得,它们此刻似乎更苍白了些。那双清澈的眼睛里有震惊的神色,仿佛已准备好目睹即将降临到他身上的一种可怕的景象。他一阵颤抖,快速地把头转到另一边,注视着窗外。炫目且发红的金黄色太阳安详地从一块紫色的云朵下面钻出来。在太阳下面，黑色的树木线和深红色的天空互相映衬。树木线成了一道脆弱的墙，立在那里，仿佛是他设立在意识里的一道脆弱的屏障，以保护他不受即将到来的事情的伤害。男孩又倒在枕头上，注视着天花板。被发烧和寒冷折磨几个星期的四肢已经麻木。他体内原先的那个生命已筋疲力尽。他在等待新生命。然后他感觉到寒冷，一种如此特别、如此轻盈的寒冷，就像冰冷深海里一阵温暖的细波。他的呼吸变得短促。陪他度过童年岁月和这段生病日子的那只愤怒的鸟悬在他的头上不动，安静地等待着，似乎会突然动起来。他的脸变得煞白，眼里的最后一幅幻象仿佛被一阵旋风撕碎了。他看见自己余下来的日子：虚弱、痛苦、持久。他将生活在净化过的恐惧中。他不由自主地发出最后一声虚弱的呼喊、最后一次徒劳的抗议。但以冰而不是火做装饰的圣灵，无情而持续不断地降临。

家的慰藉

托马斯退到窗户旁边，把头塞到墙壁和窗帘之间，朝下看着车道。那辆车停在那里。他母亲和那个小荡妇正从车上下来。他母亲慢慢地从车里钻出来，冷漠而尴尬。继而，小荡妇那双微微弯曲的长腿从车里滑出来，裙子因此被拉到膝盖以上。她发出一阵刺耳的笑声，跑过去和那条狗打招呼。狗欣喜若狂，兴奋得颤抖，跳跃着奔跑过去欢迎她。愤怒在托马斯庞大的身体里不祥而迅速地默默聚集，就像一群正在麇集的暴徒。

他应该打点好行李去宾馆住，直到这栋房子被清理干净。

他不知道手提箱在哪里——他一向不喜欢打包，他需要书，他的打字机不是便携式的，他习惯用电热毯，他不能忍受在饭店里吃饭。他的母亲,由于她那鲁莽冒失的善心,即将毁掉这栋房子里的宁静。

后门砰地关上,女孩的笑声从厨房里爆发出来,穿过后走廊,顺楼梯井而上,进入托马斯的房间,就像只针对他的一道闪电。他跳到一边,站在那里朝四下瞪视。他早上说的话斩钉截铁:"要是你把那个女孩再带回到这栋房子里,我就走。你可以选择——她或者我。"

母亲做出了选择。一阵强烈的痛苦让托马斯喉咙发紧。他活到三十五岁,这是头一次……他突然感到眼睛里有一阵灼热的潮湿。他让已被愤怒控制的自己镇定下来。其实母亲没做出任何选择。母亲赌他离不开电热毯。他要教训一下母亲。

女孩的笑声再次蹿上来,托马斯蹙起眉。他又看见女孩昨晚的那副样子。女孩侵犯了他的房间。他醒来,发现房间的门是开着的,女孩站在门框里。女孩转身面向他时,从走廊上射进来的光线清晰地照出女孩。女孩的脸就像音乐喜剧里女滑稽演员的脸——尖下巴,苹果一样的宽脸颊,猫一样的空洞双眼。他从床上跳起来,抓起一把直背椅,把女孩轰了出去。他端着椅子,就像个正在驱赶一只猫科动物的驯兽员。他默默地把女孩赶到下面的过道里。他举起椅子准备砸母亲的房门时,停下了。女孩大喘着气,转身逃进客房。

过了一会儿,他母亲打开门,担忧地朝外面看了看。母亲的脸油腻腻的,上面是她晚上往脸上抹的东西,橡胶发夹垂在脸上面和两边。母亲朝女孩消失其中的过道看了看。托马斯站在她面前,仍举着椅子,仿佛打算驯服另一头野兽。"她想进我的房间,"他咬牙切齿道,走进母亲的房间,"幸亏我醒了。她想进我的房间。"他关上母亲房间的门,提高声音,怒冲冲地说:"我受不了!我没办法再多忍受一天!"

母亲被他逼到床旁边,在床沿坐下来。母亲身材高大,脸却不可思议的瘦削、干枯,与身体极不协调。

"我最后一次告诉你,"托马斯说,"我没办法再多忍受一天。"从母亲的行为可以看出一种明显的趋势。即,出于最善良的意愿,把美德变成笑柄。母亲在极其愚蠢的热情的驱使下追求美德,结果牵涉其中的每个人都成了傻瓜,美德本身也变得荒诞。"没办法再多忍受一天。"他重复道。

母亲同情地摇摇头,目光仍盯着门。

托马斯把椅子放到母亲面前的地上,在椅子上坐下来。他前倾身体,好像要对一个脑子有缺陷的小孩解释些什么。

"那也是她的苦难的一个方面,"母亲说,"太可怕了,太可怕了。她告诉过我那叫什么,但我忘了,那是她无能为力的一件事。生来就跟随她的一件事。托马斯,"母亲说着,用一只手托起下巴,"你如果是她会如何?"

托马斯气得几乎喘不过气来。"你怎么就不明白呢,"托马斯声音低哑地说,"她自己都帮不了自己,你还能帮得了她?"

母亲的眼神亲切而坚定,眼睛的颜色是落日之后天空极远处的那种蓝。"女成瘾者。"母亲咕哝道。

"女性瘾者,"他气愤地说,"这是她给你灌输的花哨名词。她是个道德白痴。你只需要知道这一点。生来就没有道德机能——就好像生来就缺了一个肾或少了一条腿的其他什么人。你明白了吗?"

"我一直在想,你如果是她会如何?"母亲说,一只手仍托着下巴,"你如果是她,如果没有人要你,你觉得我会是什么感觉?你如果是个成瘾者,而不是聪明又杰出的人,你如果做出了不能自已的事……"

托马斯对自己感到一阵强烈到难以忍受的恶心,仿佛他正在慢慢变成那个女孩。

"她刚才穿着什么衣服?"母亲突然问道,眼睛眯起来。

"什么也没穿!"托马斯嘶吼道,"听着,你打算把她从这里弄走吗?"

"我怎么能把她撵到外面的冷空气中?"母亲说,"今天早上,她又威胁要自杀。"

"把她送回到监狱去。"托马斯说。

"托马斯,我是不会把你送回到监狱里去的。"母亲说。

在他还能控制自己的时候,托马斯站起来,搬起椅子逃出房间。

托马斯爱母亲。他爱母亲,是因为本性让他如此,但有时候,他受不了母亲对他的爱。有时候,母亲对他的爱什么也不是,纯粹只是一个傻瓜身上的一个难解之谜,而托马斯感觉到,各种力量如同看不见的潜流,完全不受他的控制。母亲总是按照最陈腐的原则行事——这是"一件值得做的好事"——继而和魔鬼签订极其冒险的协议。当然,母亲从来都认不出魔鬼。

对托马斯来说,魔鬼只是一种说法,但这种说法适用于他母亲陷入的各种情况。母亲没有一点智慧,不然托马斯可以根据早期基督教历史向母亲证明,过分追求美德从未获得过赞赏，在某种情况下，善导致的结果和恶导致的结果是一样的。埃及的圣安东尼[1]要是待在家里照顾妹妹，魔鬼就不会纠缠他。

托马斯不愤世嫉俗，不但不反对美德，还把美德看作一种秩序准则，以及能让生活变得可以忍受的唯一一样东西。得益于母亲理智的美德的果实——母亲拥有的这栋房子井然有序，母亲做的饭菜很可口——托马斯自己的生活才可以忍受。当美德脱离母亲的控制时，就像现在这样，托马斯就会心生恶毒的想法。他和老太太都没有精神缺陷，是性格正常的人，尽管没有表现出来，但他们随时可能会突然尖叫或摔锅。

一个月前，这个女孩因为开空头支票被投进县监狱，托马斯的母亲在报纸上看到女孩的照片。吃早饭时，母亲盯着那张照片看了很久，然后把报纸从咖啡壶上递过去给托马斯。"想象一下吧，"母亲说，"才十九岁，却要待在那座肮脏的监狱里。她看起来不像个坏女孩。"

---

[1] 罗马帝国时期的埃及教父，基督徒隐修生活的先驱。他放弃所有财产，将妹妹交托给贞女们后，便进入隐修生活。

托马斯瞟了那张照片一眼。一张精明却肮脏的脸。托马斯想到的是，罪犯平均年龄正在稳步降低。

"她看起来像个健全的女孩。"母亲说。

"健全的人不会开空头支票。"托马斯说。

"你手头紧的时候不知道自己在干什么。"母亲说。

"我肯定不会开空头支票。"托马斯说。

"我觉得，"母亲说，"我应该给她送盒糖果。"

托马斯当时如果坚决反对，后来就不会发生任何事。他父亲要是还活着，肯定会坚决反对这件事。给别人送一盒糖果是母亲非常喜欢做的一件善事。她社交圈里的某个人搬到城里去了，她带着一盒糖果去拜访；她朋友的子女有了孩子或得到奖学金，她带着一盒糖果去拜访；某个老头摔坏了髋骨，她带着一盒糖果去到人家的床边。托马斯当时觉得，母亲带着一盒糖果去监狱看犯人这件事蛮好玩的。

托马斯站在房间里，女孩的笑声向他脑袋的深处飞冲。托马斯咒骂自己当时那种愉悦的心态。

母亲从监狱回到家后，没敲门就冲进他的书房，倒在他的长沙发上，伸直双腿，把那双肿胀的小脚抬到沙发扶手上。过了一会儿，母亲休息够了，坐起来，把一份报纸塞到脚下面，又躺下去。"我们不知道另外一半的人过着怎样的生活。"母亲说。

托马斯知道，尽管母亲的话总是从一套陈词滥调跳到另一套，但那些话的背后是有真实经历的。比起那个女孩被关进监狱，他更难过的是母亲不得不在监狱里看到她。他本该阻止母亲去看那些令人不愉快的情景。"哦，"托马斯说，收起杂志，"现在，你最好忘了这次探访。那个女孩被关进监狱是罪有应得。"

"你想象不到她都经历过什么，"母亲说着又坐起来，"听着。"可怜的女孩名叫斯塔，由还有三个亲生孩子的继母养大。在那三个孩子中，有一个是快要成年的男孩，这个男孩通过各种可怕的办法占斯塔的便宜，所以斯塔只能逃跑，去找亲生妈妈。但亲生妈妈为了摆脱她，把她送到各种各样的寄宿学校。每所学校里都有可怕得难以描述的性变态者和虐待狂，所以她只得一次次逃跑。托马斯看得出来，母亲自己听到了她不肯对儿子详述的细节。时不时地，母亲语焉不详时，托马斯便知道，母亲想起女孩对她讲述的栩栩如生的恐怖画面。托马斯希望母亲几天后就会忘掉这件事，但母亲没有。第二天，母亲带着克里内克斯牌纸巾和润肤膏又去监狱。几天后,母亲宣布,她咨询了一名律师。

在这样的时刻,托马斯就会真心地怀念起父亲来,尽管父亲活着时,托马斯忍受不了他。那个老头不会做任何一件这样的傻事。他不会被无用的同情感动,他会(背着妻子)关照密友——县治安官——几句,接着那个女孩就将打点行李去州监狱服刑。她一直忙于一场让他愤怒的诉讼,直到那天早晨(他愤怒地看了妻子一眼,仿佛这完全是她造成的)他猝死在餐桌旁。托马斯遗传了父亲的理性但摒弃了他的残忍,遗传了母亲的善良但摒弃了她追求善良的性格。他对所有实际行为的态度都是一样的:静观其变。

律师发现,关于不断重复的暴力行为的故事大部分都是假的。律师对托马斯的母亲解释说,女孩是个精神病患者,但并未疯到能进疯人院的程度,但也不能把她当成罪犯关进监狱,可她的精神状况又并未稳定到可以进入社会的程度。托马斯的母亲比先前更受震动。女孩欣然承认说,她的故事是假的,因为她是个先天性的说谎者。我说谎,女孩说,是因为我缺乏安全感。她看过几个精神病医生,他们都认为她所受的教育是问题的根本所在。女孩知道自己是没希望了。面对此等惨剧,托马斯的母亲迷惑、痛苦,进而屈服。托马斯的母亲忍受不了，只能加倍努力。让托马斯不胜其烦的是，母亲似乎也开始同情他了，仿佛她糊里糊涂的善心已不再能分清对象。

几天后，母亲冲进托马斯的房间，说律师把那个女孩保释——给她了。

托马斯从莫里斯椅[1]里站起来，正在读的评论杂志掉在地上。他那张原本无动于衷的脸带着一种早知如此的痛苦表情。"你不是，"他说，"要把她带到这里来吧！"

"不、不，"她说，"你镇定，托马斯。"托马斯的母亲颇费周章地在城里的一家宠物店为女孩找了份工作，还给她找了户人家寄宿，房东是托马斯的母亲认识的一个脾气很坏的老女人。人们都不善良，不能设身处地地为事事不顺的斯塔想想。

托马斯坐回去，捡起评论杂志。托马斯就像刚从自己并不想弄清楚是什么的一种危险中逃离出来。"谁的话你也不听，"托马斯说，"过几天，等弄到足以摆脱你的钱，那个女孩就会离开这个城市。你以后永远都不会听到有关她的

---

[1] 一种椅背可调节的扶手椅。

消息。"

两天后,托马斯回家时,刚打开客厅的门,便听到一阵尖厉轻浮的笑声。女孩和托马斯的母亲坐在壁炉前,紧贴在一起,壁炉的燃烧嘴被点着。一眼看去,女孩是个驼子。女孩穿着最新潮的衣服,头发被剪成狗或者说小精灵的模样。她先是久久地看着托马斯,双目放光,好像认识托马斯。接着,她咧开嘴亲切地笑了。

"托马斯!"托马斯的母亲说,声音坚定,不容托马斯逃开,"这就是你常听说的斯塔。斯塔要和我们一起吃晚饭。"

女孩自称斯塔·德雷克。律师说,她的真名叫萨拉·哈姆。

托马斯只是站在门框里,既没动也没说话,心中既有仇恨又有迷惑。最后,他说:"萨拉,你好。"他用了那么嫌恶的口吻,连他自己都被自己的声音吓了一跳。他脸红了,他知道,这种腔调是对像萨拉这样可悲的任何一种生物的鄙视。他走进客厅,决定至少表现得体面而且礼貌。他重重地坐到一张直背椅里。

"托马斯写历史书,"托马斯的母亲说道,带着一种威胁的神情看着托马斯,"他是本地历史学会今年的主席。"

女孩前倾身体,对托马斯表现出更加明显的兴趣。"好极了！"女孩用鼻音说。

"托马斯目前正在写一些关于本县早期殖民者的文章。"托马斯的母亲说。

"好极了！"女孩重复道。

凭借意志的力量，托马斯使自己看起来像是独自待在客厅里。

"我说，你知道他看起来像谁吗？"斯塔问。斯塔把头歪向一边，斜斜地打量托马斯。

"哦，某个非常杰出的人物！"托马斯的母亲顽皮地说。

"我昨晚看的那部电影里的那个警察。"斯塔说。

"斯塔，"托马斯的母亲说，"我觉得你应该少看那种电影。我觉得你应该只看那些最好的。我不觉得犯罪故事对你有什么好处。"

"哦，那是一部讲恶无恶报的电影，"斯塔说，"我发誓，那个警察看起来跟他一模一样。他们总是耍他。他表现得自己再也没办法多忍受一分钟，或者马上就要爆发。他是个有意思的人。而且长得不错。"她面带表示欣赏而又邪恶的微笑看着托马斯，补充道。

"斯塔，"托马斯的母亲说，"我觉得，你要是能发展一下对音乐的品味就太好了。"

托马斯叹了口气。托马斯的母亲仍在唠叨,而女孩根本就没注意托马斯的母亲,目光在托马斯的身上戏玩。女孩的目光仿佛成了她的双手,抚过托马斯的膝盖,又抚过托马斯的脖子。女孩的眼睛里有一丝嘲讽的神色,托马斯知道,女孩非常清楚他受不了女孩的目光。托马斯十分明白,自己面对的是确确实实的堕落,但这是无可指责的堕落,因为在这堕落的后面,没有应该为堕落负责的灵魂。他看到的是无知最让人难以容忍的形态。他出神地想,上帝对此的态度是什么。上帝如果能接受,他也一定愿意接受。

吃饭时,托马斯的母亲的行为那么愚蠢,托马斯几乎没办法让自己看着母亲,而由于更不愿意看萨拉·哈姆,所以托马斯带着不满和厌恶的表情,一直盯着房间另一边的餐具柜。女孩说一句话,托马斯的母亲就接一句,好像女孩的话值得严肃对待似的。她制订了好几个合理利用斯塔业余时间的计划。萨拉·哈姆根本就不在意这些建议,仿佛那是从一只鹦鹉嘴里说出来的话。托马斯一旦不经意地看向女孩的方向,女孩就眨眼。托马斯刚吞下最后一勺甜点,就站起来并咕哝道:"我得走了,我有个会。"

"托马斯,"托马斯的母亲说,"我想让你顺道送斯塔回家。我不希望她晚上一个人坐出租车。"

一时间,托马斯只是愤怒地沉默着。接着,他转身离开餐厅。过了一会儿,他面带令人费解的坚决神情回来了。女孩准备好了,正温顺地站在客厅门口等着。女孩带着夸张的倾慕和自信神情,抬头看了托马斯一眼。托马斯没伸出胳膊,但她还是拤上托马斯的胳膊,贴着托马斯——托马斯就像一尊不可思议的移动的纪念碑,走出房子,走下门阶。

"乖一点!"托马斯的母亲叫喊道。

萨拉·哈姆窃笑一声,捅了捅托马斯的肋骨。

托马斯去拿外套时,觉得这是一个机会。他要告诉女孩,如果她继续做他母亲身上的寄生虫,他托马斯本人可以负责地说,女孩肯定还得回监狱里去。他要让女孩明白,他知道女孩想得到什么,他不天真,有些事情他是忍受不了的。托马斯坐在桌边、握着笔时,比谁都更善于表达。他和萨拉·哈姆坐进车里。车门刚关上,恐惧就使托马斯的舌头打了结。

女孩把双脚蜷到身体下,说:"终于可以单独待在一起了。"然后咯咯一笑。

托马斯在房子前面转弯，驱车快速朝大门开去。一上公路，他就开车朝前飞驰，仿佛有人在追他。

"耶稣啊！"萨拉·哈姆说，脚从座位上滑下来，"哪儿着火了吗？"

托马斯没回答。过了几秒钟，托马斯感觉到女孩正一点一点地靠近他。女孩舒展开四肢，小心地朝他移动，最后把一只柔软的手放到他的肩膀上。"托马西不喜欢我，"女孩说，"但我觉得他非常可爱。"

托马斯用四分钟多一点的时间，就开完三英里半的路程，来到城里。第一个路口是红灯，但他直接开过去。那个老女人住在三段街区之外的地方。汽车尖叫着停在那个地方时，他跳出去，跑到女孩那边的车门旁，打开车门。她坐在车里没动，托马斯只得等着。过了一会儿，一条腿伸出来，接着，她那张苍白狡诈的小脸出现，仰起来瞪着托马斯。那张脸上的表情里有种能让人联想起盲目的东西，不过是那些不知道自己盲目的人的盲目。托马斯莫名地恶心起来。空洞的目光在他身上游走。"没有人喜欢我，"她阴郁地说，"你如果是我，我连三英里的路程都不愿意载你，你会怎么样？"

"我母亲喜欢你。"托马斯低声说。

"她!"女孩说,"她落后这个时代大约七十五年!"

托马斯上气不接下气地说:"我如果发现你再打搅她,就把你再送回到监狱去。"他的话尽管近似耳语,但里面有种笨拙的力量。

"你要和谁见面啊?"她说着又钻回汽车里,一副根本就不打算再出来的表情。托马斯伸手进去,在漆黑中抓住她外套的前襟,将她拉出来,然后放开她。接着托马斯扑回车里,飞速而去。另一扇车门仍然开着,女孩的大笑声无形却真实,沿着街道往前跳跃,仿佛即将跳进车门开着的那一边,和他一起乘车离去。他伸手猛地关上车门,驾车回家。他太生气,不想去开会了。他打算让母亲清楚地意识到他的不满。他打算扫除母亲心头所有的疑惑。父亲尖厉的声音在他的脑海里响起。

笨蛋,老头说,要坚定立场,赶在她之前表明谁说了算。

但托马斯回到家时,母亲已经明智地上床睡觉去了。

第二天早晨,托马斯出来吃早饭时,低着眉仰着下巴,心情很糟糕。他下定决心,就像一头低下头、扒着地面、向后退、准备冲锋的公牛。"现在听好了,"他开口道,猛地拉出自己的椅子,坐下来,"关于那个女孩,我有话对你说,而且我只说这一次,"他吸了口气,"她什么也不是,就是一个小荡妇。她在你背后取笑你。她打算得到能从你身上得到的所有东西,你这个人对她一点也不重要。"

他母亲看起来好像度过了辗转反侧的一夜。她没有梳妆打扮,而是穿着浴袍,头上缠着灰色头巾,头巾使她的脸具备了一种令人不安的无所不知的神情。托马斯觉得自己是在和一个女算命师吃早饭。

"你今天只能抹罐装奶油了,"母亲说,给托马斯倒咖啡,"我忘了准备别的奶油。"

"没事。你听见我的话了吗?"托马斯吼道。

"我不是聋子,"母亲说,把咖啡壶放回金属架上,"我知道,在她眼里,我只是个夸夸其谈的老家伙。"

"那你为什么还要做这种鲁莽冒失——"

"托马斯,"母亲说道,把一只手放到一边脸上,"如果是——"

"不是我!"托马斯说,紧紧抓着膝盖前的桌腿。

母亲依然托着脸,微微摇摇头。"想想你拥有的一切,"母亲说道,"家的慰藉,还有品行,托马斯。你没有不良爱好,没有与生俱来的坏事情。"

托马斯开始像个感觉到哮喘即将发作的人那样呼吸。"你不理智,"托马斯缓慢地说,"他会坚守自己的立场。"

老太太的身体绷紧了。"你,"她说,"不像他。"

托马斯张开嘴,但没说出话来。

"不过,"他母亲说,声音里有不易察觉的谴责,仿佛她要把刚才那些夸奖的话收回,"既然你这么坚决地反对她,那我不会再邀请她到家里来了。"

"我不是反对她,"托马斯说,"我反对的是你把自己变成傻瓜。"

他才下饭桌,关上书房的门,就看见父亲在他的脑海里蹲下来。老头有乡下人那样蹲下说话的习惯,尽管他根本就不是乡下人。他出生并生长在城里,只是后来,为了发挥自己的才能搬到这个小地方。他凭借扎实的亲民技巧,使得这里的人觉得他是他们中的一员。在法院前的草坪上和人谈话谈到一半时,他会蹲下来继续说话,他的两三个同伴也随他蹲下来。这种姿势是个谎言。他从不肯屈尊说谎,只在这一件事上说了谎。

任她对你为所欲为,老头说,你不像我,不像个男人。

托马斯振作精神，开始阅读。过了一会儿，父亲的形象逐渐消失。女孩在他思想的深处——他的分析能力无法触及的地方——制造了混乱。他觉得自己看见一阵龙卷风从身边掠过，朝前行进了一百码[1]，但他敢肯定，龙卷风会掉过头径直朝他席卷而来。直到上午十点左右，他才稳住心神，开始工作。

两天后的晚上，晚饭后，托马斯和母亲坐在休息室里，各自读着晚报。突然，电话发出火警铃般的刺耳声音。托马斯伸手接了电话。电话刚到他的手里，一个女人的尖叫声就传遍整个休息室："来把这个女孩接走！来把她接走！喝醉了！醉倒在我的客厅里，我不允许这样！丢了工作，醉醺醺地回到这里来！我不允许这样！"

托马斯的母亲跳起来，抓过电话。

父亲的鬼魂在托马斯的面前升起。打电话给治安官，老头提醒他。"给治安官打电话，"托马斯大声说，"给治安官打电话，叫他去那里把她弄走。"

"我们马上就到，"托马斯的母亲说，"我们这就过去，

---

[1] 一码约等于 0.9 米。

立刻把她带走。叫她把自己的东西收拾好。"

"她现在这个样子,根本就没办法收拾东西,"那个声音尖叫道,"你原先根本就不应该把她这样一个东西推给我!我的家是有尊严的!"

"叫她给治安官打电话。"托马斯叫喊道。

他母亲放下电话,看着他。"我不能把一条小狗交给那个男人。"他母亲说。

托马斯坐到椅子里,交叠起双臂,目不转睛地看着墙壁。

"想想那个可怜的女孩,托马斯,"他母亲说,"一无所有。一无所有。而我们什么都有。"

他们到的时候,萨拉·哈姆倚着老女人家门前台阶的栏杆,叉开双腿躺着。便帽趴在她的前额上,帽子是老女人扔在她头上的。她的衣服从手提箱里满溢出来,衣服是老女人塞进箱子里的。她正以亲密而又低微的声音说着醉话。她的一边脸上有一条唇膏印。她任由托马斯的母亲把她领到汽车旁,安置到后排座位里,似乎并不在意施救者是谁。"除了一群小鹦鹉,整天都没个可以说话的人。"她愤怒地低语道。

托马斯根本就没下车,在一开始厌恶地看了一眼之后,就再也没看女孩。托马斯说:"我已经很郑重地说过一次,监狱才是她该待的地方。"

托马斯的母亲坐在后排座位上,握着女孩的手,并未答话。

"好吧,带她去旅馆。"托马斯说。

"托马斯,我不能把一个喝醉的女孩丢到旅馆,"托马斯的母亲说,"你知道的。"

"那带她去医院。"

"她需要的不是监狱、旅馆或者医院,"托马斯的母亲说,"而是一个家。"

"她不需要我的家。"托马斯说。

"托马斯,就一晚,"老太太叹息道,"就一晚。"

从那以后,八天过去了。小荡妇在客房里安顿下来。每天,托马斯的母亲出去为她找工作和住的地方,但每天都失败了,因为那个老女人已经把警告散布出去。托马斯固守在自己的房间或休息室里。对他而言,他的家是家、工作室和教堂,是必需品,就像龟壳一样私密。他不敢相信,家竟然以这种方式被亵渎了。他涨红的脸经常是一副震惊而又愤怒的表情。

每天早晨，女孩一起床，就会在一首蓝调歌曲中叽叽喳喳个不停。那首歌的音调会上升、颤抖，继而俯冲，透露出需要被满足的激情。这时坐在桌边的托马斯会跳起来，手忙脚乱地用克里内克斯牌纸巾塞住耳朵。每次他从一个房间去另一个房间，从一层楼去另一层楼，女孩肯定会出现。每次他上下楼梯到一半时，女孩就会迎面而过——腼腆、畏畏缩缩的；或者跟在他后面上楼或下楼，呼出低微而又悲惨的带着绿薄荷香味的叹息。她似乎喜欢托马斯对她的厌恶，抓住一切机会把这厌恶引出来，仿佛这厌恶能增添她的苦难的吸引力。

老头——小个子，黄蜂一般，戴着他那黄色的巴拿马帽和小小的蝶形领结，穿着泡泡纱[1]外套和特意弄脏的粉红色衬衫——似乎又占据了托马斯脑海里的那个位置。他每次被迫中断研究，通常是蹲着的父亲就会在他的脑海里刺耳地喊出同一个建议：坚定意志，去见见治安官。

除了穿花格子衬衫，戴得克萨斯帽，年轻十岁，治安官

---

[1] 棉制印染布，呈泡状，起皱，透气舒适。

就是托马斯父亲的一个翻版。他经常说谎，但由衷地崇拜托马斯的父亲。托马斯和母亲一样，宁可忍受麻烦也不愿去找治安官，被他那双透明的淡蓝色眼睛注视。他一直期待着别的解决办法、一个奇迹。

萨拉·哈姆住进这栋房子后，吃饭变得让托马斯难以忍受。

"托马西不喜欢我。"女孩在第三或者第四天的晚饭时分说，嘟着嘴注视着桌子另一边的托马斯高大笔挺的身影。托马斯板着脸，一副深陷难以忍受的气味中的表情。"他不想让我待在这里。谁都不想让我待在这个世界上。"

"托马斯的名字叫托马斯，"托马斯的母亲打断女孩，"不是托马西。"

"托马西这个名字是我的独创，"女孩说，"我觉得这个名字很可爱。他恨我。"

"托马斯不恨你，"托马斯的母亲说，"我们不是那种会恨别人的人。"她补充道，仿佛这是个从数代以前一直遗传至今的缺陷。

"哦，被人讨厌的时候我能知道，"萨拉·哈姆继续说，"他们甚至不想把我关在监狱里。我想知道，我如果自杀了，上帝会不会要我呢?"

"试试看。"托马斯咕哝道。

女孩大笑起来。然后她突然停住,脸皱缩了,开始颤抖。"最好还是,"她说,牙齿咔咔作响,"自杀吧。然后我就不会碍任何人的事了。我会下地狱,所以也不会碍上帝的事。就连魔鬼也不会喜欢我,他会一脚把我踢出地狱,就连地狱也容不下我……"她号啕着说。

托马斯站起来,拿起盘子和刀叉,去休息室吃完晚餐。从那以后,他再也没在餐桌旁吃过一顿饭,而是让母亲把食物端到他的书桌上。他吃饭的时候,能明显地感觉到老头的存在。他坐在椅子里,似乎正在向后仰,两个大拇指插在吊裤带下面,说着"她从未把我赶下自己的餐桌"之类的话。

几天之后的一个晚上,萨拉·哈姆用一把削皮刀砍了自己的双腕,继而又发起狂来。吃罢晚饭,托马斯就把自己关在休息室里。他在休息室里听到一声尖叫,继而是一连串嘶吼,接着是他母亲贯穿整栋房屋的零碎而又迅速的脚步声。他没动。在最初的一刹那,他希望女孩割了自己的喉咙,当他意识到女孩不可能割了喉咙还能继续那样尖叫时,他感觉希望破灭了。他继续看杂志,过了一会儿,嘶吼声渐渐减弱。片刻后，他母亲拿着他的外套和帽子冲进来。"我们必须送她去医院，"母亲说，"她想了结自己。我在她的胳膊上绑了止血带。哦，主啊，托马斯，"她说，"想想你如果这么失落，做了这样一件事！"

托马斯慢吞吞地站起来，戴上帽子，穿好外套。"我们送她去医院，"他说，"然后把她留在那里。"

"再次把她逼到绝望里？"老太太叫喊道，"托马斯！"

托马斯站在房间的中央，意识到自己已经到了必须采取行动的一步，必须收拾行李，必须离开，必须走。但他站着不动。

让他愤怒的不是小荡妇，而是他母亲。医生发现女孩基本上没伤到自己，开玩笑说根本不需要缠止血带，只在伤口上涂了一道碘水，这让女孩怒火顿生。尽管如此，他母亲无法忘掉这次事故。他母亲似乎感觉到一种新的悲痛。不仅是托马斯，就连萨拉·哈姆也被这种悲痛惹恼了，因为这似乎是一种泛泛的悲痛，不管他们两个交了什么样的好运，这悲痛都要寻找新的目标。萨拉·哈姆的经历让老太太掉进对这个世界的哀伤中。

在女孩试图自杀的第二天早晨，老太太非常仔细地检查整栋房屋,收集起所有的刀子和剪刀,把它们锁在一个抽屉里。她把一瓶老鼠药倒进马桶,把蟑螂片从厨房的地上捡起来。最后,她来到托马斯的书房,低声说:"他的那把枪在哪里?我希望你把枪锁起来。"

"枪在我的抽屉里,"托马斯吼叫道,"我不会把枪锁起来。她如果想打死自己,那最好不过!"

"托马斯,"母亲说,"她会听见的!"

"让她听见好了!"托马斯叫嚷道,"你难道不知道她根本就没打算自杀吗?你难道不知道她那种人永远都不会自杀吗?你难道不……"

他母亲溜出去,关上门,不让他的声音传出来。萨拉·哈姆就在近处过道里,咯咯咯的笑声钻进托马斯的房间。"让托马西等着瞧吧。我会自杀,他会因为没对我好而难过。我要用那把小手枪,他那把柄上镶着珍珠的转轮小手枪!"女孩叫喊道,继而模仿电影里的怪物,爆发出一阵痛苦而又响亮的大笑。

托马斯气得咬紧牙关。他拉出书桌的抽屉,摸到那把枪。这是老头的遗产。老头的观点是,每个家庭都应该有一把装着子弹的枪。某天晚上,老头朝一个在他们家附近徘徊的人的身旁开了两枪,但托马斯从未开枪打过什么。他根本就不担心那个女孩会用这把枪打她自己。他关上抽屉。她那种人对生活无比留恋,只会随时装腔作势而已。

他想到好几个摆脱女孩的主意,但每个主意的道德基调都表明,它出自一个与他父亲的头脑差不多的头脑。托马斯放弃这些主意。他没办法把女孩弄回监狱去,除非她又做了违法的事。老头会不带一点愧疚地灌醉女孩,然后派女孩开着他的车去公路上,再通知公路巡警女孩会出现在公路上,但托马斯觉得这个办法低于他的道德标准。主意源源不断地进入他的头脑,每一个都比前一个更残忍。

他根本就没想过那个女孩会拿走枪,打死她自己。那天晚上,他朝抽屉里看时,发现枪不见了。书房是从里面锁上的,不是从外面。他一点也不担心枪,但萨拉·哈姆的双手在他的文章上滑过这件事让他愤怒。现在,就连他的书房也被玷污了。唯一还没被女孩碰过的地方就是他的卧室。

那天晚上,女孩就闯进了他的卧室。

在清晨的早餐时分,他没吃东西也未坐下来。他站在椅子旁,发布最后通牒。他的母亲啜饮着咖啡,仿佛房间里只有她一个人,仿佛她正处在巨大的痛苦中。"我尽我所能,"

他说,"忍受这件事。既然我已经清楚地看到你一点也不关心我,不关心我的宁静、舒适和工作环境。我只能采取我能采取的唯一步骤了。我再给你一天。如果你今天下午再把那个女孩带到这栋房子里来,我就走。你可以选择——她或者我。"他还有话要说,但说到这里时声音已经嘶哑,于是走开了。

十点时,他母亲和萨拉·哈姆离开家。

下午四点时,他听见车轮碾在沙砾上的声音,冲到窗边。汽车停下时,狗站起来,警觉,颤抖。

他似乎无法迈出步子,去过道里的壁橱边找箱子。他就像个手里被塞了一把手术刀的人,被告知要想活命,必须自己给自己动手术。他巨大的双手无助地握紧。他一副焦虑、犹豫不定和愤怒的苍白表情。滚烫的脸上的那双眼睛似乎在流汗。他闭上眼睛,看见父亲在冲他冷笑。傻瓜!老头咬牙切齿道,傻瓜!那个犯了罪的荡妇偷了你的枪!去见治安官!去见治安官!

过了一会儿,托马斯睁开眼睛,一副晕晕乎乎的表情。他在原地站了至少三分钟,然后就像一艘掉转方向的大船,慢慢转过身,面对着门。他又站了一会儿,然后从门边走开，一副看透了苦难的坚毅表情。

他不知道去哪里才能找到治安官。治安官有自己的习惯，行踪不定。托马斯先去监狱，那是治安官办公的地方，但治安官不在那里。他来到法院，一个书记员告诉他，治安官去了街对面的理发店。"那是警官。"书记员说道，指向窗外一个穿着花格子衬衫的男人的庞大身影。那人倚着一辆警车的车身，出神地看着前方。

"必须找到治安官。"托马斯说着离开法院去理发店。他不想和治安官发生什么联系，但他知道，至少这个男人聪明，不是一座只会出汗的肉山。

理发师说治安官刚走。托马斯反身回法院，走上通往街道的步行道时，看见一个瘦削、略微驼背的男人正在对警官愤怒地做手势。

托马斯带着因焦虑紧张而生的挑衅表情走过去。他在三英尺之外的地方突然站住，用大得过分的声音说："我能和你说句话吗？"他没说治安官的名字：法布拉泽。

法布拉泽把严肃而又布满皱纹的脸转到一个刚好可以看见托马斯的角度，警官也如此，但他们都没说话。治安官取下嘴唇间一截短短的香烟，扔在脚边。"该怎么做，我已经告诉你了。"他对警官说。然后他点一下头,走开了。那一下点头的意思是,托马斯如果想和他说话,可以跟着他。警官小心翼翼地绕过警车的车头,钻进去。

法布拉泽穿过法院广场,托马斯跟在后面。法布拉泽在一棵树下停住,那棵树的树荫覆盖了法院前四分之一的草坪。他微微前倾身体,又点燃一根香烟,等着托马斯开口。

托马斯张嘴就说自己的事情。由于未做准备,他的话几乎毫无逻辑可言。把同一件事重复了好几次之后,他终于把自己想说的话表达出来。他说完之后,站在他斜对面的治安官仍微微前倾着身体,双眼并未特别注意什么。他以那副姿态站在树下,并未说话。

托马斯放慢语速,又从头说起,但声音更加虚弱无力。法布拉泽让他说了一会儿,然后说:"我们抓过她一次。"接着,他慢慢流露出一种严肃、洞悉一切而又怜悯的微笑。

"我和那件事没有一点关系,"托马斯说,"是我母亲。"

法布拉泽蹲下。

"她一直试图帮那个女孩,"托马斯说,"却不知道谁也帮不了她。"

"不自量力,我猜。"在托马斯下方的那个声音若有所思地说。

"她和这件事没有一点关系,"托马斯说,"她不知道我到这里来了。女孩手上有枪,她很危险。"

"他,"治安官说,"从来都不拖拖拉拉。特别是对女人搞出的事情。"

"她可能会用那把枪杀了谁。"托马斯虚弱地说,俯视着得克萨斯帽的圆顶。

久久的沉默。

"她把枪放在哪儿了?"法布拉泽问。

"我不知道。她睡在客房里。枪肯定在那儿,可能在她的手提箱里。"托马斯说。

法布拉泽再次陷入沉默中。

"你可以来搜查客房,"托马斯紧张地说,"我可以回家,打开前门的锁,然后你悄悄地进来,上楼搜查她的房间。"

法布拉泽转过头,眼睛毫无顾忌地看着托马斯的膝盖。"你好像知道该怎么做,"他说,"想交换工作吗?"

托马斯没说话,因为想不到要说什么,但固执地等着。法布拉泽取下嘴唇间的香烟屁股,扔在草地上。在他身后的法院门廊下,原本站在门左边的一群闲人来到右边——那里有一小片阳光。一张皱巴巴的纸被风从上面的一扇窗户里吹出来,飘摇而下。

"我六点左右过去,"法布拉泽说,"开着前门,不要让我看到——你和那两个女人。"

托马斯放松下来,发出表示"谢谢"之意的一声刺耳的声音,大步穿过草坪,就像个刑满释放的人。"那两个女人"这个短语就像钉在他脑袋里的一颗刺果——法布拉泽对他母亲让人不易察觉的侮辱比讽刺托马斯无能的那些话更让他不快。他钻进汽车时,脸突然红了。他把母亲带到治安官的身边——让她成了这个男人嘴里的一个笑话?为了摆脱小荡妇,他背叛了母亲?他立刻明白,不是这么回事。他是为了母亲好,为了帮母亲摆脱那个将要毁了他们宁静的小荡妇才这么做的。他发动汽车,开车快速朝家驶去。他刚拐上车道就决定,最好是把车停在离房子有一段距离的地方,然后悄悄地从后门进去。他把车停在草坪上,然后下来,绕过草坪,来到房子的后面。天空排列着芥末色的条痕。狗在后门口的擦鞋垫上睡着了。主人的脚步走近时,狗睁开一只黄色的眼睛,看了看主人,又把那只眼闭上。

托马斯走进空荡荡的厨房,整栋房子安静得让他能注意到厨房壁钟响亮的嘀嗒声。五点四十五分。他踮着脚,匆忙穿过通往前门的过道,打开锁。然后,他站在那里听了一会儿。他听见母亲在关着的客厅门后面轻柔地打着鼾,猜母亲可能是在读书时睡着了。过道的另一边,在离他的书房不足三英尺的地方,小荡妇的黑色外套和红色坤包被丢在一张椅子上。他听见水流涌上楼的声音,断定女孩正在洗澡。

他走进书房,在书桌边坐下来等着。他厌恶地意识到,每隔一会儿,他就会浑身一阵颤抖。他坐了一两分钟,什么事也没做。然后,他拿起一支钢笔,在桌子上的一个信封的背面画正方形。他看了看手表。五点四十九分。片刻后,他漫不经心地将书桌中间的抽屉拉到大腿上。须臾间,他注视着那把枪,但并未认出那是什么。然后,他发出一声短促的尖叫,跳起来。女孩把枪放回来了!

傻瓜!他父亲咬牙切齿道,傻瓜!把枪放到她的坤包里。别傻站在这儿,把枪放到她的坤包里!

托马斯站着,注视着抽屉。

笨蛋!老头怒吼,趁还有时间,赶紧!把枪放到她的坤包里。

托马斯没动。

低能儿！他父亲叫喊道。

托马斯拿起枪。

快点，老头命令。

托马斯朝前走，握着枪，不让枪触及身体。他打开门，看着椅子。黑色外套和红色坤包躺在椅子上，伸手可及。

快点，你这个傻子，他父亲说。

他母亲几不可闻的鼾声在客厅门后面起起伏伏。鼾声似乎在给时间标序，但那个时间和托马斯所剩不多的时间并无一点关联。除了母亲的鼾声，房子里再无其他声音。

快点，你这个低能儿，趁她还没醒，他父亲说。

鼾声停止，托马斯听见沙发的弹簧嘎吱作响。他抓住红色坤包，包有丝绸的触感。他打开包，闻到女孩那熟悉的气味。他向后缩了缩，把枪塞进去，然后费力地后退。他通红的脸呆滞而又难看。

"托马西在我的手袋里放了什么？"她叫喊道，她那愉快的大笑声顺着楼梯井跳下来。托马斯飞快地往回跑。

她出现在楼梯顶上，以时装模特的仪态往下走，一条光腿根据一定的节奏从日式浴衣里伸出来，接着是另一条。"托马西变得顽皮了。"她用鼻音说。她来到一楼，用带着占有欲的眼神挑逗地斜瞟托马斯。此刻，托马斯脸上的灰比红要多。女孩伸出手，用一根手指打开包，端详着枪。

他母亲打开客厅门，向外看着。

"托马西把他的枪放在我的包里了！"女孩尖叫道。

"荒谬，"托马斯的母亲打着哈欠说，"托马斯把他的枪放在你的包里干什么？"

托马斯微弓着背站在那里，双手无助地吊在手腕下，仿佛他刚把这双手从一汪血泊中拿出来。

"我不知道他想干什么，"女孩说，"但他确实这么做了。"然后，她开始绕着托马斯转圈。她的手放在屁股上，她的脖子伸向前，她的脸上是暧昧而猖狂的笑容。突然，如同刚被托马斯碰到就打开的那个坤包，她的脸似乎绽开了。她站住，头歪向一边，摆出一副难以置信的姿势。"哦，我的天哪，"她慢慢地说，"他给我下了个套。"

在那一瞬间，托马斯不但诅咒了女孩，还诅咒了让她存在的那一整套宇宙秩序。

"托马斯不会把一把枪放在你的包里，"托马斯的母亲说，"托马斯是个绅士。"

女孩发出咯咯的笑声。"你来看看，枪就在这里。"她说道,指着打开的坤包。

说你在她的包里发现了枪,你这个白痴!老头咬牙切齿道。

"我在她的包里发现了枪!"托马斯叫喊,"这个犯了罪的下流荡妇偷了我的枪!"

托马斯的母亲倒抽一口气,因为托马斯的声音里还有另外一个人的声音。老太太那张女算命师的脸变得苍白。

"我亲眼看见的!"萨拉·哈姆尖叫道,然后朝坤包走去。但是托马斯——他的手臂好像被他父亲控制了——先抓住包,又迅速地掏出枪。女孩发疯似的扑向托马斯的喉咙。要不是托马斯的母亲冲上来挡在女孩身前,女孩可能真的已掐住托马斯的脖子。

开枪!老头叫嚷道。

托马斯开枪了。轰鸣声就像一个将要终结这个世界的罪恶的声音。在托马斯听来,这个声音能粉碎所有荡妇的笑声,直至所有的尖叫都哑掉,直至破坏完美秩序之宁静的东西一点不剩。

一波波回音在渐渐消逝。在最后一波回音消逝之前,法布拉泽打开门,把头伸进过道里。他吸了吸鼻子。在几秒钟的时间里,他是一副不承认受到惊吓的表情。他那双清澈如玻璃的眼睛反映出这幅场景:老太太躺在托马斯和女孩之间的地板上。

治安官的大脑就像一台计算器,马上开始工作。他即刻就明白了,仿佛真相已被印在纸上:这个家伙早就想杀了母亲,把罪推在女孩身上,但他没想到法布拉泽会来得这么早。他们都没看到治安官那颗处在门框里的脑袋。治安官细看这幅场景时,脑海里闪现出更多的想法:杀人者和荡妇正在老太太的尸体上面拼命地推对方的胳膊。这一幕让治安官觉得恶心。他习惯于走进那些不如他期望中那样可怕的犯罪现场,这个案子满足了他的期望。

瘸子应该先进去 [1]

I

餐柜将厨房从中间分开,谢泼德坐在柜子旁的一张凳子上,从一只装麦片的硬纸盒里往外掏麦片吃。他机械地吃着,目光落在孩子的身上:诺顿在镶着壁板的厨房里,从一只柜子前徘徊到另一只柜子前,为自己的早餐收集材料。他十岁,是个敦实的金发男孩。谢泼德那双热切的蓝眼睛盯在男孩身上。这个孩子的未来就写在他自己的脸上。他将成为一个银行家。不,比这还要糟糕。他将经营一个小额贷款公司。他只想这个孩子善良、无私,但这两样似乎都不可能实

---

1 《路加福音》14:13—14:"你摆设筵席,倒要请那贫穷的、残废的、瘸腿的、瞎眼的,你就有福了!因为他们没有什么可报答你。到义人复活的时候,你要得着报答。"

现了。谢泼德是个头发已经白了的年轻人。白发竖立在他那张敏感的粉红色脸上,就像一个狭窄的刷子光环。

男孩朝餐柜走来,一条胳膊下夹着一罐花生酱,一只手拿着一盘四分之一块小巧克力饼,另一只手拿着番茄酱瓶。他似乎没注意到父亲。他爬到凳子上,开始往饼上涂花生酱。他有一对非常大的圆耳朵,这对耳朵从脑袋旁向外倾斜,似乎把他那双眼睛拉得有点过于分开了。他的衬衫是绿色的,但褪色得厉害,衬衫正面上冲锋而过的牛仔图案已经成为一片阴影。

"诺顿,"谢泼德说,"我昨天看见鲁弗斯·约翰逊了。你知道他在干什么吗?"

小孩不那么专心地看着父亲,他的眼睛看着前面,但并未被父亲的话吸引。那双眼睛是比他父亲的眼睛要暗淡的蓝色,仿佛也像衬衫一样褪色了,其中一只几乎不可察觉地倾斜到眼眶的一边。

"他在一条巷子里,"谢泼德说,"一只手伸在垃圾桶里。他想从里面弄点吃的。"他停下,让诺顿慢慢消化这些话。"他饿啊。"他说完了,凝视着诺顿,试图让他良心不安。

男孩拿起那块巧克力饼,开始从一角啃它。

"诺顿，"谢泼德说，"你知道分享是什么意思吗？"

小孩的脸上闪过一丝留意的神色。"该分点给你。"诺顿说。

"该分点给他。"谢泼德闷闷不乐地说。这孩子没指望了。自私几乎比其他任何缺点——脾气暴躁，甚至是喜欢说谎——都要糟糕。

小孩把番茄酱瓶倒过来，把番茄酱猛敲在饼上。

谢泼德痛苦的表情越发明显。"你十岁，鲁弗斯·约翰逊十四岁，"他说，"但我敢肯定，你的衬衫合鲁弗斯的身。"鲁弗斯·约翰逊是教养院里的一个男孩，在过去的一年里，谢泼德一直试图帮助他。两个月前，他被释放了。"他在教养院时，看上去非常不错。但我昨天看见他时，他瘦得皮包骨头。他早餐从没吃过涂着花生酱的饼。"

小孩停下不吃了。"饼不新鲜了，"他说，"所以我才在上面放点东西。"

谢泼德转过脸面对位于餐柜一头的窗户。一片碧绿而平整的草坪向下倾斜大约五十英尺，延伸到一小片郊区树林的边缘处。他妻子活着时，他们经常在外面的草坪上吃饭，就连早餐也在外面吃。那时候，他从未注意到这个孩子是自私的。"听我说，"他说，转回脸面对儿子，"看着我，听着。"

小孩看着他，至少他的眼神是热切的。

"鲁弗斯离开教养院时，我给了他一把这栋房子的钥匙，为的是表明我对他的信任，另外，这样他就有了一个在任何时候都可以去，并且感觉自己受到欢迎的地方。他没用过那把钥匙，但我觉得他现在会用的，因为他看见了我，而且他饿。他如果还不用，我会去外面找到他，把他带到这里来。我不能看着一个孩子在垃圾桶里找吃的。"

男孩皱起眉头，他觉得自己的某样东西受到了威胁。

谢泼德厌恶地撇了撇嘴。"鲁弗斯出生之前父亲就死了，"谢泼德说，"他母亲在州立监狱里服刑。他是被他祖父在一个没有水也没有电的棚屋里养大的，那个老头每天都打他。你如果出生在这样一个家庭，会是什么感觉？"

"我不知道。"小孩信心不足地说。

"那你可以找个时间想一想。"谢泼德说。

谢泼德是市娱乐督导。周六，他在教养院充任顾问，除了知道自己正在帮助没有其他人关心的男孩子们所带来的满足感，他什么也得不到。约翰逊是他帮助过的最聪明但也是最不幸的男孩。

诺顿把那块饼余下的部分翻过来,似乎不想再吃了。

"你开始吃了,就要把它吃完。"谢泼德说。

"他也许不会来。"小孩说,眼睛微微一亮。

"想想你有他却没有的一切!"谢泼德说,"你要是必须在垃圾桶里找吃的会怎么样?你要是有一只肿起来的大脚,走路时身体一边比另一边低会怎么样?"

男孩表情茫然。很明显,他无力想象这样的事情。

"你有健康的身体,"谢泼德说,"一个幸福的家。你学习的是真理,从没学过坏东西。你爸爸给了你需要的和想要的一切。你没有一个打你的祖父。你母亲也不在州立监狱里服刑。"

小孩把盘子推开。谢泼德大声叹息。

一个肉疙瘩出现在小孩突然扭曲的嘴的下面。他的脸变成一堆肿块,眼睛眯成两条缝。"她要是在监狱里,"他用一种痛楚的腔调吼叫起来,"我还可以去看——她。"泪水滚下他的脸,番茄酱流到他的下巴上。他就像被人在嘴巴上打了一下,放声大哭。

谢泼德无助而悲伤地坐着,就像被一种猛烈的自然力量痛击了。这不是一种正常的悲伤。这完全是诺顿自私的一部分。她已经去世一年多,一个孩子的悲伤不可能持续这么久。"你很快就十一岁了。"谢泼德责备道。

孩子开始发出一种令人痛苦的尖厉而颤抖的声音。

"你如果不老想着自己,而是想想能为别人做些什么,"谢泼德说,"那么就不会想你的母亲了。"

男孩安静下来,但肩膀仍在颤抖。然后,他的脸耷拉下来,又开始号叫。

"你以为没了她我就不孤独吗?"谢泼德说,"你以为我一点都不想她吗?我想,但是不会坐在那里抹眼泪。我忙着帮助其他人。你什么时候见过我只是坐在那里想我自己的麻烦事?"

小孩垂头丧气,仿佛已经筋疲力尽,但新的泪水仍在他的脸上肆流。

"你今天打算干什么?"谢泼德问,想把诺顿的心思转移到别的事情上。

男孩用胳膊擦擦眼睛。"卖种子。"他口齿不清地说。

老是卖东西。他有四个一夸脱[1]的大罐子,罐子里装满

---

[1] 容量单位,主要在英国、美国和爱尔兰使用。在美国,1夸脱等于0.946升。

了他攒下来的五美分和十美分硬币。每隔几天，他就要把罐子从衣橱里拿出来，数一数钱。"你卖种子做什么？"

"为了得奖。"

"什么奖？"

"一千美元。"

"你如果有一千美元，会做什么？"

"存起来。"男孩说，在肩膀上蹭了蹭鼻子。

"我就知道你一定会这么做，"谢泼德说，"听着，"他说，把声音压低成几近央求的腔调，"假设你碰巧真的赢得了一千美元，你愿意把这笔钱花在不如你幸运的那些孩子身上吗？你愿意买些秋千和高空秋千给孤儿院吗？你愿意给贫穷的鲁弗斯·约翰逊买只新鞋吗？"

男孩开始从餐柜边往后退。然后，他突然朝前一倾，将张开的嘴悬在盘子上。谢泼德又叹了口气。所有的东西都跑出来，饼、花生酱和番茄酱变成一堆散发出甜味的软塌塌的糊糊。诺顿将脑袋悬在那堆东西上面，一阵作呕，又吐出更多的东西。诺顿等着，在盘子上方张大嘴巴，仿佛在等待接下来就会跑出来的心脏。

"好了，"谢泼德说，"好了。你也是没办法。擦擦嘴，去躺下吧。"

小孩在那里待了一会儿,然后抬起脸茫然地看着父亲。

"去吧,"谢泼德说,"去躺下吧。"

小孩拉起短袖衬衫的下摆,用它抹了抹嘴。然后,他爬下凳子,晃荡出了厨房。

谢泼德坐在餐柜旁,注视着那堆结在一起的半消化的食物。酸臭味蔓延到他身边,他往后退缩一点。他觉得恶心。他站起来,拿着盘子来到水槽旁边,打开水龙头冲洗盘子。他阴郁地看着秽物流下水管。约翰逊可怜而瘦削的手在垃圾桶里翻寻食物,而他自己的孩子——自私、迟钝、贪婪——却因为吃得太多而吐了。他用一记拳头关掉水龙头。约翰逊反应灵活,但一出生就被剥夺了一切;诺顿智力中等或偏下,却拥有一切有利条件。

他回到餐柜旁吃完早餐。硬纸盒里的麦片受潮了,但他并不在意自己吃的是什么。对约翰逊付出多少努力都值得,因为他有潜力。那个男孩蹒跚地走进房间接受他的第一次面谈时,他就看出了这一点。

谢泼德在教养院里的办公室是间带着一扇窗户的窄小斗室,里面有一张小桌子和两把椅子。他从未进过忏悔室,但他认为除了一点——他解释过，自己不赦免罪恶——忏悔室和他的办公室肯定具有同一种作用。他的证件不比一个神父的证件欠缺说服力。为了做这些事情，他受过训练。

在约翰逊走进办公室接受他的第一次面谈之前，他已经读过约翰逊的档案——无意义的破坏、砸窗户、放火烧垃圾箱、砍轮胎。他发现，陡然从乡下来城里生活的男孩会做这类事情，约翰逊也是从乡下来的。他又看了看约翰逊的智商分数——一百四。接着，他热切地抬起眼睛。

男孩重重地坐在椅子的边缘上，双臂吊在大腿中间。来自窗外的光线落在他的脸上。他那双钢一般颜色的眼睛勉强睁着，一动不动地看着前面。薄薄的黑发沿着前额的一边垂下来，形成一片平整的额发。他的头发不像一般男孩的那样蓬乱，倒像是一个老人的。一种狂热的智慧显现在他的脸上。

谢泼德微微一笑，以缩短他们之间的距离。

男孩的表情并未软化下来。他向后靠着椅背，把一只巨大的畸形脚抬到膝盖上。那只脚套在一只笨重的黑色破鞋里。这只鞋的鞋底有四五英寸厚，有一处皮革与鞋底已经分开，一只空荡荡的短袜的袜头露出来，就像从一颗被砍下的头颅里伸出的一条灰色舌头。谢泼德立刻就明白了：约翰逊通过胡闹来补偿这只脚。

"嗯，鲁弗斯，"谢泼德说，"我在这份档案里看到，你只需要在这里服刑一年。你出去后打算干什么？"

"我没什么打算。"男孩说。他毫不在乎地将目光转移到谢泼德身后的窗外，看着远处的某个东西。

"也许你应该有。"谢泼德说，微微一笑。

约翰逊继续凝视着谢泼德的身后。

"我希望看见你最大限度地发挥自己的智力，"谢泼德说，"对你来说，什么是重要的？我们谈谈，对你来说，什么是重要的。"他的目光不由自主地落到那只脚上。

"研究吧，研究个够吧。"男孩拉长声音说。

谢泼德脸红了。那团黑色的变了形的东西在他的眼前膨胀起来。他并不以这句话和男孩对他的睥视为意。"鲁弗斯，"他说，"你陷进了许多毫无意义的麻烦中，我认为，你明白为什么要做这些事情时，就不太会想那么做了。"他再次微微一笑。他们的朋友很少，他们很少看到友善的表情，所以他的工作成绩有一半得益于他对他们的微笑。"我觉得我能把很多关于你的事情解释给你听。"他说。

约翰逊冷冷地看着他。"我并未要求得到解释,"约翰逊说,"我已经知道自己为什么要做那些事情了。"

"哦,好!"谢泼德说,"你能告诉我,是什么让你做那些事情的吗?"

一道黑色的光从男孩的眼睛里一闪而逝。"撒旦,"他说,"撒旦控制了我。"

谢泼德从容地看着他。男孩的脸上没有迹象表明,他说这话是为了开玩笑。他薄薄的嘴唇因骄傲而显得坚毅。谢泼德的目光变得冷酷。一时间,他感觉到一种深沉的绝望,仿佛他面对的是人性的一种剧烈扭曲,这种扭曲发生在很久以前,现在已无法纠正。这个男孩在生活中遇到的问题已经被钉在松树上的标牌回答了:"你被撒旦控制了吗?忏悔吧,不然将下地狱遭火烧。耶稣会拯救你。"不管读没读过,谢泼德总会知道《圣经》。他的绝望让位于愤怒。"胡话!"他哼道,"我们生活在太空时代[1]!你那么聪明,居然给了我这样一个答案。"

---

[1] 包括太空竞赛、太空探索、太空技术以及受这些事件影响的文化发展相关的活动,从 1957 年 10 月 4 日人造卫星 1 号发射,一直持续到今天。

约翰逊的嘴微微一撇。他一副轻蔑而又愉悦的表情。他的眼里有一丝挑衅的神色。

谢泼德仔细审视着那张脸。在有智慧的地方，一切都是可能的。他又微笑，那微笑像是在邀请男孩走进所有窗户都向亮光打开的教室。"鲁弗斯，"他说，"我打算安排你每周和我谈一次话。也许有一种关于你的解释的解释。也许我可以把你的魔鬼解释给你听。"

自此，在那年余下来的时间里，他每周六都要和约翰逊谈话。他的话漫无边际，男孩以前从未听到过那些话。为了让对方有所收获，他的话略高于男孩的理解水平。简单的心理学、人类大脑里的奇思妙想、天文学、太空船（绕着地球转的太空船比音速还要快，并且很快就将绕着其他星球转），他无所不谈。他下意识地以天体为话题中心。他希望，除了邻居的财物，这个男孩还能获得一些别的东西。他想扩展约翰逊的视野。他想让约翰逊理解宇宙，明白宇宙最黑暗的部分也可以被洞察。他要不惜一切代价把一架望远镜交到约翰逊的手里。

约翰逊说得不多。为了和他的骄傲保持一致，他的话要么是异议，要么是无意义的反驳。那只畸形脚总是架在膝盖上，就像一件准备随时付诸使用的武器，但谢泼德不会被他误导。他每次和约翰逊谈话，都看着约翰逊的眼睛，每周，他都能看见有东西在里面瓦解。阳光倾泻在男孩身上，他的脸沐浴在光线里，他的表情依然僵硬，但他显然已经受到震撼。谢泼德知道自己击中了要害。

约翰逊现在自由了，以垃圾桶为生，并且变得和过去一样无知。这种不公正让谢泼德愤怒。男孩被送回到祖父那儿，可以想见，那个老头极端愚蠢。男孩也许是从祖父那里逃出来的。谢泼德以前想过要争取约翰逊的监护权，但约翰逊有个祖父这一事实妨碍了他。没有比想到能为这样一个男孩做些什么更让他兴奋的事。首先，他要给约翰逊买一只新的合脚的矫形鞋。以后，约翰逊不会每走一步背就不正常地伸出来。接着，他要激发男孩对某一类知识的兴趣。他想到了望远镜。他可以买架二手的，他们可以把望远镜架在阁楼的窗户前。他在餐柜前坐了将近十分钟，想着他如果把约翰逊弄到这里来和他待在一起，他能做些什么。浪费在诺顿身上的东西将会使约翰逊茁壮成长。昨天，看见他把手伸进垃圾桶里时，谢泼德挥了挥手，然后朝男孩走去。看见他后，约翰逊呆愣了一刹那，然后像只敏捷的老鼠那样消失了。但谢泼德看见了男孩表情的变化，他敢肯定，有种东西在男孩的眼睛里燃烧，一种失落的回忆之光。

他站起来，把麦片盒扔进垃圾桶里。离开家之前，他朝诺顿的房间里看了看，看看他是不是已经不再难受。小孩盘腿坐在床上。他把四个一夸脱容量的罐子里的零钱倒在自己面前，堆成一堆。他在给五美分、十美分和二十五美分硬币分类。

那天下午，诺顿独自待在家里。他蹲在自己房间的地板上，把花种包排列在自己周围。雨水打在窗玻璃上，在檐沟里噼啪作响。房间里越来越暗，但每隔几分钟，房间都会被无声的闪电照亮，种子包随即陡然显现在地板上。他一动不动地坐在这座未来花园的中间，就像一只巨大的灰白色青蛙。突然，他的眼神变得警觉。雨已经不知在什么时候停了。整个世界一片异乎寻常的宁静，仿佛倾盆大雨是被一种暴力喝停的。他仍然一动不动，只有眼珠子在转。

钥匙在前门门锁里咔嗒转动的清晰声音打破了宁静。一种非常谨慎的声音。这种声音仿佛是被意识而非一只手控制的，能够吸引你屏息注意。小孩跳起来躲进衣橱里。

脚步声开始在过道里移动。谨慎的脚步，没有规律，一下轻、一下重。继而是静默，来人仿佛停下来，正在谛听或查看什么。过了一分钟，厨房门吱吱呀呀地响起来。脚步声穿过厨房，来到冰箱旁边。诺顿的衣橱和厨房只有一墙之隔。诺顿站在衣橱里，把耳朵贴在墙上。冰箱门开了。漫长的寂静。

诺顿脱下鞋，踮着脚走出衣橱，跨过种子包。走到房间的中央时，他停下来，僵立着。一个瘦削的男孩站在他房间的门口，挡住他的逃跑之路。他的脸瘦骨嶙峋，他穿着一身湿淋淋的黑色衣服。因为淋了雨，他的头发伏贴在头盖骨上。他站在那里，如同一只浑身湿透、极其愤怒的乌鸦。他的目光就像一根大头针，穿过诺顿的身体，使诺顿动弹不得。然后，他开始用眼睛打量房间里的一切——没铺好的床，挂在一扇大窗户上的肮脏的窗帘，立在梳妆台上杂物中间的一个宽脸女人的照片。

诺顿的舌头突然疯狂地动起来。"他一直在盼着你，他打算送你一只新鞋，因为你只能在垃圾桶里找吃的！"他用一种老鼠似的尖叫声音说。

"我在垃圾桶里找吃的，"男孩缓慢地说，同时机警地注视着诺顿,"是因为我喜欢在垃圾桶里找吃的。明白吗?"

诺顿点点头。

"而且我有很多办法给自己搞到鞋子。明白吗?"

诺顿又点点头,被施了魔法一般。

男孩一瘸一拐地走进房间,坐到床上。他把一只枕头塞到身后,接着伸出他那条短腿,将那只黑色的大鞋子搭在起皱的床单上。那只鞋在床单上非常显眼。

诺顿的目光落在那只鞋上,寸毫未移。那只鞋的鞋底厚得像砖头。

约翰逊轻轻地晃了晃那只脚,然后微微一笑。"要是我用它踢谁一下,"他说,"他们就会记得我,不敢再招惹我了。"

诺顿点点头。

"去厨房,"约翰逊说,"用火腿肉和那种黑麦面包给我做份三明治,再端一杯牛奶来。"

诺顿就像一只机械玩具似的朝正确的方向走开了。他做了一份又大又油的三明治——火腿挂在了三明治的外面——然后又倒了一杯牛奶。接着,他一手端着牛奶,一手拿着三明治,回到房间里。

约翰逊像个帝王似的向后倚着枕头。"谢谢,服务生。"

他说，拿起三明治。

诺顿端着杯子站在床边。

男孩撕扯着三明治，不紧不慢地将三明治吃完，然后接过那杯牛奶。他像个小孩似的用双手捧着杯子，放低杯子喘口气时，嘴唇的四周有一圈牛奶。他把空杯子递给诺顿。"去那里给我拿个橘子来，服务生。"他声音沙哑地说。

诺顿走进厨房，然后带着一只橘子回来。约翰逊用手指剥皮，任橘子皮掉在床上。他慢慢地吃着橘子，把核吐在自己的面前。吃完橘子后，他在床单上擦了擦双手，然后久久地打量着诺顿。他似乎因为诺顿的服务而变得温和了。"你的确是他的孩子，"他说，"你有张同样愚蠢的脸。"

小孩呆若木鸡地站在床边，仿佛并未听到约翰逊的话。

"他连左手和右手都分不清。"约翰逊说，沙哑的声音里带着愉悦。

小孩把目光投向男孩脸的旁边一点点，然后专注地看着墙壁。

"说啊说啊说啊，"约翰逊说，"但说的都是废话。"

诺顿的上唇微微翘起，但他什么也没说。

"废话，"约翰逊说，"全是废话。"

小孩的脸上开始出现一种进入战斗状态的警惕表情。他微微后退，仿佛准备马上逃走。"但他是好人，"约翰逊含混地说，"他帮助人。"

"好人！"约翰逊凶狠地说。他把头伸到前面。"听着，"他咬牙切齿地说，"我不管他是不是好人。他做得不对。"

诺顿一脸震惊。

厨房的纱门砰的一响，有人进来了。约翰逊立即坐直。"是他吗？"他问。

"是厨子，"诺顿说，"她每天下午都来。"

约翰逊站起来，一瘸一拐地走进过道里，来到厨房门口。诺顿跟着他。

那个有色人种姑娘站在壁橱前，正在脱鲜红色的雨衣。她是个皮肤呈浅黄色的高个儿姑娘，嘴巴就像一朵枯萎的暗色大玫瑰。用带子扎在头顶的头发斜向一边，宛如比萨斜塔。

约翰逊在齿间弄出一阵声响。"哦，瞧瞧杰迈玛阿姨[1]。"

---

1 杰迈玛阿姨（Aunt Jemima）是一个美国食品品牌，创立于1888年，以一个戴着头巾、肥胖的黑人妇女为品牌形象；2020年，因涉及种族歧视和文化偏见，该品牌形象引发争议，并由母公司重新包装设计。

他说。

姑娘停下,蛮横地瞪着他们,仿佛他们是地上的尘土。

"走吧,"约翰逊说,"让我们看看,除了一个黑鬼,你还有什么。"他打开过道里他右手边的第一扇门,朝贴着粉红色瓷砖的洗手间里看了看。"粉红色马桶!"他含混道。

他一脸滑稽地转向小孩。"他用这种马桶?"

"给客人用的,"诺顿说,"但他有时候也用。"

"他应该把脑子里的东西全清出来,倒进去。"约翰逊说。

约翰逊打开隔壁房间的门。这是谢泼德自妻子去世后睡的房间。好像是苦修者睡的一张铁床立在光秃秃的地面上。一堆少年联盟[1]队服堆在一个角落里。纸张散布在一张巨大的卷顶书桌[2]上,被他的几个烟斗压在不同的地方。约翰逊默默地站着,朝房间里张看。他蹙了蹙鼻子。"猜猜谁来了?"他说。

---

1 指少年棒球联盟,是美国的一个非营利性运动组织,除管理美国的少年棒球运动,还负责向世界其他地方推广这项运动。
2 一种桌面上装有带隔间的架子的书桌,并配有可下拉的木质卷帘以覆盖架子和桌面。

另一个房间的门关着,但约翰逊把它打开了,将脑袋探进半明半暗的房间里。窗帘被放下来,空气闷人,混着令人眩晕的香水的气味。房间里有一张宽大的古董床和一个巨大的梳妆台,梳妆台上面的镜子在昏暗的光线里闪闪发光。约翰逊啪地按下门边的电灯开关,穿过房间来到镜子前,朝里窥探。一把刷子和一把银梳子躺在亚麻布上。他拿起梳子,用它梳自己的头发。他把头发梳下来,盖住前额,然后又把头发梳到一边。希特勒发型。

"放下她的梳子!"小孩说。他站在门框里,脸色苍白,呼吸粗重,仿佛正看着一个神圣之地上的亵渎行为。

约翰逊放下梳子,拿起刷子刷自己的头发。

"她死了。"小孩说。

"我不怕死人的东西。"约翰逊说。他打开最上面的抽屉,把手伸进去。

"把你那双又大又肥的脏手从我母亲的衣服上拿开!"小孩用让自己透不过气来的响亮声音说。

"冷静些,亲爱的。"约翰逊咕哝道。他拿起一件带着红圆点的皱了的女式衬衫,又将它放下。他抽出一块绿色丝绸方巾,将它旋绕在头上,又任其飘到地板上。他的手继续向抽屉的深处划拉。过了一会儿,他那只抓着一件褪色紧身内衣的手抽出来,四条金属吊带从内衣上垂下。"这一定是她的马鞍。"他说。

他小心翼翼地举起内衣,甩了甩。然后他把内衣系在腰间。他跳上跳下,使得金属吊带飞舞起来。他打着响指,左右摇摆屁股。"摇吧,甩啊,滚啊,"他唱道,"摇吧,甩啊,滚啊。女人啊,请不要拯救我该死的灵魂。"他转着身体,跺那只好脚,让那只笨重的脚吊在一边。他跳着舞经过惊慌失措的小孩,走出房门,沿着过道朝厨房而去。

半小时后,谢泼德回到家里。他将雨衣放在过道里的一把椅子上。走到客厅门口时,他停下来,脸色猛然变了。那张脸被愉悦照亮。约翰逊黑色的身影坐在一张垫着粉红色坐垫的高背椅里。在他身后,从地板到天花板,一排排图书占据了整整一面墙。他正在读一本书。谢泼德眯起眼睛。他正在读一卷《大英百科全书》。他非常专注,都没抬起头来。谢泼德屏住呼吸。对约翰逊来说,这是完美的环境。他一定要把约翰逊留在这里。他一定要想方设法做到这一点。

"鲁弗斯!"他说,"孩子,看到你真好!"他伸出一条胳膊,大步朝前疾走。

约翰逊面无表情地抬起头。"哦,你好。"他说。他尽可能久地不去注意那只手,但谢泼德就是不把那只手缩回去,于是他勉勉强强地和谢泼德握了手。

谢泼德对这种反应早有准备。这是约翰逊永不流露出热情的性格的一部分。

"一切都好吧?"他问,"你祖父对你怎么样?"他在沙发边缘坐下来。

"他突然死了。"男孩轻描淡写地说。

"你不是说真的吧?"谢泼德叫喊道。他站起来,坐到男孩旁边的咖啡桌上。

"不是,"约翰逊说,"他并没有突然死掉,但我希望他已经死了。"

"哦,他在哪儿呢?"谢泼德轻声道。

"他和一群遗民[1]去山里了,"约翰逊说,"他和其他一些人。他们打算把几本《圣经》藏在山洞里,再把每种动物都

---

[1] 指上帝的选民的后代。

捉上一对，反正就是诸如此类的事情。就像挪亚[1]。只不过这一次是火，而不是洪水。"

谢泼德嘲讽地张开嘴。"我明白了。"他说。接着他说道："换句话说，那个老傻瓜遗弃了你？"

"他不是傻瓜。"男孩愤怒地说。

"他是不是遗弃你了？"谢泼德不耐烦地问。

男孩耸耸肩。

"你的缓刑监督官呢？"

"不应该是我跟着他，"约翰逊说，"应该是他跟着我。"

谢泼德哈哈大笑。"等一下。"他说。他站起来走到过道里，把雨衣从椅子上拿下来，走到过道壁橱前挂起来。他必须给自己一点思考的时间，必须想好该如何提出要求，这个男孩才会留下来。他不能强迫约翰逊留下来。必须是出于自愿。约翰逊假装不喜欢他，只是为了维护自尊，所以谢泼德必须用一种约翰逊的自尊仍能得以维护的方式要求他留下。他打开壁橱门，拿出一个衣架。他妻子的一件灰色旧冬季外套还挂在那里。他把外套往一边推，但推不动。他用力掀开

---

[1] 《圣经》中的人物，在大洪水期间建造方舟来拯救生物。

外套,继而往后一缩,仿佛看见茧里的一只幼虫。诺顿站在外套里,脸又肿又苍白,带着服了麻醉品后的那种悲伤的表情。谢泼德凝视着他。突然,他想到一种可能性。"出来。"他说。他抓住诺顿的肩膀,不容分说地把诺顿推到客厅里那张高背椅跟前。约翰逊坐在椅子里,那本百科全书搁在他的大腿上。谢泼德决定孤注一掷。

"鲁弗斯,"他说,"我有个难题。我需要你的帮助。"

约翰逊疑惑地抬起头来。

"听着,"谢泼德说,"这栋房子里还需要一个男孩。"他的声音里有一种真诚的渴望。"这个诺顿从来都没有机会与别人分享他生活里的任何东西。他不知道分享是什么意思。我想得有人教他。帮我解决这个问题怎么样?鲁弗斯,和我们在这里待一段时间吧。我需要你的帮助。"他的声音因为兴奋而变得尖细。

小孩突然恢复生气。他的脸因愤怒而肿胀。"他到她的卧室里,还用她的梳子!"他尖叫道,猛拽谢泼德的胳膊,"他穿她的紧身内衣,和列奥拉跳舞。他……"

"别说了!"谢泼德严厉地说,"打小报告是你唯一的本事吗?我并没有要求你报告鲁弗斯的表现。我要求你让他觉得自己受到了欢迎。你明白吗?"

"你看出他的情况了吧?"谢泼德转向约翰逊,问道。

诺顿猛地踢了高背椅的椅腿一下,但没踢中约翰逊那只肿起来的脚。谢泼德把他拉回来。

"他说你除了讲废话,什么也不会!"小孩尖叫道。

一种狡猾而愉悦的表情掠过约翰逊的脸。

谢泼德并未生气。这些侮辱的话是男孩防卫机制的一部分。"鲁弗斯,怎么样?"他问,"你愿意和我们一起待一段时间吗?"

约翰逊直直地看着前方,默然不语。接着他微微一笑,仿佛他正凝视着一种让他满意的未来幻景。

"我随便,"他说,然后翻了一页百科全书,"我待在哪里都可以。"

"太好了,"谢泼德说,"太好了。"

"他说,"小孩用喉音低声说,"你连左手和右手都分不清。"

一阵沉默。

约翰逊沾湿手指,又翻了一页百科全书。

"我有话对你们两个人说。"谢泼德用平稳的腔调说。他的目光从一个人的身上移到另一个人的身上。他说得很慢，仿佛对于他正在说的话，他只会说一次，所以他们必须认真听着。"如果鲁弗斯对我的看法于我有什么影响的话，"他说，"那我就不会要求他留在这里了。鲁弗斯将帮我解决难题，我也将帮他解决难题，而我们两个将一同帮助你解决难题。如果我让鲁弗斯对我的看法妨碍了我能为鲁弗斯做的事，那我就是自私。如果我能帮助一个人，我想做的唯一一件事就是去帮助他。我超越了心胸狭隘。"

两个孩子谁也没出声。诺顿注视着椅垫。约翰逊更加认真地看着百科全书上的一段漂亮的印刷字。谢泼德看着他们的头顶，微微一笑。终究还是他赢了，男孩愿意留下来。他伸出手挠了挠诺顿的头发，又拍了拍约翰逊的肩膀。"现在，你们两个小伙子坐在这里互相熟悉熟悉，"他欢快地说，朝门口走去，"我去看看列奥拉留了什么给我们当晚饭。"

他走了之后，约翰逊抬起头看着诺顿。小孩阴郁地回视他。"我的天哪，孩子，"约翰逊用沙哑的声音说，"你怎么受得了？"他的脸因为愤怒而绷得紧紧的。"他以为自己是耶稣基督！"

II

谢泼德家的阁楼是个尚未完工的大房间,房梁外露,没通电。他们把一架带三脚架的望远镜立在一扇屋顶窗下面。望远镜直指黑色的天空。一轮纤薄得如同鸡蛋壳的银色月亮,从带着明亮银色边缘的一块云下面露出来。屋里,一盏煤油马灯立在一根树桩上。他们投下的影子混合到一起,在托梁间微微晃动。谢泼德坐在一只包装箱上,透过望远镜朝外看。约翰逊站在他的手边,等着掌控望远镜。这架望远镜是谢泼德两天前在一家当铺花十五美元买下的。

"不要独占。"约翰逊说。

谢泼德站起来,约翰逊滑到箱子上,将眼睛贴在这台仪器上。

谢泼德坐到几英尺外的一张直背椅上。因为高兴,他脸涨得通红。他的梦想大部分都已经实现。不到一个星期,让男孩的视线通过一条狭窄的通道抵达星星已经成为现实。他带着极大的满足看着约翰逊弓起的背。男孩穿着诺顿的格子呢衬衫和谢泼德为他买的新卡其布裤子。那只鞋子下周就能穿了。男孩到这里来的第二天,谢泼德就把他带到一家支架店,让他试了一只新鞋。约翰逊对那只脚异常敏感,仿佛它是一件圣物。那个长着一颗明亮的粉红色光脑袋的年轻店员用亵渎的双手量约翰逊的脚时,约翰逊脸色阴沉沉的。这只鞋将使男孩的态度发生天翻地覆的变化。一个正常小孩在拥有一双新鞋之后也会爱上这个世界。诺顿得到新鞋子之后,会盯着双脚,连续几天四处走动。

谢泼德瞟了坐在阁楼另一头的诺顿一眼。诺顿坐在地上,倚着一段树干。他用他发现的一根绳子把自己捆起来。从脚踝到膝盖,绳子在两条腿上绕了一圈又一圈。他似乎非常遥远,谢泼德觉得自己就像是通过望远镜错误的一头在看着他。从约翰逊和他们住在一起以来,他不得已打过诺顿一次——就在约翰逊来到这里的头一晚,当诺顿得知约翰逊将睡在他妈妈的床上时。他不认同体罚孩子这种教育方法,特别是在盛怒之下。但那一次,他生气了,而且打了孩子。效果很好,诺顿再也没和他闹过脾气。

小孩并未对约翰逊表现出积极、大度的态度,但对于自己无能为力的事,似乎选择了接受。早上,谢泼德把他们送到基督教青年会游泳馆,给他们钱,让他们在自助餐厅吃午饭,嘱咐他们下午去棒球场和他碰头,看他的少年联盟球队练习棒球。每天下午,他们默然蹒跚到棒球场。他们面无表情,各自想着事,仿佛并未意识到对方的存在。谢泼德应该庆幸,至少他们没打架。

诺顿对望远镜没表现出一点兴趣。"诺顿,你想过来通过望远镜看看外面吗?"谢泼德问。诺顿对任何东西都不表现出求知欲,这让谢泼德恼火。"鲁弗斯要超过你了。"

诺顿恍然地前倾身体,看着约翰逊的背。

约翰逊从仪器前转过身来。他的脸变胖了。就像躲避谢泼德的善心的逃犯,他那种愤怒的神情从凹陷的脸颊里撤退,如今在那对眼窝里安营扎寨了。"孩子,别浪费你宝贵的时间,"他说,"你见过月亮一次了,你见过了。"

这些突然的转变让谢泼德高兴。男孩抵触一切他觉得是为了自己的进步而做的事情。当真的对某样东西感兴趣时,他会设法给人留下他讨厌这件东西的印象。谢泼德没有上当。约翰逊秘密地学习谢泼德想让他学习的东西——他的恩人不会受侮辱的影响,他仁慈和耐心的盔甲上没有裂缝,箭镞是无法射进去的。"有一天你会到月亮上去,"他说,"十年之内,人类将有可能按照预定时间在地球和月亮之间往返。嘿,你们两个小伙子可以成为航天员。宇航员!"

"宇宙——傻瓜[1]。"约翰逊说。

"宇航员也罢,傻瓜也罢,"谢泼德说,"你,鲁弗斯·约翰逊,完全有可能到月亮上去。"

有东西在约翰逊的眼睛深处微微动了一下。他已经抑郁了一整天。"我不到月亮上去,不要在活着的时候去那里,"他说,"等我死了,我要下地狱。"

"至少到月亮上去是可能的。"谢泼德不动声色地说。处理这种事情的最好办法是温和地嘲讽。"我们能看到月亮,我们知道它在那里。但谁也给不出可靠的证据,证明地狱是存在的。"

"《圣经》给出了证据,"约翰逊阴郁地说,"等你死了,你会到那里,永远燃烧。"

诺顿前倾身体。

"谁说地狱不存在,"约翰逊说,"谁就是反对耶稣。死者将受到审判,恶人将受到诅咒。燃烧的时候,他们将哭泣,咬牙切齿,"他继续说道,"地狱是永恒的黑暗。"

诺顿的嘴张开了。他的双眼似乎正逐渐变得空洞。

---

[1] 约翰逊将"宇航员"(astronaut)拼成了"宇宙——傻瓜"(astro-nut)。

"撒旦掌管地狱。"约翰逊说。

诺顿陡然跳起来,朝谢泼德蹒跚地跨出一步。"她在那里吗?"他高声问,"她在燃烧吗?"诺顿踢掉脚上的绳子。"她着火了吗?"

"哦,我的天哪,"谢泼德含混道,"不,不,"他说,"她当然不在那里。鲁弗斯弄错了。你母亲哪儿也不在。她也没有不开心。她真的没有不开心。"妻子死了之后,谢泼德要是告诉诺顿妈妈去了天堂,他总有一天会再见到她,谢泼德的日子就会好过一些。但他不能允许自己依靠一个谎言带大诺顿。

诺顿的脸开始扭曲,一个疙瘩在他的下巴上成形。

"听着,"谢泼德飞快地说道,然后把小孩拉到自己的身边,"你母亲的灵魂仍然活在别人的身上,如果你能像她那样善良、慷慨,它也将活在你身上。"

小孩不相信这些话,他浅色的眼睛带着冷酷的神色。

谢泼德的怜悯变成嫌恶。诺顿宁愿她是在地狱里,而不是哪儿也不在。"你明白吗?"他问,"她不存在了。"他把手放在小孩的肩膀上。"我必须告诉你,"他用温和一些但恼怒的腔调说,"真相。"

小孩并未号哭，而是猛地扭过身，抓住约翰逊的衣袖。"鲁弗斯，她在那里吗？"他问，"她正在那里燃烧吗？"

约翰逊的双眼闪闪发亮。"嗯，"他说，"她如果邪恶，就在那里。她是妓女吗？"

"你妈妈不是妓女。"谢泼德严厉地说。他觉得自己好像正在驾驶一辆没有车闸的汽车。"好了，我们不要再讨论这种傻问题了。我们谈谈月亮吧。"

"她信耶稣吗？"约翰逊问。

诺顿表情茫然。过了一会儿，他说："是的。"仿佛他明白这是个必要条件。"她信，"他说，"一直都信。"

"她不信。"谢泼德低声说。

"她一直都信，"诺顿说，"我听她说过她一直都信的。"

"那她得救了。"约翰逊说。

小孩依然一脸迷惑。"哪里？"他问，"她在哪里？"

"在高处。"约翰逊说。

"那是在哪里？"诺顿喘息着说。

"在天上的某个地方，"约翰逊说，"但你得死了才能到那里。你没办法坐什么太空船去。"他的眼睛里有一道窄窄的微光，就像稳稳地对准目标的一束光线。

"人类到月球上去,"谢泼德冷冷地说,"和几十亿年前第一条鱼从水里爬到陆地上这件事的意义是一样的。那条鱼没有能用于陆地生活的装备,它必须调整自己的身体内部。于是,它长出了肺。"

"我死了以后,是下地狱还是会到她那里去?"诺顿问。

"要是现在死的话,你会到她那里,"约翰逊说,"如果活得够长,你就会下地狱。"

谢泼德猛然站起来,提起马灯。"鲁弗斯,关上窗户,"他说,"我们该上床睡觉了。"

走下阁楼楼梯的途中,他听见约翰逊在他身后用能被听见的低语说:"孩子,明天等耶稣离开后,我把关于地狱的所有事情都告诉你。"

第二天,两个男孩来到球场时,谢泼德看着他们从露天座位后面走出来,继而沿着球场的边缘走。约翰逊的一只手搭在诺顿的肩膀上,将脑袋凑到小一些的男孩的耳朵旁,小孩的脸上是一种完全相信的表情——一种曙光。谢泼德愁苦的脸色愈加难看。这可能是约翰逊试图惹恼他的一种手段。但他是不会被惹恼的。诺顿不够聪明,不会受到多大伤害。他注视着小孩那张鲁钝但专注的小脸。为什么要让他出类拔萃呢？天堂和地狱是为庸常之辈准备的，如果将他归类，他就是个普通人。

两个男孩走到露天看台上，在离他十英尺的地方坐下，面对着他，但他们谁也没做出表明认出了他的任何表示。他朝身后瞥了一眼，他的少年联盟球队在球场上散开。他朝露天看台走过去。他走近时，约翰逊声音里咬牙切齿的腔调不见了。

"你们两个小伙子今天干了些什么？"他和蔼地问。

"他一直对我讲……"诺顿开口道。

约翰逊用胳膊肘戳了戳小孩的肋骨。"我们什么也没做。"他说。他一副茫然且呆滞的表情，但从中透露出一种傲慢的串通之意。

谢泼德觉得自己的脸在发烫，但什么也没说。穿着少年联盟球队队服的一个小男孩跟在他后面，用球棒轻轻碰了碰他的腿后面。他转过身，用胳膊环住小男孩的脖子，和他一起回到球队中去。

那天晚上，他来到阁楼上准备和两个男孩一起看望远镜时，发现只有诺顿一个人在那里。诺顿坐在包装箱上，躬身向前，正通过那台仪器专注地往外看。约翰逊不在那里。

"鲁弗斯呢？"谢泼德问。

"我说鲁弗斯呢？"他又提高声音问道。

"去了一个地方。"小孩说，并未转头。

"去哪儿了？"谢泼德问。

"他刚才说他要去个地方。他说他看星星看够了。"

"我明白了。"谢泼德闷闷不乐地说。他转过身下楼去了。他找遍整栋屋子，但没发现约翰逊。他走到客厅里坐下来。昨天，他还以为自己搞定了那个男孩呢。今天，谢泼德觉得自己可能要在他身上失败了。他太宽容，太想让约翰逊喜欢他。他感到一阵内疚和痛苦。约翰逊喜不喜欢他又有什么分别？能对他有什么影响呢？等男孩回来了，他要把一些事情讲明白。只要你还待在这里，就不能在晚上独自出去，明白吗？

我不必待在这里。待不待在这里对我不重要。

哦，我的天哪，他想到，他不能把事情弄到那种地步。他应该严厉，但不能小题大做。他拿起晚报。得始终仁慈、耐心，但也一定要严厉。他拿着报纸坐在那里，但并未读报纸。他不表现出严厉，男孩是不会尊重他的。门铃响了，他过去开门。他打开门,向后一退,脸上立刻流露出痛苦而又失望的神色。

一名高大冷酷的警察抓着约翰逊的一只胳膊肘,站在门廊下。一辆警车停在路边。约翰逊的脸异常苍白。他将下巴向前伸出,仿佛这样能防止他颤抖。

"他惹下大麻烦了,我们先把他带到这里来给你看看,"警察说,"现在我们要把他带到局子里,问他几个问题。"

"出了什么事?"谢泼德低声问。

"离这不远的一栋房子,"警察说,"一次真正的粉碎活儿,地板上到处都是破盘子,家具底朝天……"

"跟我一点关系也没有!"约翰逊说,"我走在路上,想着我自己的事,这个警察突然走上来抓住我。"

谢泼德严厉地看着男孩。他无意使自己的表情变得温和。

约翰逊的脸红了。"我只是走在路上。"他嘀咕道,但声音里毫无自信。

"走吧,小子。"警察说。

"你不会让他把我带走的,对吗?"约翰逊说,"你信任我,不是吗?"他的声音里有一种谢泼德以前从未听到过的乞求意味。

这是关键时刻。这个男孩必须明白,犯了罪是得不到保护的。"鲁弗斯,你必须跟他走。"他说。

"我告诉你我什么也没干,你还要让他把我带走?"约翰逊尖声说道。

一种受伤的感觉在加深,谢泼德的脸色也越发难看。在他有机会送约翰逊一只鞋之前,约翰逊已经让他失望。他们原打算明天去取那只鞋子的。他的遗憾突然转移到鞋子上。他比刚打开门时更加愤怒了。

"你说你完全信任我。"男孩嘟哝道。

"我确实信任过你。"谢泼德说,表情木讷。

约翰逊和警察一起转过身,但他在迈开步之前,极端仇恨地看了谢泼德一眼。

谢泼德站在门框里,看着他们钻进巡逻车,乘车离去。他这时才生出怜悯之情。明天他要去警察局,看看该如何使约翰逊摆脱麻烦。在监狱里待一晚伤害不了他,而这次经历将使他明白,他这样对待一个一心想对他好的人不可能不受到惩罚。接着,他们就去取那只鞋子。或许,在监狱里待了一晚之后,那只鞋子对他将更加重要。

* * *

第二天上午八点钟,警佐打电话来,说他可以去接约翰逊了。"我们认为那件事是一个黑鬼干的,"他说,"你的孩子与此事毫无干系。"

十分钟后,谢泼德就到了警察局。他的脸因为羞愧而发烫。约翰逊颓丧地坐在一间了无生气的外间办公室的长椅上,读着一本警察杂志。那个房间里别无他人。谢泼德在他身边坐下,试探性地将一只手放到他的肩膀上。

男孩抬头瞟了一眼——嘴唇噘着——然后又去看杂志。

谢泼德感觉到一种生理上的不舒服。他突然强烈地觉得,自己做的事实在太不堪了。就在快要一劳永逸地将男孩引向正确的方向时,他让男孩失望了。"鲁弗斯,"他说,"我道歉。我错了,你是对的。我错怪了你。"

男孩仍在看杂志。

"对不起。"

男孩用唾沫沾湿手指,翻过一页。

谢泼德绷紧身体。"鲁弗斯,我是个傻瓜。"他说。

约翰逊微微撇了撇嘴,继而耸耸肩,但并未从杂志上抬起头来。

"你能忘记这次的事情吗？"谢泼德问，"这种事不会再发生了。"

男孩抬起头。他的双眼明亮、不友好。"我会忘记这件事，"他说，"但你最好记着。"他站起来，怒冲冲地朝门口走去。走到房间的中间时，他转过身，对着谢泼德猛地一挥胳膊。谢泼德跳起来，跟在他后面，就好像男孩正拽着一根看不见的皮带。

"你的鞋，"谢泼德热切地说，"今天是去取你的鞋子的日子！"感谢上帝，幸好还有这只鞋！

但来到支架店时，他们发现那只鞋子被做小了两号，而一只新鞋要再过十天才能做好。约翰逊的怒气立刻消了一些。显然是店员量错了尺寸，但男孩坚持说是脚长了。他面带愉快的神情离开支架店，仿佛在长大的过程中，那只脚一直在按照自己的某种灵感行事。谢泼德神情疲惫。

自那以后，谢泼德又开始加倍努力。由于约翰逊已经对望远镜失去兴趣，谢泼德又给他买了一台显微镜和一盒现成的载玻片。既然不能让男孩对宏观的东西感兴趣，他可以试试微观的。有两个晚上，约翰逊好像完全被这台新仪器吸引住了，接着，突然又对它失去兴趣，但似乎很喜欢晚上坐在客厅里读一读百科全书。他对百科全书就像对食物一样贪婪：慢条斯理，胃口始终不减。似乎每一种科目都进入了他的脑袋，被蹂躏，继而又被扔了出来。看着这个男孩垂首坐在沙发里，闭着嘴阅读，比任何事情都更让谢泼德开心。在他们像这样度过几个夜晚后，关于未来的种种画面又回来了，他的信心也回来了。他知道，自己有一天将为约翰逊感到自豪。

星期四晚上，谢泼德去参加市议会的一场会议。他中途将两个男孩放在电影院，开完会后又将他们带回家。他们到家时，看见一辆挡风玻璃上方放着一只红色车灯的汽车停在房子的前面。谢泼德的汽车拐上车道时，车头灯照出那辆车里两张冷酷的脸。

"警察！"约翰逊说，"哪个黑鬼破了谁家的门，他们又来找我。"

"我们会处理好的。"谢泼德低声说。他把车停在车道上，关掉车灯。"你们两个小伙子回家上床睡觉，"他说，"我来处理这件事。"

他下车，大步朝警车走去。他把头伸进窗户里。两名警察沉默地看着他，带着一副洞悉一切的表情。"谢尔顿街和米尔斯街交叉口上的一栋房子,"坐在驾驶座上的那个警察说,"看起来就像有一列火车从中间穿了过去。"

"他今天晚上在市中心的电影院里看电影,"谢泼德说,"我儿子和他在一起。他和上次那件事毫无干系,他和这件事也毫无干系。我可以负责。"

"我如果是你,"离他近一些的那个警察说,"可不会为他这样的一个小混蛋负责。"

"我说了我可以负责,"谢泼德冷冷地重复道,"你们上次就搞错了。不要再搞错了。"

两名警察互相看了看对方。"自作自受。"坐在驾驶座上的那名警察说道,然后转动点火开关里的钥匙。

谢泼德回屋,在黑漆漆的客厅里坐下。他并未怀疑约翰逊,也不想让约翰逊觉得他在怀疑他。如果约翰逊觉得他又怀疑他,他所有的努力就白费了。但他想知道约翰逊的不在场证据是否牢靠。他想去诺顿的房间,问问他约翰逊是否离开过电影院。但这样做会使事情更加糟糕。约翰逊会知道他做了什么,继而大发脾气。他决定去问问约翰逊本人。他应该直爽些。他在脑子里想好要说些什么,然后站起来,走到男孩房间的门口。

门是开着的,约翰逊好像知道他要来。但他睡在床上。从过道射进来的光线恰好让谢泼德看清毯子下面男孩的身形。他走进房间,站在床尾。"他们走了,"他说,"我告诉他们你和这件事毫无干系,还说我可以负责。"

一句含混不清的"是吗"从枕头那里发出来。

谢泼德犹豫着。"鲁弗斯,"他说,"你根本就没离开过电影院吧?"

"你说你完全信任我!"一个愤怒的声音突然叫喊起来,"但你根本就不信任我!你从头到尾就不信任我!"约翰逊的脸清晰可见,但这个空洞的声音似乎更像是从他身体深处发出来的。这是责备的呼喊,带着些许轻蔑。

"我真的信任你,"谢泼德认真地说,"我完全信任你。我完完全全地相信你、信任你。"

"你一直盯着我,"那个声音阴郁地说,"问了我一串问题后,你就会穿过过道,再问诺顿一串问题。"

"我根本没打算问诺顿任何问题,也从未问过,"谢泼德温和地说,"而且我根本就没怀疑你。你没有时间从市中心的电影院里出来,来到这里,闯进某户人家,再回到电影院。"

"你就是这样信任我的!"男孩叫喊道,"你觉得我没有时间去做那件事。"

"不、不!"谢泼德说,"我相信你,是因为我相信你有不让自己再次惹上麻烦的智慧和勇气。我相信你现在已经很了解自己,知道自己不用再去做那样的事情。我相信,只要全心全意,你可以做成任何一件事。"

约翰逊坐起来。一片微弱的亮光照射在他的前额上,但谢泼德看不见他脸的其余部分。"如果时间充足,我又想那么做,我也许会么做。"他说。

"但我知道你不会的,"谢泼德说,"我对此没有一丝一毫的怀疑。"

一阵沉默。约翰逊又躺下来。仿佛被艰难地挤出来的一个低微而又嘶哑的声音说:"你有了自己想要的一切之后,不会再想去偷东西、砸东西了。"

谢泼德屏住呼吸。男孩在感谢他!男孩在感谢他!他的声音里有感恩。他的声音里有感激。谢泼德站在床边,在黑暗中傻里傻气地微笑,竭力想让时间停止在这一刻。他不由自主地朝枕头迈出一步,伸出一只手碰了碰约翰逊的前额。他的额头就像一块锈铁那样冰冷干燥。

"我明白了。晚安,孩子。"他说,然后快速地转过身,离开约翰逊的房间。他关上约翰逊房间的门,站在门口感怀不已。

在过道的另一边,诺顿房间的门开着。诺顿侧身躺在床上,注视着从过道里照进来的灯光。

从此以后,和约翰逊打交道的路就平坦了。

诺顿坐起来,朝谢泼德招招手。

他看见了诺顿,随即就将目光移开。他不能进去和诺顿说话,不然就会失去约翰逊的信任。他犹豫着,在原地站了一会儿,仿佛什么也没看见。明天是他们去取鞋子的日子。那将是增强彼此之间好感的重要时刻。他快速地转过身,回到自己的房间。

小孩坐了一会儿,看着父亲站过的那个地方。最后,他的目光变得散漫,接着他又躺了下去。

第二天,约翰逊阴郁沉默,仿佛对表露了真实的感受感到羞愧。他的眼睛上像遮了一层东西。他似乎已躲进内心世界,正处于做出什么决定的紧要关头。谢泼德没能尽快去支架店。他把诺顿留在家里,因为他不想自己的注意力被分散。他希望能随时随刻自由地观察约翰逊的反应。对于能拥有一只新鞋,男孩似乎并未表现出欣喜或兴趣。等鞋子真的成了他的东西,他肯定会被感动的。

支架店是混凝土建成的一个小小的仓库,里面放着一排排一摞摞折磨人的设备。轮椅和助行器占据了地上的大部分地方。墙上挂着各种各样的腋杖和支架。假肢摞在架子上,腿、胳膊、手,爪子、钩子、皮带、背带,还有其他各种为你叫不出名堂的身体畸形制造的千奇百怪的仪器。在房间中央的一小块空地上,是一排带坐垫的黄色塑料椅和一只试鞋凳。约翰逊无精打采地在其中一张椅子上坐下,把那只脚抬到凳子上。他坐在椅子里,闷闷不乐地看着那只脚。旧鞋的大体情况是大脚趾部分又断开了,但被他用一截帆布包住了,他还用看起来是旧鞋鞋舌的东西包住了另一个地方。鞋带孔里穿的是麻绳。

谢泼德兴奋得脸都红了,心脏也跳得异乎寻常地快。

店员从商店后面走出来,胳膊下夹着那只新鞋。"这次肯定没做错!"他说。他跨坐在试鞋凳上,举起那只鞋,微笑着,仿佛那是他用魔法变出来的。

那是一个花哨而丑陋的黑色玩意儿,闪烁出可怕的光芒。它就像一件被磨得发亮但不锋利的武器。

约翰逊面色阴沉地盯着它看。

"有了这只鞋，"店员说，"你不会觉得自己是在走路。你会觉得自己是在骑马呢！"他低下那颗明晃晃的粉红色秃脑袋，开始小心翼翼地解约翰逊那只旧鞋上的麻绳。他就像给一头尚有半条命的动物剥皮那样脱下那只旧鞋。他表情紧张。那只穿在一只脏袜子里的糟糕的脚露出来，让谢泼德感到一阵恶心。他看向别处，直到约翰逊穿上新鞋。店员快速地系好鞋带。"现在，站起来走一走吧，"他说，"看看是不是有健步如飞的感觉。"他朝谢泼德眨眨眼。"穿上这只鞋，"他说，"他不会觉得自己有一只不正常的脚。"

因为高兴，谢泼德的脸明亮起来。

约翰逊站起来走了几码远。他僵硬地走着，身体较矮的那一边几乎不再一上一下地跳跃。他背对他们，笔挺地站了一会儿。

"太棒了！"谢泼德说，"太棒了！"仿佛他送给男孩的是一根新的脊椎。

约翰逊转过身。他的嘴抿成一条冷冰冰的细线。他回到座位上，脱下那只鞋。他把脚放在旧鞋里，然后开始系麻绳。

"你只是先看看合不合脚,想带回家再穿?"店员低声道。

"不,"约翰逊说,"我根本就不打算穿它。"

"鞋子有什么问题吗?"谢泼德说,提高了声音。

"我不需要什么新鞋,"约翰逊说,"而且,等我需要了,我会自己想办法弄一只。"他表情冷酷,眼睛里有一丝胜利的神色。

"孩子,"店员说,"你是脚有问题,还是脑子有问题?"

"去把你的脑袋浸在水里吧,"约翰逊说,"你的脑袋着火了。"

店员怏怏地但颇有尊严地站起来,问谢泼德打算怎么处理这只鞋子。他提着鞋带,鞋子左右摇晃。

谢泼德气得脸色黑红。他直直地注视着面前一件挂着一条假手臂的紧身皮内衣。

店员又问了他一次。

"把它包起来。"谢泼德低声说,将目光转向约翰逊。"他不够成熟,还不想穿它,"他说,"我原以为他已经不那么孩子气了。"

男孩邪恶地笑了笑。"你想错了。"他说。

＊　　＊　　＊

　　那天晚上，他们像往常一样坐在客厅里读书。谢泼德面色阴沉地埋首于《星期日纽约时报》之间。他想恢复好心情，但每次想到那只遭到拒绝的鞋子，就会感觉到一阵新的恼怒。他甚至不允许自己看约翰逊一眼。他认为，男孩拒绝接受那只鞋，是因为他对自己有不确定感。约翰逊被他自己的感激之情吓坏了。他不知道该拿他逐渐意识到其存在的那个新的自我怎么办。他感觉到，那个过去的自己受到威胁，他第一次感觉到自己的种种可能性。他在探究自己的身份。谢泼德不情愿地发现自己对这个男孩恢复了一丝同情。几分钟后，他放低报纸，看着约翰逊。

　　约翰逊坐在沙发上，凝视的目光越过百科全书的顶端。他一副恍惚的表情。他可能在倾听来自远方的什么声音。谢泼德专注地看着他，但他仍在倾听，并未转过头来。可怜的孩子迷惘了，谢泼德想道。谢泼德整晚都坐在这里，闷闷不乐地读着报纸，还没说过一句打破紧张局面的话。"鲁弗斯。"他说。

　　约翰逊仍然一动不动地坐在那里，谛听着。

　　"鲁弗斯，"谢泼德说，声音低微，使人昏昏欲睡，"在这个世界上,你想成为什么样的人就能成为什么样的人。你可以成为科学家或者建筑师或者工程师,或者你一心想成为的任何一种人,而且你可以成为任何一种人里的佼佼者。"他想象着自己的声音进入男孩心灵的黑色大洞穴里。约翰逊身体前倾,但双眼纹丝不动。街上,一辆汽车的门关上了。一阵寂静。接着,门铃突然响亮地响起来。

谢泼德跳起来走到门口打开门。以前来过的那个警察站在门口。警车停在路边。

"让我看看那个男孩。"他说。

谢泼德满脸怒容,但站到了一边。"他整晚都在这里,"他说,"我可以保证。"

警察走进客厅。约翰逊似乎正在全神贯注地读他的书。过了片刻,他带着一副被打扰的表情抬起头来,就像一个被迫中断工作的伟人。

"小子,半个小时之前,你朝温特大道上的那扇厨房窗户里看什么?"警察问。

"不要再迫害这个孩子了!"谢泼德说,"我可以作证,他刚才待在这里。我和他在一起。"

"你听见他的话了,"约翰逊说,"我一直待在这里。"

"不是每个人都能留下你那种脚印。"警察说道,然后看着那只畸形的脚。

"不可能是他的脚印,"谢泼德勃然大怒道,"他一直待在这里。你在浪费自己的时间,你也在浪费我们的时间。"他觉得"我们的"这个词把他和男孩团结在一起了。"这让我觉得恶心,"他说,"你们这些人懒透了,不想出去找真正做那些事的人。你们想都没想就到这里来了。"

警察对他的话充耳不闻,仍注视着约翰逊。警察的脸肉乎乎的,一双机警的眼睛小小的。最后,他转身朝门口走去。"我们迟早会逮到他的,"他说,"抓个现行。"

谢泼德跟着他走到门口,砰的一声关上门。他觉得自己的情绪正在急速高涨。这正是他需要的。他带着期待的表情回来了。

约翰逊已经放下书,正坐在那里看着他,一副狡猾的神情。"谢谢。"他说。

谢泼德停下。男孩带着掠夺性的表情,明目张胆地阴笑着。

"你自己也是个挺优秀的说谎者嘛。"他说。

"说谎者?"谢泼德低声说。这个男孩出去又回来了?

他觉得很不舒服。接着,一阵突然而至的愤怒让他走上前。"你出去过?"他愤怒地问,"我没看见你出去啊。"

男孩只是微笑。

"你刚才是去阁楼上看诺顿吗?"谢泼德说。

"不是,"约翰逊说,"那孩子疯了。除了通过那架臭烘烘的望远镜朝外看,他什么事也不想做。"

"我不想听到关于诺顿的事情,"谢泼德粗暴地说,"你刚才在哪里?"

"我一个人坐在那个粉红色的马桶上,"约翰逊说,"没有证人。"

谢泼德掏出手帕擦了擦前额,然后挤出一丝微笑。

约翰逊转了转眼珠子。"你不相信我。"他说。他的声音就像两天前的晚上,他在那个漆黑的房间里说话时那样嘶哑。"你说你完全信任我,实际上你根本就不信任我。事情闹大了,你就像其他人一样,逃跑了。"他的声音由嘶哑变成做作、滑稽,还有明显的嘲弄。"你不相信我。你一点也不信任我。"他哀哭。"而且你一点也不比那个警察聪明。关于那些脚印——那是他给我下的套。没有什么脚印。那个地方的后面全都浇上了混凝土,我的脚是干的。"

谢泼德慢慢地将手帕放回口袋里。他倒在沙发上，盯着脚下的小地毯。男孩的那只畸形脚处在他视野范围内。那只拼凑起来的鞋似乎在和约翰逊的那张脸一起冲他咧嘴笑。他抓住沙发垫的边缘，指关节变成白色。随憎恨而来的寒意让他一阵颤抖。他恨这只鞋，恨这只脚，恨这个男孩。他脸色苍白，憎恨让他觉得喉咙好像被塞住了。他为自己感到惊骇。

他抓住男孩的肩膀，紧紧地抓着，仿佛是为了使自己不致摔倒。"听着，"他说，"你朝那扇窗户里看是为了使我难堪。这就是你的目的——动摇我帮助你的决心，但我的决心是不会动摇的。我比你坚决。我比你坚决，我要拯救你。善良终究会得胜。"

"但虚伪的善良除外，"男孩说，"不正确的善良除外。"

"我的决心是不会动摇的，"谢泼德重复道，"我要拯救你。"

约翰逊的表情又变得狡猾。"你不会拯救我的，"他说，"你会叫我离开这栋房子。另外两件事也是我干的——第一次，还有你以为我在电影院里的那次。都是我干的。"

"我不会叫你离开的，"谢泼德说，声音呆板，毫无音调可言,"我要拯救你。"

约翰逊向前伸出脑袋。"拯救你自己吧,"他咬牙切齿地说,"除了耶稣,没有人能拯救我。"

谢泼德傲慢地大笑起来。"你用不着骗我,"他说,"你在教养院里时,我就把那种思想从你的脑子里冲洗掉了。至少,我把你从那种思想里拯救出来了。"

约翰逊脸上的肌肉绷紧。他的排斥表情是那么凌厉,谢泼德不由得向后退。男孩的眼睛就像两面哈哈镜,谢泼德在其中看到自己变得既丑陋又怪异。"咱们等着瞧。"约翰逊低声说。他猛然站起来,仰着头走开,好像希望自己能尽快走出谢泼德的视野范围。但他并未朝前门走,而是沿着过道朝后门去了。谢泼德在沙发上转过身,看着男孩消失的地方。他听见男孩房间的门砰的一响。他没离开。谢泼德眼睛里的紧张神色消失了。那双眼睛看起来呆板、了无生气,仿佛男孩自陈真相带来的震惊直到现在才抵达他意识的中心。"要是他离开就好了,"他喃喃道,"要是他主动离开就好了。"

第二天早上,约翰逊穿着他来那天穿的祖父的那套衣服出现在餐桌旁。谢泼德假装没注意到,但仅仅看了一眼就看见了自己已经明白的事情：他中了圈套，现在没别的，只剩下心理战了，而约翰逊肯定会在这场战斗中获胜。他希望自己从未注意过这个男孩。他那失败了的同情弄得他呆呆愣愣的。他赶紧离开家，一整天都害怕晚上必须回家。他隐隐约约地希望，他回到家时，男孩已经走了。穿上祖父的那套衣服可能表明他要离开了。下午时，这种希望变得强烈。他回到家打开前门时，心脏怦怦狂跳。

他在过道里停下，默默地朝客厅里张看。他期待的表情逐渐消失。突然，他的脸似乎和他的白发一样苍老。两个男孩紧挨着坐在沙发上，读着同一本书。诺顿的脸颊枕在约翰逊黑色外衣的袖子上。约翰逊的一根手指在他们正在读的一行行字下面移动。大哥和小弟。谢泼德呆若木鸡地看着这幅景象，看了大约一分钟。然后他走进房间，脱下外套，将其丢在一把椅子上。两个男孩谁也没注意到他。接着，他走进厨房。

列奥拉每天下午离开前会将晚饭留在炉子上。他把晚饭端到桌上。他头疼，神经紧张。他坐到厨房里的凳子上，一动不动，深陷在绝望里。他不知道自己能否激怒约翰逊，让他主动离开。昨天晚上，让约翰逊生气的是关于耶稣的那些话。那些话可能让约翰逊生气了，但也让谢泼德感到沮丧。为什么不直接认输，叫男孩走？他想到要再次面对约翰逊就觉得难受。男孩看着他时，仿佛有过失的是他，仿佛他品行败坏，是个让人避之唯恐不及的人。绝不是自夸——他自认为是个好人，无可指摘。他现在对约翰逊的感情并非出自本心。他想去同情约翰逊。他希望能帮约翰逊。但他渴望这栋房子里只有他自己和诺顿两个人，他希望他需要面对的只有儿子单纯的自私和他自己的孤独。

他站起来，从架子上拿下三只餐盘，又端着盘子走到炉子旁边。他心不在焉地将菜豆和肉丁土豆泥倒进盘子里。把吃的放到桌上后，他喊他们到厨房来吃饭。

他们带着书进来了。诺顿把他那套餐具推到约翰逊的餐具所在的那一边，接着又把他的椅子搬到约翰逊椅子的旁边。他们坐下来，把书放在两人的中间。那是一本红边黑封面的书。

"你们读的是什么书？"谢泼德说着坐下来。

"《圣经》。"约翰逊说。

上帝给我力量，谢泼德在心里说。

"我们在十美分商店拐的。"约翰逊说。

"我们?"谢泼德喃喃道。他扭头瞪着诺顿。小孩一脸快活的表情,眼睛兴奋得闪闪发光。这是他头一次对发生在诺顿身上的变化感到吃惊。诺顿看起来很机灵。他穿着蓝色的条纹衬衫,谢泼德以前从未见过他的眼睛蓝得这样亮。诺顿身上有一种崭新的但谢泼德感到陌生的生命气息,一种新的却更加粗野的恶习的迹象。"等于说,你现在偷东西了?"他怒视着诺顿说,"你没学会慷慨,倒学会偷东西了。"

"不,他没有,"约翰逊说,"是我拐的。他只负责望风。他不能玷污自己。对我而言没什么分别。反正我是要下地狱的。"

谢泼德说不出话来。

"除非,"约翰逊说,"我忏悔。"

"鲁弗斯,忏悔吧,"诺顿用乞求的腔调说,"忏悔吧,听见了吗?你肯定不想下地狱。"

"别说这种胡话。"谢泼德说,严厉地看着诺顿。

"我如果真的忏悔,那就成神父了,"约翰逊说,"你如果真的打算忏悔,不做得彻底就一点意义也没有。"

"诺顿,你想成为什么样的人?"谢泼德尖声问,"也当神父吗?"

小孩的眼睛里闪过一丝狂喜的神色。"太空人!"他叫喊道。

"太好了。"谢泼德苦涩地说。

"那些太空飞船对你没有一点用处,除非你相信耶稣。"约翰逊说。他沾湿手指,开始翻动《圣经》的书页。"关于这一点,我读给你听听啊。"他说。

谢泼德探出身体,用低微而愤怒的声音说:"鲁弗斯,放下《圣经》,吃你的饭吧。"

约翰逊还在寻找那段话。

"放下《圣经》!"谢泼德叫道。

男孩停下,抬起头来。他一副震惊但愉悦的表情。

"这是一本给逃避现实的人看的书,"谢泼德说,"这是一本给懦夫,给害怕自立、害怕依靠自己理解事情的人看的书。"

约翰逊眨了眨眼睛。他把椅子从桌子边向后挪一点。"撒旦控制了你,"他说,"他不仅控制了我,也控制了你。"

谢泼德伸手探过桌子,想要抓住《圣经》,但约翰逊一把抓起书,将它放在自己的大腿上。

谢泼德大笑。"你不相信这本书,而且你也知道自己不相信它。"

"我相信它!"约翰逊说,"你不知道我相信什么、不相信什么。"

谢泼德摇摇头。"你不相信它。你太聪明了。"

"我不太聪明,"男孩嘀咕道,"你对我一无所知。即使我以前不相信它,它仍然一直都是正确的。"

"你不相信它!"谢泼德说,一脸奚落的表情。

"我相信它!"约翰逊喘着粗气说道,"我让你看看我是怎么相信它的!"他翻开大腿上的书,撕下一页塞进嘴里。他的眼睛盯着谢泼德。他的下巴剧烈地颤动,他咀嚼的时候,那张纸在他的嘴里噼啪作响。

"别嚼了,"谢泼德用一种冷淡而疲惫不堪的声音说,"别嚼了。"

男孩拿起《圣经》,用牙齿又撕下一页,大嚼特嚼。他的眼睛直冒火。

谢泼德伸手探过桌子,把书从他手上打掉。"离开这张桌子。"他冷冷地说。

约翰逊吞下嘴里的东西。他的眼睛大睁着,仿佛一幅壮丽的景象展现在他的面前。"我已经吃了它!"他喘了口气,

"我就像以西结一样吃了它,它是我嘴里的蜜。"[1]

"离开这张桌子。"谢泼德说,双手在盘子旁握紧。

"我已经吃了它!"男孩叫喊道。他对自己的行为感到震惊,震惊改变了他脸的形状。"我就像以西结一样吃了它,从此以后,我再也不想吃你的食物了。"

"那你走吧,"谢泼德温和地说,"走吧,走吧。"

男孩站起来,拿起《圣经》,握着它朝过道走去。走到门口时他停下了,就像站在黑暗的末日世界边缘的一个小小的黑色身影。"魔鬼控制了你。"他用一种雀跃的腔调说,然后走了。

吃过晚饭后,谢泼德独自坐在客厅里。约翰逊已经离开这栋房子,但谢泼德不相信约翰逊就这么走了。最初的解脱感已经过去。他觉得自己的身体发冷而迟钝,好像病了,恐惧像浓雾一样驻扎在他的体内。根据约翰逊的风格,就这样离开算是虎头蛇尾,不了了之。他可能会回来证明一些事

---

[1]《以西结书》3:1—3:"他对我说,人子啊,要吃你所得的,要吃这书卷,好去对以色列家讲说。于是我开口,他就使我吃这书卷,又对我说,人子啊,要我所赐给你的这书卷,充满你的肚腹。我就吃了,口中觉得其甜如蜜。"

情。他可能会在一周后回来，放火烧这个地方。现在，他做任何事似乎都算不得骇人听闻。

谢泼德拿起报纸，试图读报。过了一会儿，他扔掉报纸，站起来，走到过道里，谛听着。约翰逊可能躲在阁楼里。他走到通往阁楼的门前，推开门。

马灯亮着，微弱的光线照射在楼梯上。他没听到任何声音。"诺顿，"他喊道，"你在里面吗？"没有回答。他登上窄窄的楼梯，上去看个究竟。

诺顿坐在马灯投下的葡萄藤一般的怪异阴影中，眼睛堵在望远镜上。"诺顿，"谢泼德说，"你知道鲁弗斯去哪里了吗？"

小孩背对着他，弓腰聚精会神地坐在那里，两只大耳朵就在肩膀的上面。突然，他挥了挥手，朝望远镜趴得更近些，仿佛他离看见的东西还不够近。

"诺顿！"谢泼德大声说。

小孩没动。

"诺顿！"谢泼德叫喊道。

诺顿大吃一惊，转过身，眼睛里有一种怪异的神色。过了一会儿，他似乎才认出他爸爸。"我找到她了！"他喘着粗气说。

"找到谁了?"谢泼德说。

"妈妈!"

站在门口的谢泼德稳住身体。小孩四周丛林一样的阴影变浓了。

"快来看!"他叫喊道。他用条纹衬衫的下摆擦了擦汗津津的脸。他又把眼睛堵到望远镜上,背僵直,一动不动。突然,他又挥了挥手。

"诺顿,"谢泼德说,"通过望远镜,除了星团,你什么也看不见。一个晚上看这么久也够了。你最好上床睡觉去。你知道鲁弗斯在哪里吗?"

"她在那里!"他叫喊道,并未从望远镜前转过身来,"她在对我招手!"

"我希望你十五分钟之内躺到床上去,"谢泼德说,过了一会儿又说,"诺顿,你听见我的话了吗?"

小孩开始疯狂地挥手。

"我不是说着玩的,"谢泼德说,"十五分钟之后,我去你的房间,看看你是不是在床上。"

他走下楼梯,回到客厅里。他来到前门口,朝外面匆匆瞟了一眼。星辰满天。他曾愚蠢地认为约翰逊能够到那些星星上去。在这栋房子后面的一小片树林里的某个地方,一只牛蛙发出低微而闷声闷气的叫声。他回到客厅里,在椅子上坐了几分钟。他决定上床睡觉。他把双手放在椅子的扶手上,身体前倾,听着。就像灾难警报的第一声尖叫,警笛声慢慢地移动到这片社区里,越来越近,最后在一阵呻吟中消逝在这栋房子的外面。

他的肩膀感觉到一种冰冷的重量,仿佛有一件冰披风被丢在他身上。他走到门口,打开门。

两名警察正走上人行道,凶神恶煞、龇牙咧嘴的约翰逊夹在他们中间,他的两只手和两名警察的手铐在一起。一名记者跟在旁边慢跑,还有一名警察坐在警车里等着。

"你的孩子来了,"较冷酷的那名警察说,"我说过我们会逮到他的。"

约翰逊把一条胳膊猛地往下一拉。"我当时在等着你们!"他说,"我要不是想被逮到,你们永远也别想逮到我。这是我的计划。"他对警察说话,眼睛却睨视着谢泼德。

谢泼德冷漠地看着他。

"你为什么想被逮到?"记者问,绕着圈子跑到约翰逊身旁,"你为什么存心想被逮到?"

约翰逊似乎因为这个问题和看见谢泼德而狂怒起来。"为了让这个锡铸的大耶稣丢脸!"他咬牙切齿地说,还把一只脚踢向谢泼德,"他认为自己是上帝。我宁愿待在教养院里也不愿待在他家。我宁愿待在畜栏里!魔鬼控制了他。他连左手和右手都分不清,还没有他那个疯儿子懂事!"他停顿片刻,然后说出荒诞的结束语:"他还对我暗示!"

谢泼德脸变得煞白,抓住门框。

"暗示?"记者热切地说,"什么样的暗示?"

"不道德的暗示!"约翰逊说,"你以为是什么样的暗示?但我全不搭理,我是个基督徒,我……"

谢泼德的脸痛苦地绷紧。"他知道这些都不是真的,"他用颤抖的声音说,"他知道自己在撒谎。我为他做了我能做的一切。我为他做的,比为我自己的孩子做的还多。我想拯救他,可我失败了,但这是一次体面的失败。我觉得自己无可指摘。我没暗示过他什么。"

"你还记得那些暗示吗?"记者问,"你可以准确地告诉我们,他说过些什么吗?"

"他是个肮脏的无神论者。"约翰逊说,"他说,没有地狱。"

听到这句话,其中一名警察叹了口气。"好了,你们现在见过了,"他说,"我们走吧。"

"等一下。"谢泼德说。他走下一级台阶,盯着约翰逊的眼睛。他决定孤注一掷,为拯救约翰逊做最后一次努力。"鲁弗斯,说实话吧,"他说,"你不想说谎。你不邪恶,你非常困惑。你不必补偿那只脚,你不必——"

约翰逊向前猛烈挣扎。"听听他的话!"他嘶吼道,"我撒谎、偷东西,是因为我擅长做这些事情。这些事和我的脚没有一点关系!瘸子应该先进去!瘸子将聚集在一起。当我准备好被拯救了,耶稣会拯救我,不是你这个发出恶臭的无神论者、说谎者,不是你这个——"

"你说得够多了,"其中一名警察说,把他拉回去,"我们就是想让你看到,我们逮到他了。"他对谢泼德说。接着,两名警察转过身,拖着约翰逊走开了。约翰逊半转过身,对着谢泼德嘶吼。

"瘸子将带上他的猎物!"他尖叫道,但被塞进了警车里。记者艰难地爬上驾驶员旁边的座位,砰地关上车门。警笛声呼啸着进入黑暗中。

谢泼德仍站在原地，微微弓着身体，就像个中弹后却屹立不倒的人。过了片刻，他转身回到房子里，坐到他刚才坐的那把椅子上。他闭上眼睛，但看到了约翰逊在警察局里被记者环绕，肆意编造谎言的情景。"我觉得自己无可指摘。"他喃喃道。他做的每一件事都是无私的，他唯一的目的就是拯救约翰逊，让他做些体面的事情。他全心全力，牺牲了名誉，为约翰逊做的，比为他自己的孩子做的还多。龌龊包围着他，就像空气里的臭味，近得好像是从他的呼气中散发出来的。"我觉得自己无可指摘。"他重复道。他的声音干涩、嘶哑。"我为他做的，比为我自己的孩子做的还多。"他突然感到极度恐慌。他听见了男孩雀跃的声音：撒旦控制了你。

"我觉得自己无可指摘，"他又开口道，"我为他做的，比为我自己的孩子做的还多。"他听见自己的声音，那好像是指责他的人的声音。他无声地把这句话重复了一遍。

他的脸慢慢没了血色。在那圈白色头发下面，他的脸几乎变成了灰色。那句话在他的脑海里回响，每个音节都像一记重击。他的嘴扭歪了，他闭上眼睛，抵御这一启示。诺顿的脸升到他脑海里：愚钝、悲戚，左眼几乎不可察觉地倾斜到眼眶的一边，仿佛无力承受一幅完整的悲伤场面。谢泼德对自己的厌恶那么清晰、那么强烈,都喘不过气来了,心抽紧了。他像个贪吃的人那样用大量的善行来填补自己的空虚。为了满足他对自己的幻想,他忽略了儿子。他看见目光炯炯的魔鬼——人心的窥探者——正从约翰逊的眼里冲他冷笑。他自己的形象越来越小,直到一切都在他的面前变黑了。他坐在椅子里,全身麻痹,惊骇不已。

他看见诺顿坐在望远镜前,他看见诺顿的背和两只耳朵,还看见诺顿的一条手臂猛地举起来,疯狂地挥了挥。对诺顿的焦虑不安的爱就像潮水一样涌过他的全身,仿佛为他注入了生命力。他觉得诺顿的脸变形了。诺顿成了他闪闪发光的救世主。他快乐地呻吟。他要为诺顿安排好所有事情。他永远都不会再让诺顿受苦。他要既当爸又当妈。他跳起来,奔向诺顿的房间。他要吻诺顿,告诉诺顿爸爸爱他,永远都不会再让他失望。

诺顿房间里的灯亮着,但床是空的。他转身冲上通往阁楼的楼梯。来到楼梯顶上时,他踉踉跄跄地向后退,像是走到了一个深坑的边上。三脚架倒了,望远镜躺在地上。在望远镜上面几英尺的地方,小孩吊在横梁下面丛林一般的阴影里。他从那里出发,飞进了宇宙中。

启示

特平夫妇进去时，小小的候诊室几乎已经满了。特平太太块头非常大，她的出现使候诊室显得更加小。放杂志的桌子被摆在房间中央，她赫然站立在桌子前面，让这个房间顿时显得狭小而荒诞。她的目光在病人中间扫视，寻找座位。有一把空椅子，已经被一个金发小男孩占据的沙发上也有空位。小男孩穿着肮脏的蓝色连衫裤。应该有人叫他挪一挪，给这位女士让出点空间。他五六岁的样子，特平太太立刻就明白，没有人会叫他挪一挪的。他垂头坐着，两条胳膊放在身体的两侧，目光茫然，鼻涕自由自在地流着。

特平太太把一只结实的手放在克劳德的肩膀上，用所有人都能听到的声音大声说："克劳德，你坐那边的椅子。"然后，她把克劳德推到空椅子上。克劳德面色红润，秃顶，健壮，比特平太太矮一些。他坐下了，仿佛习惯于做特平太太叫他做的事情。

特平太太仍然站着。除了克劳德，房间里唯一的男人是个瘦到青筋暴露的老家伙。他的双手五指分开，放在两只膝盖上。他闭着眼睛，好像睡着了或死了或正假装如此，为的是不用站起来给她让座。她和善地看向一位衣着得体的灰发女士，那位女士的目光遇上她的目光，那神情像在对特平太太说：如果那是我的孩子，我会叫他有点礼貌，挪一挪——沙发的空间足够你和他一起坐的。

克劳德叹息着抬了抬眼，接着动了动，似乎想站起来。

"坐下，"特平太太说，"你知道自己不该用那条腿。他的腿上有溃疡。"她解释道。

克劳德把一只脚抬到放杂志的桌上，卷起裤腿，展示大理石般雪白的丰满小腿肚上的一个紫色肿块。

"天哪！"那位友善的女士说，"你这是怎么弄的？"

"被母牛踢到了。"特平太太说。

"上帝啊！"那位女士说。

克劳德把裤腿褪下来。

"也许那个小男孩会挪一挪。"那位女士旁敲侧击，但小男孩一动不动。

"很快就会有人离开的。"特平太太说。她不理解，医生赚那么多钱——每天只是到诊所里来走一走，看看你，就能挣五美元——却负担不起一间面积像样的候诊室。这个候诊室比车库大不了多少。桌子上胡乱堆放着看起来软塌塌的杂志，在桌子的一头，有一个大大的绿色玻璃烟灰缸，烟灰缸里塞满烟屁股和带着血点的棉花球。她如果参与经营这个地方，烟灰缸肯定会被时常清空。候诊室前部的墙下没放椅子，墙上挖了一个长方形的窗洞，可以透过这个窗洞看见办公室：护士进进出出，秘书在听收音机。一只装着塑料蕨类植物的金色花盆立在办公室门口，叶子快要垂到地上了。收音机正在播放轻柔的福音音乐。

就在这时，办公室的门开了，一个护士把脸塞在门缝里，叫下一位病人。她那堆黄色的头发，是特平太太迄今见过的堆得最高的头发。坐在克劳德旁边的那个女人抓住她椅子的两个扶手，把自己撑起来。她先把裙子从腿上拉下去，然后吃力地走进护士已消失的那道门。

特平太太悠哉地坐在空椅子上，但椅子太小，束身衣似的箍着她。"我希望自己能瘦几斤。"她说，然后转了转眼珠子,滑稽地叹息一声。

"噢,你不胖啊。"那位优雅的女士说。

"哦——我太胖了,"特平太太说,"克劳德想吃什么就吃什么,但体重从来都不会超过一百七十五磅,可我呢,我只要看看那些好吃的,就会长肉。"她的肚子和双肩随着笑声而颤动。"你想吃什么就吃什么,对吧,克劳德?"她边转向克劳德边问道。

克劳德只是咧嘴笑笑。

"哦,你的性格这么好,"那位优雅的女士说,"我觉得,体形如何对你来说并不重要。好性格胜过一切。"

女士的身边坐着一个十八九岁的胖姑娘,正怒视着一本厚厚的蓝色书籍。特平太太看到,书名叫《人类的发展》。那个姑娘将怒容对准特平太太,好像不喜欢特平太太的长相。她似乎被惹恼了,因为她想读书,但有人讲话。那个可怜的姑娘青色的脸上长着粉刺。特平太太想道,多可怜啊,在这样的年纪拥有这样一张脸。她冲那个姑娘友善地微微一笑,但对方只是更凌厉地怒视着她。特平太太本人也胖,可皮肤一向很好。另外,尽管已经四十七岁了,但她的脸上,除了因为大笑得过多,眼睛周围有一些皱纹,其他地方没有一条皱纹。

　　丑姑娘的身边是那个小孩,小孩纹丝未动地坐着。小孩旁边是个皮肤如皮革一般、穿着印花棉布衣服的瘦老太太。特平太太和克劳德的泵房里放着三大袋鸡食,那些袋子上也有这样的花纹。从一开始她就看出来了,孩子和老女人是一家人。从他们的坐相,她就能看出来——愚蠢的白人废物。如果没有人叫他们起来,他们也许会一直坐到世界末日。在她正对面,坐在那位衣着得体的和善女士另一边的是个面容瘦削的女人,她肯定是小孩的母亲。她穿着一件黄色长袖运动衫和一条宽松的酒红色长裤,两件衣服都有磨损的痕迹,她的双唇边缘沾着鼻烟的污迹。脏兮兮的黄色头发被一小段红色纸带捆在后面。无论何时,他们都比黑鬼还要糟糕,特平太太想道。

　　福音赞美歌现在播到《我举目时主俯视》,特平太太会唱这首歌,在心里补上最后一句:"我知道过些日子我将戴——上王冠。"[1]

　　特平太太一向喜欢不动声色地观察别人的脚。那位衣着

---

[1] 指殉教。

得体的女士穿着与她的衣服相配的红灰两色羊皮鞋。特平太太穿的是她那双质量上乘的黑色漆皮便鞋。丑姑娘穿的是女童军鞋和厚厚的袜子。老女人穿的是网球鞋,白人废物母亲穿的似乎是卧室拖鞋:黑色麦秆编织的,金色的穗带从中穿过——正是特平太太猜到她会穿的那种鞋子。

夜里睡不着时,特平太太有时会把心思用在琢磨"她如果不是她自己,她会选择成为谁"这个问题上。假如在造她之前,耶稣对她说:"你只有两个地方可去。你要么成为黑鬼,要么成为白人废物。"那她会如何作答?"求您了,耶稣,求您了,"她会说,"就让我等着,等有其他去处再说吧。"但他会说:"不行,你必须现在就去,而且我只有这两个地方,所以,做决定吧。"她会扭来扭去,哀求又哀求,但毫无用处,最后,她会说:"好吧,那就把我造成一个黑鬼吧——但我不是指一个没用的黑鬼。"于是,他把她造成一个整齐干净而又有尊严的女黑人,还是她自己,但是黑色的。

小男孩母亲的旁边是一个还算年轻的红发女人,这个女人嚼着口香糖,在看一本杂志。拼老命似的嚼啊,克劳德会说。特平太太看不见这个女人的双脚。她不是白人废物,就是普普通通罢了。特平太太有时会在夜里把人分成各个阶级。位于最底层的是大部分有色人种——不是她愿意成为的那类有色人种；在他们旁边——不是上面，就是在远一点的地方——是白人废物；在白人废物的上面是有房子的人，在这些人的上面是既有房产又有地产的人，她和克劳德就属于这一阶级。在她和克劳德的上面是有很多钱、有更大房子、有更多土地的人。到这儿，在她的脑子里，这个问题就复杂化了，因为有些富裕的人很普通，应该在她和克劳德的下面；有些血统很好的人败了业，只得租别人的房子住；有些有色人种也拥有房产和土地。镇上有个有色人种牙医，他有两辆红色林肯、一个游泳池和一座农场，农场里有登记过的白脸牛。通常，她睡着时，各个阶级的人会在她的脑袋里争辩、搅和，有时她梦见他们全部都被塞进一辆棚车，被拉走送进了煤气炉。

"那座钟很漂亮。"她说，对着自己的右边点点头。那是一座大壁钟，钟面被框在一个太阳形的青铜外壳里。

"是啊，很漂亮，"那位优雅的女士附和道，"而且也很准。"她看了自己的手表一眼，补充说。

她身边的那位丑姑娘抬头瞥了钟一眼，傻笑一声，然后直直地看着特平太太,又傻笑一声。接着,她的目光回到书上。很明显,她是这位女士的女儿,因为她们尽管在性情上毫无相似之处,但拥有同样的脸型,同样的蓝色眼睛。在那位女士的身上,那双眼睛闪烁着愉快的光芒,但在那位姑娘枯萎的脸上,双眼则时而阴郁、时而闪耀。

如果耶稣说:"好吧,你可以成为白人废物或者黑鬼或者丑八怪!"那又如何?

特平太太非常同情这个姑娘,不过认为长得丑和行为丑陋并非一回事。

那个嘴唇上沾着鼻烟污迹的女人在椅子里转过身,抬头看了看钟。然后她又转回去,似乎有点偏到特平太太这边了。她的一只眼睛里出现特平太太的映像。"你想知道在哪儿可以买到这样的一座钟吗?"她大声问。

"不用了,我已经有了一座很好的钟。"特平太太说。一旦有这样的女人插话,特平太太就会闭口不言。

"你可以用绿票[1]给自己弄一个,"那个女人说,"他很有可能就是这样弄到他这个的。攒够了票,大部分物件你都能

---

[1] 一种救济补助票。

弄到。我给自己弄了些首饰。"

你该给自己弄块毛巾、弄些肥皂,特平太太想道。

"我用我的票弄了条套式床单。"那位友善的女士说。

那个做女儿的猛地合上书。她直勾勾地看着前方,目光径直扫过特平太太,落在特平太太身后的黄色窗帘和既是墙壁又是窗户的平板玻璃上。她的眼睛突然被一种怪异的光——像夜晚路牌发出的那种非自然光——给照亮了。特平太太转过头,看看外面是否正在发生什么她应该看的事情,但什么也没看到。人经过时只在窗帘上投下一片淡淡的阴影。这个丑女孩的目光单单挑中她,真是毫无道理。

"芬利小姐。"护士一边说,一边把门拉开一道缝。嚼口香糖的女人站起来,从特平太太和克劳德的面前走过,进了办公室。她穿的是红色高跟鞋。

丑姑娘的目光越过桌子,停留在特平太太的身上,仿佛有一种非常特别的理由讨厌特平太太。

"天气不错,是吧?"姑娘的母亲说。

"要是能找到黑鬼干活,这倒是收棉花的好天气,"特平太太说,"但是黑鬼不想再摘棉花了。你不能找白人摘,现在也不能找黑鬼——因为他们现在和白人没什么两样了。"

"不管怎样,他们会试一试。"那个白人女废物说,身体往前倾了倾。

"你有那种棉花采摘机吗?"友善的女士问。

"没有,"特平太太说,"那东西会把一半棉花留在地里。反正我们也没有多少棉花。现在种地,你必须样样都有一些。我们有两英亩棉花、几头猪、几只鸡,还有刚好够克劳德一个人照看的白脸牛。"

"有一样东西我可不要,"白人女废物一边说,一边用手背擦了擦嘴,"猪。脏兮兮、臭烘烘的东西,呼噜噜,到处乱拱。"

特平太太只把一丁点注意力给了她。"我们的猪不脏也不臭,"她说,"它们比我见过的一些小孩还要干净呢。它们的脚从来都没碰到过泥土。我们有个猪圈——在混凝土地面上饲养它们,"她对那位友善的女士解释道,"每天下午,克劳德都要用橡皮管冲洗它们,还要把地面洗一遍。"比那边的小孩干净多了,她想到,可怜的小邋遢鬼。除了把一只脏手的大拇指放进嘴里,他没动过一下。

那个女人转过脸,不再看着特平太太。"我可不会用什么橡皮管子去冲洗猪。"她对着墙说。

没有猪让你冲洗,特平太太在心里说。

"臭烘烘,到处乱拱,哼哼唧唧的。"那个女人嘀咕道。

"每样东西我们都有一些,"特平太太对那位友善的女士说,"自己外加几个帮手能忙得过来就行了,没必要贪多。我们今年找了足够多的黑鬼来摘棉花,但是克劳德必须去接他们,晚上再把他们送回家。他们连半英里的路都不想走。是啊,他们不想走。我跟你讲,"她说道,并愉快地大笑起来,"我真的讨厌巴结黑鬼,但要想让他们为你工作,你必须爱他们。他们早上来时,我跑出去说:'嗨,你们早上好。'克劳德开车带他们去地里时,我拼命地对他们挥手,他们也对我挥手。"然后,她快速地挥挥手,演示一番。

"就像一直读同一本书。"那位女士说,表明她完全能够理解。

"就像孩子,"特平太太说,"他们从地里回来时,我得提着一桶冰水跑出去迎接。从现在开始,事情就会是这个样子,"她说,"你只好面对现实。"

"有一点我很明白,"白人女废物说,"那就是有两件事我肯定不会去做:爱什么黑鬼,再者就是用什么橡皮管子冲洗猪。"然后,她轻蔑地发出狗叫似的声音。

特平太太和那位友善的女士交换了一个眼色,表明她们都明白,你必须先有某些东西,才能明白某些事情。每次和那位女士交换眼色,她都会意识到,丑姑娘怪异的目光仍停留在她的身上,让她无法立刻回到原来的话题上来。

"有了某样东西,"她说,"你就必须照顾它。"当你一贫如洗,她在心里补充说,你只能每天早上来到镇上,坐在法院的屋顶上吐唾沫。

一片旋转着的怪诞阴影穿过她身后的窗帘,暗淡地投射在对面的墙上,然后是一辆自行车当啷地倒在这栋建筑外墙上的声音。门开了,一个有色人种男孩托着药店的托盘,悄无声息地走进来。托盘里放着两只盖着盖子的红白两色大纸杯。他是个非常黑的高个子男孩,穿着变了色的白色短裤和绿色尼龙衬衫。他悠哉地嚼着口香糖,仿佛正跟着音乐的节奏。在蕨类植物旁边的办公室入口处,他放下盘子,把头伸进去,寻找秘书。秘书不在那里。他把手臂搁在窗台上,等着。他那窄窄的屁股撅起来,慢悠悠地左右摇摆。他抬起一只手搔了搔后脑勺。

"孩子,看见那个按钮了吗?"特平太太说,"你按一下,她就出来了。她可能在后面的什么地方。"

"是吗？"男孩应承道，仿佛以前从没看到过那个按钮。他向右边凑过去，把手指放在按钮上。"有时候她会出去。"他说。然后他扭过身，面对着他的观众，两只胳膊肘搁在身后的柜台上。护士出现了，他又转过去。护士递了一美元给他，他在口袋里摸了摸，掏出找头，数给她。护士给了他十五美分的小费，然后他拿着空托盘走了。沉重的门慢慢摆动，在一阵抽吸声中关上。一时间，没有人说话。

"他们应该把所有黑鬼都送回非洲去，"那个白人女废物说，"一开始，他们就是从那里来的。"

"哦，我离不开我的那些优秀的有色人种朋友。"那位友善的女士说。

"有一大票东西比黑鬼还糟糕，"特平太太附和道，"我们的人各种各样的都有，他们也是什么样的人都有。"

"是的，世界就是靠各种各样的人运转的。"那位女士用她音乐般的声音说。

她说这句话时，那个面容粗糙的姑娘咬紧牙关。她的下嘴唇朝下翻着，露出淡粉色的口腔内部。过了一会儿，她的下唇又卷上去。这是特平太太见过的最丑陋的一张鬼脸，她立刻认定，这个姑娘是对着她做鬼脸的。丑姑娘看着特平太太，仿佛早已认识她，而且这辈子从来就没喜欢过她——不只是姑娘的一辈子，似乎也是特平太太的一辈子。为什么啊姑娘，我都不认识你，特平太太在心里默默地说。

她强迫自己回到讨论上。"把他们送回非洲去不实际，"她说，"他们不想回去。他们在这里过得太好了。"

"我如果有权力，不会让他们想怎么样就怎么样。"那个女废物说。

"你根本没有办法把所有黑鬼都送回到那儿去，"特平太太说，"他们会躲起来，躺下来，在你的身上呕吐，号啕大哭，大呼小叫，前俯后仰。根本没有办法把他们送回那儿去。"

"他们到这里来了，"那个女废物说，"怎么来的就怎么回去。"

"当时没有这么多。"特平太太解释道。

那个女人看着特平太太，仿佛她是个十足的白痴。考虑到这种目光出自何人，特平太太并未动怒。

"不——对，"她说，"他们赖在这里不走，是因为他们可以去纽约和白人通婚，改良他们的颜色。他们都想这么做，每一个人都想改良他们的颜色。"

"你知道这会导致什么结果吗?"克劳德问。

"不知道,克劳德,什么结果?"特平太太说。

克劳德的眼睛闪闪发亮。"白脸黑鬼。"他不动声色地说。

除了白人废物和丑姑娘,候诊室里的所有人都笑了。丑姑娘白色的手指紧紧地抓着大腿上的书。女废物环顾四周,从一张脸看到另一张脸,仿佛他们全都是白痴。穿着鸡饲料袋花纹衣服的那个老女人仍然面无表情地盯着她对面那个男人的高帮鞋,他就是在特平夫妇进来时假装睡着了的那个人。他由衷地笑着,双手依然五指分开,放在两只膝盖上。小孩倒向一边,现在几乎是脸朝下伏在老女人的大腿上。

他们从笑声中恢复过来时,用鼻音合唱的歌曲从收音机里飘出来,在候诊室里回荡。

> 你走向虚无,虚无
> 而我走向我的虚无
> 但我们始终虚无
> ——起——

始终虚无
我们互帮互助
微笑着,在任何一种
天——气里!

特平太太没有听清每个词,但她听清的内容足以让她赞同这首歌的精神,这首歌使她的思想变得沉静。帮助有需要的人摆脱困难是她的生活哲学。当发现有人需要帮助,不管他是白是黑、是废物还是体面人,特平太太从不会置身事外。在所有她必须对之感恩的事物里,她最想感谢的是,自己确实做到了这一点。如果耶稣说:"你可以成为上流人士,想要多少钱就有多少钱,可以纤瘦苗条,但有了这些,你就不能做个好女人。"她肯定会说:"哦,那不要把我造成那样的人。把我造成一个好女人吧,多肥多丑多穷都没关系!"她紧张地等着。他没有把她造成黑鬼或白人废物或丑八怪!他把她造成了她自己,把每样东西都给了她一些。耶稣,谢谢您!她说,谢谢您谢谢您谢谢您!每次感谢神恩,她都觉得轻飘飘的,仿佛只有一百二十五磅重,而不是一百八十磅。

"你的小男孩怎么了？"友善的女士问白人女废物。

"他长了个疮，"那个女人骄傲地说，"自打生下来，他就一刻也不让我安生。他和她一模一样。"她说着，对那个老女人点点头。老女人皮革一般的手指正在小男孩浅色的头发里穿梭。"除了可口可乐和糖果，我没办法把其他任何东西塞进他们的肚子里。"

你想往他们肚子里塞的就是这两样东西吧，特平太太在心里想到，懒到不想做饭。关于他们这种人，她可是什么都知道。问题不只在于他们一无所有，因为如果你把每样东西都给他们，不出两个星期，所有东西要么坏了，要么脏了，要么被他们劈了当柴。她有过亲身经历。是得帮他们，但你帮不上啊。

突然，丑姑娘又把双唇往外翻。她的目光就像两台钻孔机，盯着特平太太。这一次不会错了：那双眼睛的后面有种急切的东西。

姑娘，特平太太在心里默默地呼喊道，我没对你做过什么呀！这个姑娘可能是把她错当成别人了。不能干坐着，任由自己受到威胁。"你肯定是在上大学，"她勇敢地说，直视那位姑娘，"我看见你在读书。"

那位姑娘仍然盯着她看,明显不打算回答她。

母亲因为女儿这种无礼的态度脸红了。"玛丽·格雷丝,这位女士问你话呢。"她低声说。

"我有耳朵。"玛丽·格雷丝说。

可怜的母亲脸红得更加厉害。"玛丽·格雷丝念的是韦尔斯利学院。"她替女儿说道。她旋着衣服上的一粒纽扣。"在马萨诸塞州,"她尴尬地补充道,"暑假里她还继续学习。时刻都在看书,真是个书呆子。她在韦尔斯利的表现非常好。她学英语、数学、历史、心理学和社会研究,"她喋喋不休地说,"我觉得她学的东西太多了。我觉得她应该出去玩玩。"

那个姑娘看起来仿佛想把母亲和特平太太从平板玻璃窗扔出去。

"在北方。"特平太太低声说。她想到,北方没教给她多少礼貌。

"这么说吧,我宁愿他生病,"白人女废物说,想把注意力的焦点夺回来,"他不生病时真是讨厌死了。有些小孩可能天生就讨人厌。有些生病时会变坏,他相反,生病时反倒变好了。他现在不给我找麻烦了。要等着看医生的是我。"

她说。

女人，如果我要把什么人送回非洲去，特平太太想到，那就是你这种人。"是啊，一点没错，"特平太太大声说，却看着天花板，"有一大票东西比黑鬼还糟糕。"而且比猪还要脏，她在心里补充道。

"我觉得，性格不好的人比这个世界上的其他任何一种人都值得同情。"友善的女士用果断而又尖细的声音说。

"我感谢主赐给我好性格，"特平太太说，"我每天都能发现自己对某样东西开怀大笑。"

"但这是从她嫁给我之后。"克劳德说，一副滑稽又一本正经的表情。

除了那个姑娘和那个白人女废物，其他人都哈哈大笑。

特平太太的肚子摇颤着。"他是个开心果，"她说，"总是能把我给逗笑。"

那个姑娘的牙齿间发出一种响亮而难听的声音。

她母亲的嘴抿得越来越薄、越来越紧。"我觉得这个世界上最糟糕的人是，"她说，"不懂得感激的人。什么都有，却不懂得感恩。我认识一个女孩，"她说，"她的父母把一切都给了她，她还有个很爱她的弟弟，她正接受良好的教育，她穿最好的衣服，但她从来没对别人说过一句好话，从来不笑，整天只会批评和抱怨。"

"是不是已经大了，不能打了？"克劳德问。

女孩的脸几乎成了紫色。

"是的，"那位女士说，"恐怕没有法子可想，只能任由她傻下去。她有一天会醒悟过来，但到时候就晚了。"

"笑从来不会给任何人带来伤害，"特平太太说，"只会让你觉得浑身更舒服。"

"当然，"那位女士悲伤地说，"但有些人就是不可理喻。他们不接受别人的批评。"

"如果说我有什么优点，"特平太太饱含深情地说，"那就是懂得感恩。想到我如果不是现在这副模样，而是变成了别的什么人，想到除了好性格，我还每样东西都有一些，我就想大叫：'耶稣，谢谢您让一切变成了现在这个样子！'有可能是另一个样子的！"比如说，别的女人原本有可能得到克劳德。一想到这件事，她就澎湃起感激之情，一股激烈的快乐流过全身。"噢，谢谢您，耶稣，耶稣，谢谢您！"她大声叫喊道。

那本书正好砸在她左眼上方。几乎就在她意识到那个姑娘要扔那本书时,书砸中了她。在她发出声音之前,那张粗糙的脸已号叫着飞跃过桌子,朝她而来。女孩钳子一样的手指嵌进她脖子上的软肉里。她听见那位母亲喊出声来,还听见克劳德"哇"地尖叫一声。有那么一刹那,她觉得自己遭遇了地震。

突然,她的视野变得狭窄。她看得到一切,但事情仿佛是在远处的一个小房间里发生着,仿佛她正透过望远镜错误的一头观看着。克劳德的脸皱缩起来,继而跌出她的视野。护士跑进来,跑出去,接着又跑进来。继而,医生瘦长的身影从诊室冲出来。桌子倾倒时,杂志朝四处飞去。姑娘砰的一声倒地,特平太太的视野又完全不同了,她看见的一切又都是大的,而不是小的了。白人女废物瞪大了眼睛看着地面。那个姑娘躺在地上,护士按着她身体的一边,她的母亲按着另一边,她扭来转去,她们紧紧地按着她。医生骑跪在她的身上,试图把她的一条胳膊按下去。须臾,医生成功地把一根长长的针头插进那条胳膊里。

特平太太觉得体内空荡荡的,只剩一颗心脏荡来荡去,仿佛是在一面中空的巨大肉鼓里摇摆着。

"不忙的人打电话叫救护车。"那位医生漫不经心地说,那是年轻医生面对可怕场面时会使用的口气。

特平太太连一根手指都动不了。一直坐在她身边的那位老人敏捷地跳进办公室,打了电话,因为秘书似乎还没回来。

"克劳德!"特平太太喊道。

他不在他的椅子上。特平太太知道自己必须跳起来找到克劳德,但她觉得自己仿佛是在梦里追赶火车。当一切都以慢动作移动时,你越想跑得快,行进得就越慢。

"我在这儿呢。"一个闷声闷气、很像是克劳德的声音说。

他坐在房间的角落里,脸白如纸,抓着自己的一条腿,上身前倾,整个身躯像是被对折了一般。特平太太想站起来到他那边去,但动不了。她的目光被慢慢吸引到地面上的那张扭曲的脸上。她的目光可以越过医生的肩膀,看到那张脸。

那个姑娘的双眼不再转动,目光定在特平太太身上。那双蓝眼睛的颜色似乎比先前淡薄了许多,仿佛在它们后面,原本被紧紧关上的一道门如今打开了,吸纳了光线和空气。

特平太太头脑清醒了,也能动了。她探身向前,直视那双狂野而又明亮的眼睛。她心里明白,这个姑娘确实认识她,而且是以某种激烈而又隐秘的方式,超越了时间、地点和条件。"你想对我说什么?"她声音嘶哑地问,继而屏住呼吸,仿佛在等待启示。

女孩抬起头,直直地和特平太太对视着。"回到你来的地狱里去吧,你这头老疣猪[1]。"她低声说。她的声音低微但清晰。她的眼睛明亮了一阵,仿佛她对自己的口信已击中目标感到很高兴。

特平太太倒在椅子里。

过了一会儿,姑娘闭上眼睛,接着疲惫地把头转向一侧。

医生站起来,将空注射器交给护士。他倾下身,用双手拍了拍那位母亲颤抖的双肩。她坐在地上,玛丽·格雷丝的一只手在她的大腿上,被她紧紧地握着。她的双唇抿在一起。女孩像婴儿般用手指紧紧攥着她的拇指。"去医院吧,"医生说,"我来打电话安排。"

"现在,我们来看看她的脖子。"他用一种快活的语气对

---

[1] 生长于非洲,头大,有獠牙。

特平太太说。他用拇指和食指检查起特平太太的脖子来。她的气管上有两道不长的纹路，宛如粉红色的鱼刺，又像弯月。她的眼睛上方鼓起一个红疙瘩。医生也用手指检查了那里。

"别管我，"她声音沙哑地说，摆脱开医生，"去看看克劳德。她踢了克劳德。"

"我待会儿就去看他，"医生说道，感受着特平太太的脉搏。医生是个瘦削的灰发男子，喜欢开玩笑。"回家去吧，把今天余下来的时间当假期过。"他说，随后拍了拍特平太太的肩膀。

不要拍我，特平太太在心里咆哮道。

"还有，在那只眼睛上面放一袋冰。"他说。然后他走过去，蹲在克劳德身旁，瞧着克劳德的腿。过了一会儿，医生把克劳德拉起来。克劳德跟在医生的后面，一瘸一拐地走进诊室。

救护车到来之前，房间里唯一的声音就是女孩母亲瑟瑟发抖的呻吟声。她仍坐在地上。白人女废物的目光一直在女孩的身上。特平太太茫然地直视前方。救护车到了，一道长长的黑色阴影出现在窗帘后面。救护人员走进来，把担架放在女孩的旁边，熟练地将她搬上担架，抬了出去。护士帮着那位母亲收拾起她的东西。救护车的阴影无声地离去，护士往诊室走去。

"那个姑娘是不是要变成疯子了啊？"白人女废物问护士，但护士继续往回走，根本没回答她。

"是的，她要变成疯子了。"白人女废物对其他人说。

"可怜的娃娃。"老女人喃喃道。小孩的脸仍趴在她的大腿上，那双眼睛漫不经心地从她的膝盖上望出来。在骚乱中，除了把一条腿收到身体下面，他没动过一下。

"感谢老天爷，"白人女废物热情洋溢地说，"我不是个疯子。"

克劳德一瘸一拐地走出来，接着特平夫妇就回家了。

小卡车拐上他们自己的土路，到达小山顶上时，特平太太抓住窗框，犹疑地看着外面。土地优雅地倾斜下去，穿过薰衣草点缀其上的一块田。在斜坡的底端，他们的黄色小木屋拘谨地蹲坐在两棵粗壮的山核桃树之间的老位置上；花坛从小屋的四周伸展出来，就像一件精致的围裙。就算在两座熏黑的烟囱间看到一处灼烧过的痕迹，她也不会大惊小怪。

他们俩都不想吃东西，于是换上家常衣服，放下卧室里的遮帘，躺下来。克劳德的一条腿搭在一只枕头上，特平太太把一条湿毛巾盖在左眼上。她刚仰躺下来，一头疣猪的形象就哼哼着走进她的脑海：背脊瘦削，脸上长着赘肉，两只角从双耳后面钻出来。她呻吟起来，低微而轻柔的呻吟声。

"我不是，"她泪汪汪地说，"疣猪。也不是从地狱来的。"但这样的否认没有任何力道。女孩的目光和话语，就连那种低微但清晰的声调，都是只针对她的，不容半点抵赖。她被挑出来接受那句口信，尽管候诊室里的那个女废物更需要它。这一事实的全部力量直到现在才击中她。那里有个不管自己小孩的女人，但被忽视了。那句口信被传递给了鲁比·特平，一个可敬的上教堂的勤劳女人。泪干了。她的眼睛里逐渐充满愤怒。

她用一只胳膊肘撑起身体，毛巾落在她的手上。克劳德仰躺着，打着鼾。她想告诉克劳德那个女孩说了什么。然而，她不想让克劳德把她想象成一头来自地狱的疣猪。

"喂，克劳德。"她嘟囔道，推了推克劳德的肩膀。

克劳德睁开一只浅蓝色的眼睛。

她倦怠地看着那只眼睛。克劳德什么事也不想。他就是我行我素。

"啊，啥事？"他说道，闭上那只眼睛。

"没事，"她说，"你的腿疼吗？"

"疼死了。"克劳德说。

"过会儿就不疼了。"她说，然后仰面躺下来。片刻后，克劳德的鼾声再度响起。在下午余下来的时间里，他们一直躺在床上。克劳德睡觉，她怒视着天花板。时不时地，她举起一只拳头，轻微地敲敲胸口，仿佛正对着一群看不见的访客辩白自己的无辜，他们就像安慰约伯[1]的那些人，看起来通情达理，其实都是不义之人。

五点半左右，克劳德醒了。"要去接那些黑鬼了。"他叹息道，但没动弹。

她直直地仰视着，仿佛天花板上有难以辨清的文字。她左眼上面的疙瘩已经变成蓝绿色。"听我说。"她说。

"什么事？"

"吻我。"

克劳德凑过去，响亮地吻了她的嘴一下。克劳德又捏了捏她身体的一侧，然后他们的手握在一起。她那骇人的聚

---

1 上帝的仆人，以虔诚和忍耐著称，魔鬼曾考验过他。见《约伯记》。

精会神的表情并未改变。克劳德哼哼唧唧、大喊大叫地爬起来，然后一瘸一拐地走出去。她继续凝视着天花板。

直到听到克劳德开着小卡车载着黑鬼回来了，她才起床。她站起来，费力地穿上牛津鞋[1]。她懒得系鞋带，直接迈着沉重的步伐走到后门廊去拿那只红色塑料桶。她往桶里倒了一托盘冰块，又加了半桶水，然后走进后院。每天下午，克劳德把帮手接过来，接着一个男孩帮他把干草堆起来，其余的人在卡车车斗里等着他们干完活，接着克劳德送他们回家。卡车停在一棵山核桃树下的树荫里。

特平太太提着桶、拿着勺子来到卡车前。"嗨，你们晚上好。"她冷冰冰地说。卡车里坐着三个女人和一个男孩。

"俺们干得挺好，"最老的那个女人说，"哎呀，您这是怎么弄的？"她顿时就盯住特平太太前额上的那个肿块。"您跌了一跤？"她关切地说。老女人黑黑的，牙齿快掉光了。克劳德的一项旧毡帽戴在她的后脑勺上。另外两个女人年轻一些，肤色也浅一些，她们都有崭新的亮绿色太阳帽。其中一个的帽子戴在头上；另外一个把自己的拿下来给男孩戴，

---

[1] 一种有鞋带的皮鞋。

那个男孩正在帽子下面咧着嘴笑。

特平太太把桶放在车斗里。"你们随便喝呀。"她说。她环顾四周，确定克劳德已经走了。"不是，我没跌跤，"她说着，交叠起双臂，"但比跌跤还糟糕。"

"您才不会发生什么不好的事情呢！"老女人说。她说得好像她们都知道特平太太受天命的特殊保护似的。"您就是跌了一小跤。"

"特平先生被母牛踢到了，所以我们去了镇上的诊所，"特平太太以平淡的语气说，以示她们不用再冒傻气了，"那里有个姑娘。一个大胖妞，脸上全是疙瘩。我一看到她就知道她不正常，但说不出她哪里不正常。我和她妈妈闲聊，相处得很好。突然，砰！她用自己正读的那本书砸中了我，接着……"

"不会吧！"老女人尖叫道。

"然后她跳过桌子，来掐我的脖子。"

"不会吧！"她们全都惊叫起来，"不会吧！"

"她为什么要这么做啊？"老女人问，"她怎么了？"

特平太太只是怒视着前方。

"肯定有什么事情惹恼她了。"老女人说。

"她被一辆救护车给拉走了,"特平太太继续说道,"但在被拉走之前,她在地上打滚,他们把她按住,给她打了一针。她还对我说了一句话,"她顿了顿,"你们知道她对我说什么了吗?"

"她说什么了?"她们问。

"她说……"特平太太欲言又止,面容阴沉凝重。太阳越来越苍白,把头顶上的天空也映白了,在这片天空的映衬下,山核桃树的叶子显得黑漆漆的。她说不出那几个字。"一句非常难听的话。"她嘟囔道。

"她实在不应该对您说难听的话,"老女人说,"您是个善人。您是我见过的最有善心的女士。"

"她也漂亮。"戴着帽子的那个说。

"也富态啊,"另外一个说,"我还没见过比她更有善心的白人女士呢。"

"耶稣作证,句句都是实话,"老女人说,"阿门!您真的是善良得不能再善良、漂亮得不能再漂亮了。"

特平太太十分清楚黑鬼的恭维值几个钱,这样的恭维话只会让她更愤怒。"她说,"特平太太再度开口,这一次,在一阵粗重的喘息声中,她把话说完了,"我是头从地狱里来的疣猪。"

她们愕然得说不出话来。

"她在哪里？"最年轻的那个女人用尖厉的声音叫喊道。

"我要去杀了她！"

"我和你一起去杀了她！"另外那个嚷道。

"她肯定是从疯人院里跑出来的，"老女人断然道，"您是我认识的最有善心的白人女士。"

"她也漂亮，"另外两个说，"富态得不能再富态了，也有善心。耶稣对她很满意！"

"一点没错。"老女人表示赞同。

一群白痴！特平太太在心里咆哮道。你根本没办法和黑鬼理智地说句话。你可以对他们讲话，却没办法与他们交谈。"你们喝水呀，"她不耐烦地说，"喝完后把桶放在卡车里。我还有很多事情要做，不能站在这里，浪费一天的时间。"然后，她就走回屋里。

她在厨房的中央站了一会儿。她左眼上那个深色的疙瘩就像一片微型的漏斗云，仿佛随时都有可能从她的额头席卷而过。她的下唇突出来，带着危险的意味。她端正厚实的肩膀，走进前院，走出边门，踏上通往猪圈的那条小路。她摆出一副赤手空拳、孤身投入战斗的姿态。

深黄色的太阳，宛如秋分前后的月亮，在远处的树木线上方急速西驰，仿佛打算先她一步到达猪群那里。路上车辙遍布，大步前行时，她踢开几块体积颇大的挡路石。猪圈坐落在一方小小的土丘上，土丘和牲口棚之间有一条小路相连。猪圈是小房间一般大的一块混凝土方地，四英尺来高的木栅栏环绕于四周。混凝土地面微微倾斜，以便冲洗猪群的脏水流进沟渠内，再流进田里当作肥料。克劳德站在混凝土地面的边缘，倚在木栅栏上，用橡皮管冲洗猪圈的地面。橡皮管连在近处一个水槽的龙头上。

特平太太爬到土丘上，来到克劳德的身边，朝下怒视着里面的猪群。七只长着鬃毛的长嘴猪崽——黑底，肝色斑点——和一头在几周前诞下这窝猪崽的老母猪。老母猪侧躺在地，打着呼噜。那群猪崽就像傻孩子似的跑来跑去，抖动身体，窄缝般的小猪眼在地面上搜寻着，寻找一切还没被水冲走的东西。她以前曾在书上读到过，猪是最聪明的动物。她对此表示怀疑。有人说它们比狗聪明，甚至出现过一头航天猪。它圆满地完成任务，但后来死于心脏病，因为在检查它的过程中，他们让它穿着带电服，笔直地坐着，可一头猪天生就该四脚着地。

呼噜噜，四处乱拱，哼哼唧唧。

"把管子给我，"说着，她猛地从克劳德的手里拽过橡皮管，"走吧，把那些黑鬼送回家去，然后锯掉那条腿。"

"你看起来就像条疯狗。"克劳德说道。但他还是走下斜坡，一瘸一拐地走远了。他没注意到妻子情绪不好。

特平太太站在围栏旁边，握着橡皮管，看见哪只猪崽好像想要躺下来，她就把水流对准它的屁股。克劳德快要翻过小土丘时，特平太太轻轻地转过头，愤怒的眼睛扫视着小路。她看不见克劳德了。她又转过身，似乎打算振奋起精神。她耸耸肩膀，深吸一口气。

"你为什么要对我说那样的话？"她以凶狠但低微的声音说，勉强比耳语响一些，却饱含愤怒，具备叫喊的力量。"我怎么可能既是猪又是现在这样？我怎么可能既被拯救了又来自地狱？"她的一只手握得紧紧的，另一只手攥住橡皮管，冲刷着老母猪一只眼睛的里里外外。她没意识到自己在干什么，也没听到老母猪愤怒的尖叫声。

从猪圈这里可以俯视后面的牧场，他们的二十头肉牛聚集在克劳德和那个男孩堆起来的干草堆的四周。新近割过草的牧场朝公路倾斜而去。公路另一边是他们的棉花田，棉花田的后面是也归他们所有的一片灰扑扑的墨绿色树林。红彤彤的太阳挂在树林的后面，俯视着树林的围栏，就像个在查看自家猪群的农民。

"为什么是我？"她低声说，"这一带的废物，不管白的黑的，哪一个我没接济过？每天工作，腰都要累断了。还为教堂做事。"

她的身形似乎正适合指挥她面前的竞技场。"我怎么会是一头猪？"她质问道，"我哪一点像它们？"她将水流滋向那群猪崽。"那里有那么多白人废物，为什么选中我？"

"您要是更喜欢废物，可以给自己多造几个，"她抱怨道，"您本可以把我造成废物，或者一个黑鬼。您喜欢的如果是废物，您为什么不把我造成废物？"她挥动那只握着橡皮管的拳头，一条水蛇在空中一闪而逝。"我可以不工作，清清闲闲，脏兮兮的，"她咆哮道，"整天在人行道上闲逛，喝根汁汽水，嗅鼻烟，对每一个水塘吐唾沫，还可以把鼻烟涂得满脸都是。我可以污秽不堪。"

"您本来还可以把我造成一个黑鬼。现在我要当黑鬼已经来不及了，"她极尽讽刺地说，"但我可以表现得像黑鬼。

躺在路中间，阻断交通，或者在地上打滚。"

在渐渐昏暗的光线里，一切都蒙上一层神秘的色彩。牧场正在变成一种怪异而透明的绿色，条纹一样的公路变成淡紫色。她绷紧身体，准备做最后一次攻击。这一次，她的声音颤抖着发出来，飘荡在牧场上空。"来啊，"她呼喊道，"叫我猪！再叫我猪！叫我从地狱来的。叫我从地狱来的疣猪。颠倒是非吧，但是非之分永远存在！"

她听到一阵模糊不清的回音。

最后一股突然迸发的怒火让她瑟瑟发抖，她吼叫道："你以为你是谁？"

一切事物——包括田地和暗红色的天空——的颜色，在一阵突然而现的透明光亮中燃烧了片刻。这句话飘过牧场，穿过公路和棉花田，又清晰地回到她身边，就像来自树林那一边的一个答案。

她张开嘴，但没发出声音。

一辆小卡车——克劳德的那辆——出现在公路上，正快速驶出她的视野。卡车的排挡发出轻微的刮擦声。卡车看起来就像孩子的玩具。一辆比它大的卡车随时都有可能撞碎它，将克劳德和那些黑鬼的脑浆洒在路上。

特平太太站在那里，凝视的目光停留在公路上，全身的肌肉都硬邦邦的。五六分钟后，卡车再度出现，往回行驶。她看着卡车拐上他们自己的土路。然后，她如同一座复活的纪念碑，缓缓地低下头，目光像是穿过了奥秘的正中心，向下凝视着猪圈里的猪群。猪崽全都安静地趴在墙角，环绕在轻声打着呼噜的老母猪四周。红色的光辉布满它们的全身。它们喘息着，仿佛具备一种神秘的生命气息。

特平太太好像在吸收一种深不可测却焕发出生命力的知识，一直站在那里注视着猪群，直到太阳终于沉到树木线的后面。最后，她抬起头。天空只有一道穿过了一片暗红色区域的紫色条纹，条纹就像公路的延伸部分，通向正在降临的黄昏。她站在围栏的旁边，举起双手，像个僧侣似的做出一种玄奥难懂的姿势。一道梦幻般的光线落进她的眼睛里。她看见那道条纹变成一座宽阔的摇摆着的桥梁，桥梁从地下向上延伸，穿过一片燃烧着的火。桥上，浩瀚的灵魂正喧喧嚷嚷地朝天堂行进。一列列白人废物平生头一次变得干净了；一排排黑鬼穿着白色的长袍；一队队怪胎和疯子叫喊、拍手，像青蛙那样蹦跳着。她立即就认出在队列尾部殿后的一伙人，因为那些人就像她和克劳德，正确运用了上帝赋予的智慧，总是样样东西都有一些。为了更清楚地看着他们，她向前探出身体。他们端庄而又高贵地行走在其他人的后面，他们有责任表明自己一向井然有序，具备常识，行为可敬。只有他们才是重要人物。从他们那震惊和变形的脸上，她能够看到，就连他们的美德也正在消逝。她放下双手，抓住猪栏的横木，那双小眼一眨不眨地看着前方的东西。片刻后，那幅景象消散，但她仍站在原地，无法移动。

最后，她走下斜坡，关掉龙头，踏上那条正在变暗的小路，缓慢地朝房子走去。她走到树林里时，蟋蟀们已经开始歌唱，但她听到的是灵魂向上朝星辰所在之地行进、高呼"哈利路亚"[1]的声音。

---

[1] 哈利路亚的中文意思为"赞美耶和华"。

帕克的背

帕克的妻子坐在前门廊下噼噼啪啪地剥着豆荚。帕克坐在稍远处的台阶上，闷闷不乐地看着她。她太普通了，太普通了。她脸上的皮肤又薄又紧，就像洋葱皮。灰色的眼睛非常锐利，宛如冰锥的尖端。帕克知道自己当初为什么会娶她——他无法通过其他途径把她弄到手——但他不明白自己为什么现在还和她待在一起。她怀孕了，他不喜欢怀孕的女人。尽管如此，他还待在这里，仿佛被她用魔法镇在了这里。他困惑，并且感到羞耻。

他们租来的这栋房子孤零零地坐落在俯瞰一条公路的高高路堤上，只有一棵孤零零的山核桃树与它为伴。汽车不时从下面疾驰而过，听到汽车的声音，他妻子会犹疑地转动眼珠，但目光随后又转移到大腿上堆满豆荚的报纸上。汽车是她讨厌的东西之一。除了指摘别人这一坏品质,她还没完没了地寻找罪恶。她不抽烟也不吸鼻烟,不喝威士忌,不说脏话,不搽脸。但上帝知道,化妆品能改进脸部状况,帕克想到。她嫁给他以后,对颜色的讨厌比以前更厉害了。有时候,帕克觉得,她当初会嫁给他,是因为打算拯救他。在其他时候,他又怀疑妻子其实喜欢她口称不喜欢的一切东西。他可以从各种角度解释妻子的行为;他不能理解的是他自己。

她转头面向他,说:"你可以为男人工作嘛。不一定非得是女人。"

"啊,闭上你的嘴,别老这样。"帕克嘀咕道。

他如果能够肯定她是在嫉妒他为之工作的那个女人,他会很高兴,更有可能的是,她是忧心他和那个女人可能会互相喜欢,进而导致犯罪。他对她说,那个女人是个年轻的大块头金发女郎;实际上她快七十岁了,太过年迈干瘪,除了尽可能让他多干活,对任何事情都不感兴趣。并不是说所有老女人永远都不会对年轻男人产生兴趣,特别是如果这个男人像帕克这样有魅力(他自以为),但这个老女人看他的目光和看她的旧拖拉机的目光是一样的——她必须忍受它,因为它是她仅有的东西。帕克才开了那台拖拉机两天,它就坏了,于是她立刻派他去割草。她撇着嘴对那个黑鬼说:"什么东西一到他手里就坏了。"她还要求他工作时穿着衬衫;早在天气还不热时,帕克就不穿它了;他不情愿地又穿上衬衫。

帕克娶的这个丑女人是他的第一个老婆。他有过其他女人,曾打算永远不让自己受法律的束缚。他第一次见到她是在他的卡车坏在公路上的那个早晨。他好不容易才把卡车推下路,推进一个精心打扫过的院子。一栋外墙剥落的二居室小屋坐落在院子里。他下车打开卡车的引擎盖,开始研究起发动机来。第六感告诉帕克,有个女人正在注视他。在发动机上趴了几分钟后,他的脖子开始刺痛。他扫了一眼空荡荡的院子和房屋的门廊。一个他看不见的女人要么是在近处的那丛忍冬后面,要么就在房子的窗户后面,注视着他。

帕克突然开始跳上跳下,一边甩动着一只手,那只手好像被机器轧到了。他弓下腰,把那只手抬至胸前。"真该死!"他吼叫道,"地狱里的耶稣基督啊!真他妈该死!真他妈太他妈该死了!"他继续说道,用自己最响亮的声音翻来覆去地骂着这几句脏话。

毫无先兆的，一只可怕的粗糙的爪子猛击在他的一边脸上，他向后跌在卡车的引擎盖上。"不许你在这里说脏话！"一个离他很近的声音尖叫道。

一时间，帕克看不清任何东西，他以为攻击自己的是一种从天而降的生物，一个挥舞着一件年代久远之武器的巨型鹰眼天使。视线变得清晰后，他看见自己面前站着一个手握扫帚、瘦骨嶙峋的高个儿姑娘。

"我的手受伤了，"他说，"我的手受伤了。"他太愤怒了，忘记自己的手并未受伤。"我的手可能断了。"他咆哮道，不过声音依然颤抖。

"让我瞧瞧。"姑娘要求道。

帕克伸出手，姑娘走近一些，看着那只手。手心里没有什么伤痕，于是姑娘抓住那只手，把它翻过来。姑娘的手干燥、滚烫且粗糙，在她的触摸下，帕克觉得自己清醒过来了。他仔细看了看姑娘。我不想和这个女人有任何关系，他自忖道。

姑娘锐利的眼睛凝视着她握着的这只短粗而微红的手的手背。手背上是红蓝两色的刺青：一只鹰端坐在一尊大炮上。帕克把衣袖卷到了肘部，在鹰的上面，一条大蛇盘绕在盾牌上,在鹰和大蛇之间的空隙处是几颗心,其中有些被箭射穿了。大蛇的上面是一手摊开的牌。从手腕到肘部,每一寸皮肤上都覆盖着花哨的图案。姑娘盯着这些刺青,面带震惊的微笑,几乎呆住了,仿佛她不小心抓住了一条毒蛇;她放开那只手,任由它掉下去。

"其他部位的大部分都是在外国刺的,"帕克说,"这里的大部分都是在美国弄的。文第一块刺青时,我才十五岁。"

"不要对我说这些,"姑娘说,"我不喜欢。我不喜欢刺青。"

"你应该看看你现在看不到的那些。"帕克说,眨了眨眼。

两圈苹果似的红晕出现在姑娘的脸颊上,使得她的容貌变得好看了些。帕克对她产生了兴趣。他原本没想过她不喜欢刺青。他从没遇见过不会被刺青吸引的女人。

十四岁时,帕克在集市上看见一个从头到脚都刺了花纹的男人。在位于远处的帕克看来——他站在帐篷后部的一条长凳上——除了束在腰间的一块豹皮,那个男人的皮肤似乎是一片完整的、色彩鲜艳的精致图案。那个矮小但健壮的男人在舞台上走来走去,屈伸着肌肉,皮肤上阿拉伯风格的人、兽和花卉随之自行灵活地动起来。帕克心潮澎湃，旗帜从他面前经过时，他和有些人一样，也踮起脚。他是个习惯于把嘴张着的男孩。他迟钝但认真，就像一块面包一样普通。表演结束后，他仍站在长凳上，注视着那个文身男人站过的地方，直到帐篷里快要空无一物。

帕克以前从来都不知道什么叫惊奇。在遇见集市上的那个男人之前，他从没觉得自己的存在有什么不寻常。就在见到那个人时，他也没这样想，但一种怪异的不安已扎根于他的心里。他就像个盲人男孩被轻轻地推向一个新的方向，还不知道自己的目的地已经改变。

过了一段时间，他文了第一块刺青——那只端坐在大炮上的鹰。是本地的一位画家刺的，轻微的疼痛恰好让帕克觉得这样做值得。这样的想法很怪异，因为他以前认为，只有不会让他痛苦的事情才值得做。第二年，他退学了，因为他十六岁了，可以不用再读书。他在职业学校待了一段时间，然后离开职校，在一家汽车修理厂干了六个月。他工作的唯一目的就是挣钱文更多的刺青。他的母亲在洗衣店工作，可以赞助他，但除了她的被文在一颗心上的名字，她不愿为其他任何刺青付钱。他虽然不愿意，但还是把母亲的名字刺在身上。她的名字叫贝蒂·琼,谁也不知道这是他母亲的名字。他发现,刺青对他喜欢但以前从不会喜欢他的那种女孩有吸引力。他开始喝啤酒,参与斗殴。母亲为他变成这样而哭泣。一天晚上,母亲没告诉他他们要去哪里,拖着他去信仰复兴布道会。看见灯火辉煌的大教堂,他挣脱母亲的手跑了。第二天,他谎报年龄,加入了海军。

紧身水兵裤对帕克而言小了些,但傻里傻气的白色帽子低低地扣在他的前额上,在帽子的映衬下,他的脸显得富有思想,几近感情热烈。他在海军待了一两个月后,嘴也不再老张着了。他的五官变得坚毅,像男人的了。他当了五年海军,似乎已成为那艘灰色机械船与生俱来的一部分,只是他的那双眼睛,依然和海洋一样,是石板的那种灰白色,反映出他周围的巨大空间,仿佛是神秘大海的缩影。帕克在港口漫步,比较他身处其中的那些破败地方与亚拉巴马[1]州伯明翰之间的不同。每到一个地方,他都要文一些新的刺青。

他不想再文锚和交叉的步枪这类无生命的东西。他的两边肩膀上分别是老虎和黑豹,胸口有一条盘绕着火炬的眼镜

---

[1] 美国东南部的一个联邦州,州府是蒙哥马利。

蛇，大腿上是鹰，肚子上和肝脏所在位置分别是伊丽莎白二世[1]和菲利普亲王。他不在乎文的事物是什么，只要色彩艳丽就行；在下腹部，他文了些下流话，因为在那个部位文这些话似乎最合适。帕克对每一块刺青感到满意的时间大约为一个月，过后，刺青里吸引他的东西就渐渐消失。只要有可用的大小合适的镜子，他总要站到镜子前面，审视自己的整体面貌。结果，他身上的刺青并不是一片色彩斑斓、错综复杂的阿拉伯图案，而是一件拼拼凑凑、杂乱无章的东西。他感到一阵巨大的失望，于是离开镜子，去找另一位刺青师傅，再把一块皮肤填满。帕克身体的正面几乎被刺青完全覆盖，但他的背上没有刺青。他不想在自己不能轻易看到的地方刺青。他身体正面能用于刺青的空地方越来越少，他的不满越来越强烈，但他又说不清自己对什么不满。

在某次休假结束后，他并未归队，而是待在外面，而且没请假。他醉倒在他不知道名字的城市的一套公寓里。长久以来潜伏着的不满突然爆发出来，让他狂怒不已。仿佛被

---

[1] 伊丽莎白二世（1926—2022），英国女王。一九五二年正式即位，一九八六年访问中国，是第一个访问中国的英国君主。菲利普亲王是她的丈夫。

刺进他的皮肤的那些黑豹、狮子、大蛇、鹰和隼，正在他体内激烈地搏斗。海军当局找到他，在船上关了他九个月的禁闭，接着他就不光荣地退伍了。

从那以后，帕克便认定，只有乡间的生活才适合自己。他在路堤上租了一间小屋，买下一辆旧卡车，干过各种工作，干到觉得这份工作已不适合自己就离开。遇到未来的妻子时，他干的是贩卖苹果的营生：他按蒲式耳[1]买进苹果，再以同样的价格论磅将苹果卖给偏僻乡村公路边那些单门独户的农场主。

"这些东西，"女人指着他的手臂说道，"和愚蠢的印第安人干的那些事一样糟糕。虚荣透顶，"她似乎找到了自己想要的词，"虚荣中的虚荣。"她说。

我他妈的为什么要在乎她怎么看待刺青？帕克在心里想到，但他显然很困惑。"我猜相比较其他的，你至少会更喜欢这个吧。"他磨磨蹭蹭地说，最终也没想出一块女人会喜欢的刺青。他又把手臂伸出去对着女人。"你最喜欢哪

---

1 计量单位，主要用于量度干货，尤其是农产品的重量，例如，1 蒲式耳玉米 = 56 磅（约 25.40 千克）。

一个?"

"一个都不喜欢,"她说,"但这只鸡没有其他东西那么糟糕。"

"哪来的鸡?"帕克差点喊了出来。

她指着鹰。

"这是鹰,"帕克说,"有哪个傻瓜会浪费时间刺一只鸡在身上?"

"有哪个傻瓜会刺这些东西?"姑娘说,然后转过身。她慢慢走回房子里,把他晾在院子里,让他自己走开。帕克在原地站了大约五分钟,张着嘴看着她走进去的那个黑漆漆的门洞。

第二天,他带着一蒲式耳苹果又来了。他不是能被这种姑娘打败的那种人。他喜欢有点肉感的女人,这样你就感觉不到她们的肌肉,更别提她们的老骨头了。他到的时候,那个姑娘正坐在最上面一级的门阶上。院子里到处都是小孩,看起来全都和她一样瘦削、贫穷。帕克记得那天是星期六。他讨厌在自己巴结一个女人时有小孩在四周,所幸他从卡车上拿了一蒲式耳苹果来。孩子们走近他,想看看他拿的是什么。他给每个小孩一个苹果,然后让他们消失,就这样,他把这一大群孩子赶走了。

那位姑娘并未做出任何知道他已经来了的表示。仿佛他是走失的猪或山羊，游荡到她家的院子里，但她懒得拿起扫帚赶走它。他把一蒲式耳苹果放在她身边的台阶上。他在较低一级的台阶上坐下。

"别客气。"他说，对着篮子点点头。然后，他陷入沉默中。

她迅速拿了一个苹果，好像她如果不利索点，篮子就会消失。饥饿的人会让帕克觉得紧张。他自己从来不缺吃的。他渐渐觉得非常不舒服。他在心里劝自己，既然无话可说，为什么要开口呢？他想不通自己为什么要来，为什么不在他在一群孩子身上浪费一蒲式耳苹果之前离开。他猜，他们是她的弟弟妹妹。

她微微曲着身体，看向前方，带着一种专注于美味的神情，慢慢地嚼着苹果。院子前面是点缀着紫苑草的一段长坡和公路，公路前面是一大片连绵的小丘和一座小山岗。开阔的视野让帕克觉得沮丧。眺望这样的空间，你会慢慢觉得有人在跟踪你，海军、政府或教会的人。

"这些孩子都是谁的，你的？"他终于又开口。

"我还没结婚,"她说,"是我的弟弟妹妹。"她说道,一副她结婚只是个时间问题的口气。

得了吧,有谁会娶她啊?帕克想道。

一个光脚的大个子豁牙女人在帕克身后的那道门里探出头来。显然她已经在那里站了几分钟。

"你好。"帕克说。

那个女人跨过门廊,拿起剩下的苹果。"我们谢谢你。"她说,然后拿着篮子回屋去了。

"那是你老妈?"帕克嘟囔道。

姑娘点点头。帕克知道很多他本可以说的尖酸刻薄的话,例如"你博得了我的同情",但他郁郁地沉默着。他只是坐在那里,看着风景。他觉得自己肯定生病了。

"我明天如果运桃子,会给你带一些的。"他说。

"那我会非常感激你。"姑娘说。

帕克根本就没打算带什么一篮桃子再回去找那位姑娘,但第二天,他发现自己这样做了。他和那位姑娘几乎没有什么话说,但他说了这么一句话:"我背上没有一点刺青。"

"你背上有什么?"姑娘问。

"我的衬衫,"帕克说,"哈哈。"

"哈哈。"姑娘礼貌地回应。

帕克觉得自己肯定是疯了。他绝不相信自己会被这样一个女人吸引。除了他带来的食物,她未对其他任何东西表现出一点兴趣,直到帕克带着两个甜瓜第三次来找她。"你叫什么名字?"她问。

"O. E. 帕克。"他说。

"O. E. 代表什么?"

"你可以只叫我 O. E.,"帕克说,"或者只叫我帕克。没有人叫我全名。"

"O. E. 代表什么?"她追问道。

"不要问了,"帕克说,"你叫什么名字?"

"你告诉我那两个字母是什么字的缩写,我就告诉你。"她说。帕克立刻就感受到了:她的声音里有些许卖弄风情的意味。除了政府和海军的档案部门,他从没对任何一个人(不管男女)透露过自己的全名。他母亲是循道宗信徒,他一个月大时,她为他在施洗记录上登记了这个名字。他的全名被人从海军档案里泄露出来之后,帕克差点把用它来称呼他的那个人打死。

"你会到处宣扬的。"他说。

"我发誓不对任何人讲,"她说,"我以上帝神圣的名义发誓。"

帕克默默地坐了几分钟。然后他伸手够到姑娘的脖子,把她的耳朵拉到自己的嘴边,低声说出缩写的全称。

"俄巴底亚[1]。"她轻声说。她的脸渐渐明亮起来,仿佛这个名字是降临在她身上的征兆。"俄巴底亚。"她又说。

在帕克看来,这个名字依然在发出恶臭。

"俄巴底亚·以利户[2]。"她用一种深表崇敬的腔调说。

"你要是再这样大声叫我,我就砸开你的脑袋,"帕克说,"你的名字呢?"

"萨拉·露丝·凯茨。"她说。

"很高兴认识你,萨拉·露丝。"帕克说。

萨拉·露丝的父亲是"纯福音派"神父。他到佛罗里达传教去了,不在家。萨拉·露丝的母亲似乎并不在意帕克对自己女儿的关注,只要他每次都能带着一篮子东西来就行。至于萨拉·露丝本人,帕克在造访三次之后,已经很清楚

---

[1] 希伯来先知,宣告了上帝的判决。见《俄巴底亚书》。
[2] 《约伯书》中的人物,约伯的朋友。

了：女孩被他迷住了。尽管她坚持认为帕克皮肤上的图画是虚荣中的虚荣，尽管听过帕克的脏话，尽管当她问帕克是否被拯救了时，帕克回答说，他不觉得存在一种必须将他从中拯救出来的东西，但她喜欢帕克。他们谈到拯救问题时，帕克灵机一动，说："你要是吻我，我就被拯救得差不多了。"

她怒视着帕克。"那可拯救不了人。"她说。

不久，她同意坐他的卡车去兜兜风。帕克把卡车停在一条废弃的路上，提议他们一起躺到卡车的后面去。

"结婚之前不行。"她说——她就是这样说的。

"哦，没那个必要。"帕克说，然后把手伸向她。她一把推开帕克。她的力气非常大，卡车门都被撞开了，帕克发现自己仰面躺在地上。他当时当地就下定决心：不再和她有什么纠葛。

他们是在县常任法官办公室结婚的，因为萨拉·露丝认为教堂是偶像崇拜[1]的产物。帕克不在乎以哪种方式结婚。那间办公室里堆放着一排排硬纸板档案盒和登记簿，积尘已久的黄色纸条垂在档案盒和登记簿外面。常任法官是个红

---

[1] 有些教派认为，教堂是偶像崇拜的一种形式。

发老女人，任职已四十年，看起来和她的那些簿册一样灰扑扑的。她在一张直立办公桌的铁架后面为他们证婚。证完婚后，她挥舞着手臂说："三美元五十美分，直到死亡将你们分开！"然后，她从一台机器里猛地抽出几张表格。

婚姻并未改变萨拉·露丝分毫，这让帕克比以前更抑郁。每天早晨，他都认为自己已经受够了，决定当晚不再回来，但他每天晚上都回来。每当觉得受不了了，他都要去弄一块刺青，可他现在只剩下后背这块地方了。要看见自己背上的刺青，就得有两面镜子，并以正确的姿势站在它们的中间，帕克觉得，这是个把自己变成傻瓜的好办法。至于萨拉·露丝，她没什么见识，肯定欣赏不了他背上的刺青。她对于他现在的刺青，连看都不愿看一眼。每当他试图指出刺青的特殊细节，她就会紧紧地闭上眼睛，还转过身去。除了在全然的黑暗中，她更喜欢穿着衣服、把袖子放下来的帕克。

"在上帝的审判席上，耶稣将问你：'除了在全身画满图案，你这辈子还干过什么？'"她说。

"你别骗我了，"帕克说，"你就是怕那个大个子女雇主会深深地爱上我，对我说：'来吧，帕克先生，我们俩……'"

"你在犯引诱的罪,"她说,"在上帝的审判席上,你也必将因为这件事受到审判。你应该再去卖地里出产的水果。"

在家里,他几乎时时都能听到他如果不改变行事态度,上帝的审判席将对他如何如何这类话。一逮住机会,他就插进关于他为之工作的那个大个子姑娘的故事。"帕克先生,"他在萨拉·露丝面前模仿女雇主,说道,"我雇的是你的头脑。"(他老婆会说:"那么你为什么不用用脑子呢?")

"真可惜啊,你没看到她头一次看见我没穿衬衫时的表情,"他说,"'帕克先生,'她说,'你是一个会走路的西洋镜[1]!'"这的确是她的评价,只不过她是撇着嘴说这句话的。

不满的情绪日积月累,除了去刺青,帕克没别的办法控制情绪。只能是后背了。没有办法可想。一个模模糊糊的半成形的灵感在他的意识里涌动。他想到了,在背上刺一种萨拉·露丝无法反对的刺青——宗教主题。他想着刺一本打开

---

[1] 一种民间游戏器具。匣子里装有画片,匣子上有放大镜,根据光学原理暗箱操作,可以看到放大的画面。因为最初的画片多为西洋画,所以叫西洋镜。

的书，书页上刺着一节真的经文，再在书下面刺上"圣经"二字。有几天，帕克脑子里想的全是这件事。他把这个想法告诉老婆时，她说："我不是已经有一本真正的《圣经》了吗？我全部都能读到，你为什么以为我还会一遍一遍地读同一节经文？"他需要一种比《圣经》更妙的东西！他苦思冥想，以至于开始失眠。他已经在掉肉了——萨拉·露丝只会把食物往锅里一丢，煮熟了再盛出来。他完全想不通自己为什么仍然和这个既丑陋又不懂厨艺的孕妇待在一起，因此焦虑、愤怒。他的一边脸颊开始轻微地抽搐。

有那么一两次，他会突然转过身，仿佛觉得有人在跟踪他。他的祖父死在州立精神病院里。祖父七十五岁时，还急切地想要往身上弄一块刺青，而帕克现在也急切地想要弄一块能让萨拉·露丝诚心顶礼膜拜的刺青。他因为一直想着这件事，双眼带上一种空洞但全神贯注的神情。他为之工作的那个老女人告诉他，他如果不能把心思放在正在做的事情上，那她只能去找能够做到这一点的一个十四岁有色人种男孩。帕克一心想着自己的事情，没觉得被冒犯。换作以前，他会冷冷地说："哦，那你就去找好了。"然后当即扬长而去。

两三天后的一个早晨,他在一大块田地上用老女人可怜的打包机和破烂的拖拉机给干草打包。除了中央地带的一棵高大老树,那块地已经被收拾干净。老女人是那种不会砍倒一棵高大老树的人,因为那是一棵高大老树。她把树指给帕克看,好像帕克没有眼睛。她告诉帕克要小心,用机器抓取那棵树近旁的干草时不要伤到树。帕克从田地的外围开始工作,向内绕着圈子接近那棵树。他得时不时地跳下拖拉机,解开缠住的捆绳或踢开挡路的石块。老女人让帕克把石头带到田边,她在那里看着时帕克会这么做。如果觉得自己可以做到,帕克就从石头上开过去。他在田地上绕圈子,心里却在思考着适合刺在背上的图案。高尔夫球大小的太阳照例从他的前面移动到他身后,但他似乎在两个地方都看到了太阳,仿佛他的脑后也有一双眼睛。突然,他看见那棵树伸出手来抓他。一声砰然巨响将他旋进空中,他听见自己以难以置信的响亮声音喊叫道:"上帝在上!"

他仰面躺着,拖拉机撞在那棵树上,翻了过来,起火了。帕克看到的第一件东西是自己那双很快就被火焰吞没的鞋子,有一只被压在拖拉机下面,另一只在远一些的地方燃烧着。他的脚上没有鞋子。他的脸可以感觉到那棵正在燃烧的树发出的灼热。他目光空洞，坐在地上向后挪动身子。如果知道如何做十字祈祷，他已经做了。

他的卡车停在田边的土路上。他依然坐在地上，倒退着向卡车的方向移动，不过速度越来越快；到了半路他站起来，开始以一种前倾的姿势奔跑，但两次跌跪在地。他觉得自己的双腿就像两根生了锈的排水管。他终于来到卡车旁，坐进去开车走了。他的卡车在路上画出Z字。他开车路过坐落在路堤上的家，径直朝五十英里外的城市开去。

在去城市的路上，帕克不允许自己思考。他只知道自己的生活发生了一次巨大变化，他一下子跳进更加糟糕的未知世界，且对此毫无办法。变化已经完成。

画师在一条小街上的两个凌乱的大房间里工作，楼下是一家脚病诊所。下午三点多一些，依然光着脚的帕克静悄悄地闯进去。画师和帕克年纪相仿——二十八岁——但瘦削、秃顶。他坐在一张小画桌的后面，正在用绿墨水描绘图案。他不高兴地抬头看了一眼，似乎没认出自己面前的这只眼睛凹陷的生物就是帕克。

"让我看看你的那本书，里面全是上帝图片的那本，"帕克气喘吁吁地说，"那本宗教书。"

画师仍用他那自以为优越的知识分子的目光凝视着他。"我不给醉鬼刺青。"他说。

"你认识我的!"帕克愤怒地叫喊道,"我是O. E. 帕克!你以前给我刺过,我每次都付了钱!"

画师又看了他一会儿,仿佛不能完全肯定面前这个人就是帕克。"你瘦了一些,"他说,"你一定是坐牢了。"

"结婚了。"帕克说。

"噢。"画师说。这位画师曾借助几面镜子,在帕克的头顶上刺了一只微型猫头鹰,每一个细微之处都刺得完美无缺。那片刺青只有五十美分硬币那么大,已经成了画师的招牌作品。城里也有收费便宜一些的画师,但帕克从来都只想要最好的东西。画师走到房间后部的一只柜子前,开始在几本画册中翻找。"你对谁感兴趣?"他问,"圣徒、天使、基督,还是其他的?"

"上帝。"帕克说。

"圣父、圣子还是圣灵?"

"只刺上帝,"帕克不耐烦地说,"基督。我不管,只要是上帝就行。"

画师带着一本书回来。他把另一张桌子上的几张纸移开，放下书，叫帕克坐下来看看自己喜欢什么。"最新的那些在后面。"他说。

帕克捧着书坐下，用唾沫沾湿一只拇指。他从印着最新图片的后面开始翻阅。他认出了其中的一些——《好牧羊人》《不要禁止他们》《微笑的耶稣》和《耶稣，医生的朋友》等。他不停地快速往前翻，对选哪一张图片越来越没有把握。有一张是布满血污的干瘪的绿色死人脸。有一张是紫色眼睛下陷的黄脸。帕克的心脏跳得越来越快，最后似乎成了一台正在他身体里吼叫的大发电机。他快速地翻着书页，觉得当翻到被赐予他的那张图片时，会有征兆出现。他继续翻着，快要翻到书的封面。一双眼睛在某一页上迅速地瞥了他一眼。帕克加快速度翻着，然后停下。他的心脏似乎已被割掉，屋子里一下子岑寂下来。岑寂就像一种语言，清楚无误地对他说，回去。

帕克翻回到那张图片——一张基督画像：头顶光环，沉闷严肃，一双苛求一切的眼睛，拜占庭风格。他坐在那里，瑟瑟发抖。他的心脏又开始慢慢跳动，仿佛被一种奇妙的力量给救活了。

"你找到自己想要的了吗？"画师问。

帕克嗓子太干，说不出话来。他站起来，把被翻到图片所在那一页的书猛地塞给画师。

"这一幅要花掉你不少钱呢，"画师说，"不过你不需要那些小细节，只要刺个轮廓，把面容刺得好一些就行了。"

"照原样刺，"帕克说，"照原样刺，不然就不刺了。"

"你说了算，"画师说，"但我不能白干活。"

"多少？"帕克问。

"可能要两天的工夫。"

"多少？"帕克说。

"分期还是现金？"画师问。帕克的其他活儿都是分期付款，但画师决定按时间收现金。

"先付十块，以后每工作一天再付十块。"画师说。

帕克从钱夹里抽出几张钞票凑成十块，钱夹里面还剩三块。

"你明天早上再来，"画师说，把钞票放进口袋，"我得先把画从书上描下来。"

"不行，不行！"帕克说，"现在就描，不然就把钱还给我。"他的眼睛灼灼发光，让他看起来像是准备要打架。

画师同意了。他推断，一个傻到想在背上刺基督的人，可能随时都会改变主意，只要活开始了，他就不能再反悔。

画师开始描图，叫帕克去水槽旁边用一种特殊肥皂洗洗背。帕克洗好后走回来，在房间里踱来踱去，紧张地活动着肩膀。他想再去看一看那幅图片，但又不想这么做。画师终于描好了，让帕克趴到桌子上。画师在帕克的背上涂了点氯乙烷，然后开始用碘笔勾勒耶稣的头部。一个小时后，他拿起电动设备。帕克并不觉得特别疼。在日本，他让人用象牙针在一条上臂上刺了佛陀的画像；在缅甸，棕色树根似的一个男人用一根两尺长的、削尖的细棒在他的两个膝盖上各刺了一只雄孔雀；业余者用大头针和煤烟在他身上刺过青。在这位画师的手下，帕克无拘无束又安心，常常会睡着。但这一次，他一直醒着，每一块肌肉都绷紧了。

午夜时分，画师说他准备收工了。他把一面四英尺长的方形镜子靠墙支在桌上，又从盥洗室的墙上取下一面小一些的镜子，交到帕克的双手里。帕克站起来，背对桌上的镜子，转动另一面镜子，直到看见一片闪闪发光的颜色赫然从背上反映到镜子里。他的背几乎被红色、蓝色、象牙色和藏红色的小方块完全覆盖。他从其中辨认出脸的轮廓：一张嘴，两道厚重眉毛的起始部分，直直的鼻子，但脸是空的，双眼也还没刺上。一瞬间，他想到的是画师欺骗了他，刺了《耶稣，医生的朋友》。

"它还没有眼睛。"帕克大喊道。

"到时候会有的，"画师说，"我们还要弄一天呢。"

帕克是在"光明基督徒布道会避风港"的一张行军床上过的夜。他发现，在城里，这是最好的住处，因为是免费的，而且提供一顿还算凑合的饭。他得到的是最后一张空床位，由于依然光着脚，他还得到一双旧鞋。迷迷糊糊中，他穿着鞋上了床；发生在他身上的一切仍然让他震惊不已。一整夜，他清醒地躺在长长的宿舍里，宿舍里摆满行军床，床上躺着许多笨重的身躯。房间一头，一个荧光十字架发出的微光是仅有的光线。那棵树又伸出手来抓他，继而熊熊地燃烧起来；一只鞋子静静地燃烧着；书里的那双眼睛明白无误地对他说"回去"，但似乎又并未发出声音。他希望自己不是在城里，不是在"光明基督徒布道会避风港"里，不是独自躺在这张床上。他极度想念萨拉·露丝。她不饶人的嘴巴和冰锥似的双眼是他能够想到的唯一安慰。他断定自己正在失去这种安慰。与书里的那双眼睛相比，萨拉·露丝的眼睛显得温柔且不急不忙。尽管他想不起来那双眼睛确切的神情，依然能够感觉到它们的穿透力。他觉得，在它们的注视下，他就如苍蝇的翅膀一样透明。

画师叫帕克上午十点再来。画师在这个钟点抵达工作室时，帕克正坐在晦暗走廊的地板上等他。帕克决定，一旦刺上那个东西，一旦刺青附到他的身上，他就不再看它。他觉得自己昨天肯定是疯了，他要回去，按照自己明智的判断力行事。

画师从他中断的地方开始工作。"有一件事我想知道，"过了一会儿，他在帕克的背上干活时说，"你为什么想把这个刺在身上？你转性了，信教了？你得救了？"他用嘲弄的腔调问。

帕克觉得喉咙里咸咸的、干干的。"不是，"他说，"这个东西对我一点用处也没有。一个不能把自己从什么东西里拯救出来的人，不值得我同情。"这些字就像一个个幽灵似的从他的嘴里跑出来，并立刻消散，仿佛他从未说过这些话。

"那为什么……"

"我娶了一个被拯救了的女人，"帕克说，"我不应该娶她。我应该离开她。她完了，怀孕了。"

"太糟糕了，"画师说，"那么，是她让你刺这个的喽。"

"不是，"帕克说，"她对此一无所知。这是我给她的一个惊喜。"

"你觉得她会喜欢这个，让你清静一段时间？"

"她没有办法可想，"帕克说，"她不能说自己不喜欢上帝的模样。"他觉得关于自己的事，他告诉画师的已经够多的了。他不喜欢画师们爱打听顾客的私事这一点，他们做好自己的事情就好了。"我昨晚一点觉也没睡，"他说，"现在想睡一会儿。"

这句话让画师闭上了嘴，但帕克并未睡着。他趴在那里，想着萨拉·露丝看到他背上的这张脸，肯定会惊讶得说不出话来。但一棵火树和他的一只鞋子在树下面燃烧的景象不时会打断他的想象。

画师没吃午饭，从容地一直工作到将近下午四点，除了停下来擦掉从帕克的背上流下的染料，在整个过程中，他几乎没停下过手中的电动设备。他终于干完了。"你可以起来看看了。"他说。

帕克坐起来，但坐在桌子的边上没动。

画师对自己的作品很满意，希望帕克立即就能看到它。但帕克仍然坐在桌子的边缘，身体微微前倾，一脸茫然。

"你不舒服吗？"画师问，"快看看呀。"

"没有什么让我不舒服，"帕克突然用挑衅的声音说，"这块刺青不会跑了。从我把它刺到背上起，它就会一直在那里。"他伸手够衬衫，继而小心翼翼地穿上。

画师粗鲁地抓住帕克的手臂，把他推到两面镜子的中间。"快瞧一瞧。"他说。他因自己的作品遭到漠视而愤怒。

帕克看了，脸色变得苍白，然后移身到一边。镜子里，那张脸上的那双眼睛凝视着他——镇定、直勾勾、苛刻、静默。

"别忘了，是你自己要刺这个的，"画师说，"我本来想建议刺点别的东西。"

帕克什么也没说。他穿上衬衫，走出门，这时候，画师喊道："我希望能拿到所有报酬！"

帕克朝拐角上的一家酒类零售店走去。他买了一品脱[1]威士忌，然后拿着酒瓶走进附近的一条巷子，在五分钟内喝光了酒。接着，他朝前走向附近的一家台球房，他进城时常常会去那里。台球房是个谷仓一样的地方，光线良好，吧台

---

[1] 一品脱约等于473毫升。

在一边，赌博机在另一边，台球桌在后面。帕克一进去，一个穿着红黑两色格子衬衫的高大男人便拍拍他的背，叫喊着和他打招呼。"你——这小子！O.E.帕克！"

帕克不想让人拍他的背。"别碰我，"他说，"我刚在背上刺了一块新的文身。"

"你这次刺的是什么？"那人问道，然后对着赌博机旁的几个人叫喊，"O.E.又刺青了。"

"这次没有什么特别的东西。"帕克说，然后溜到无人使用的一台赌博机旁。

"过来，"大个子男人说，"我们来看看O.E.的刺青。"帕克在众人的手下扭来扭去，他们拉起他的衬衫。帕克感觉到那几只手立刻缩回去，他的衬衫像脸上的面纱，又落下去。台球房里一阵沉默，帕克觉得，这种沉默似乎从围绕他的人群中蔓延开来，继而钻进台球房的地基里，上升穿过屋顶的房梁。

最后，有个人说："基督！"然后他们立刻一起发出一阵嚷嚷声。帕克转过身，讪讪地咧嘴而笑。

"O.E.真是特立独行啊！"穿格子衬衫的那个男人说，"这小子可真是个活宝！"

"他可能转性了,信教了。"有人喊道。

"怎么可能。"帕克说。

"O. E. 信教了,正在为耶稣见证。是不是啊,O. E.?"嘴里衔着雪茄的一个小个子男人挖苦道,"这是我见过的最新——颖的皈依方式。"

"帕克自己想怎样就怎样!"大个子男人说。

"你——这小子!"有人叫喊道,接着他们全都开始用赞赏的语气吹口哨和骂脏话。接着,帕克说:"全都闭嘴。"

"你刺它干吗?"有人问。

"为了好玩,"帕克说,"关你什么事?"

"那你现在为什么不笑呢?"有人喊道。帕克冲进他们中间。就像夏日的一阵旋风,打斗开始了,桌子倾倒,拳头挥舞。之后他们中的两个人抓住帕克,拉着他跑到门口,把他扔出去。台球房里安静下来,但紧张的气氛令人不安,仿佛这个长长的谷仓一样的台球房是被抛进大海的约拿[1]所乘的那艘船。

---

[1] 先知,其名意为"鸽子",因其违抗上帝旨意,其乘坐的船遭到风暴袭击。约拿认识到错误,让水手将自己抛入大海,最终拯救了船上的人。

帕克在台球房后面的巷子里坐了很久，省察自己的灵魂。他看到，自己的灵魂是由事实和谎言交织而成的一张蜘蛛网，对他根本就不重要，不管他以何种观点来看，灵魂似乎又都是他的必需品。从今以后，他必须遵循将永远趴在他背上的这双眼睛的意志。他就像确信以往任何一件事那样确信这一点。在他的一生中，帕克一向服从降临在他身上的这类直觉，满腹牢骚，时而咒骂，经常害怕，一次陷入狂喜——见到集市上的那个男人时他狂喜、精神大振，参加海军时他害怕，娶了萨拉·露丝后他抱怨。

想到妻子，帕克慢慢地站起来。萨拉·露丝会知道他必须怎么做。萨拉·露丝会处理好其他事情，至少会对刺青感到满意。帕克觉得，似乎从一开始，这就是他想要的：让萨拉·露丝感到满意。他的卡车仍然停在画师工作室所在大楼的前面，那栋楼离这里没多远。他坐进卡车，开车驶出城市，进入乡村的夜色里。他的头脑几乎已完全摆脱酒精，他发现，自己的不满已经不见，但觉得自己有点不像自己了。又好像他仍是他自己，而一个他不认识的人正驾车进入一个新的国度，尽管黑夜中的一切东西他都熟悉。

他终于到了路堤上的房子前面。他把卡车开到那棵山核桃树下,然后下车。他尽可能地弄出很大的动静,这既是为了表明这个家仍然是他说了算,也是为了表明他一句话不说就离开萨拉·露丝一整夜根本没什么,只是他的行事方式而已。他猛地关上车门,跺上两级台阶,穿过门廊,扭响门把手。他打不开门。"萨拉·露丝!"他喊道,"让我进去。"

门没锁,很明显,她将一把椅子的椅背抵在了门把手上。帕克开始砸门,并不停地转动门把手。

他听见弹簧床嘎吱嘎吱的响声,于是弯腰把头凑到钥匙孔前,但钥匙孔被纸塞住了。"让我进去!"他叫喊道,又开始擂门,"你把我锁在外面干什么?"

一个就在门边的锐利声音说:"谁?"

"我,"帕克说,"O. E.。"

他等了一会儿。

"我,"他不耐烦地说,"O. E.。"

里面仍然没有声音。

他又试了一次。"O. E.,"他说,又擂了几次门,"O. E. 帕克。我是你丈夫。"

沉默。然后那个声音缓慢地说:"我不认识什么 O. E.。"

"别开玩笑了,"帕克乞求道,"你不该对我做这种事。

是我，老 O. E.，我回来了。你不用怕我。"

"谁？"那个冷冰冰的声音说。

帕克转过头，仿佛希望身后有人能够回答这个问题。天空发出微光，两三道黄色光线飘浮在地平线上。然后，一棵光之树炸开了，光点布满整片天空。

帕克倚在门上，就像被长矛钉在了那里。

"谁？"里面的声音说。现在，那个声音似乎打算和外面的人结束对话了。门把手转动，那个声音专横地说："谁？我问你呢。"

帕克弯下腰，把嘴凑近塞了纸的钥匙孔。"俄巴底亚。"他低声说。突然，他感觉光亮奔涌着穿过他的身体，把他灵魂的蜘蛛网变成了一幅完美的彩色阿拉伯图案：一座树、鸟和兽的花园。

"俄巴底亚·以利户！"他低声说。

门开了，他踉跄地走进去。萨拉·露丝若隐若现地站在那里，双手叉在臀部上。她立即就开口道："你的那个女雇主根本就不是什么大块头金发女郎，你撞坏了她的拖拉机，得一分不少地赔钱给她。她没为拖拉机买保险。她到这里来过了，她和我，我们谈了很久，我……"

帕克哆哆嗦嗦地点着煤油灯。

"你怎么回事,天快亮了,还浪费煤油?"她诘问道,"我不想看你。"

浑浊的光亮将他们包围。帕克放下火柴,开始解衬衫的纽扣。

"都快到早晨了,你别想对我怎么样。"她说。

"闭上你的嘴,"他平静地说,"看看这个,你看完后,我不想再听到你说一句话。"他脱下衬衫,转身背对着她。

"又刺青啦,"萨拉·露丝咆哮道,"我早该想到,你又跑去刺这种鬼东西了。"

帕克感觉自己的膝盖软绵绵的。他转过身,叫喊道:"看看它!不要光顾着说话了!看看它!"

"我看了。"她说。

"你不认识他是谁?"他极度痛苦地叫喊道。

"不认识,他是谁?"萨拉·露丝问,"他不是我认识的人。"

"是他。"帕克说。

"是谁?"

"上帝!"帕克叫喊道。

"上帝？上帝可不是这个样子！"

"你怎么知道他是什么样子？"帕克呻吟道，"你又没见过他。"

"他没有样子，"萨拉·露丝说，"他是灵。所有人都不应该看到他的脸。"

"唉，听着，"帕克叹息道，"这就是他的画像。"

"偶像崇拜！"萨拉·露丝嘶吼道，"偶像崇拜！把你自己和每一棵绿树下的偶像一起烧掉吧！我能忍受谎言和虚荣，但不能忍受这栋房子里出现偶像崇拜！"她抓起扫帚，痛打帕克的肩膀。

帕克迷惑不解，以至于忘了反抗。他坐在那里，任凭萨拉·露丝抽打，直到她快要把他打得失去知觉。那幅基督刺青的脸上出现了一条条红印。帕克摇摇晃晃地站起来，朝门口走去。

萨拉·露丝用扫帚在地上敲了两三下，然后走到窗前，把扫帚对着外面甩了甩，以甩掉帕克的污秽。她握着扫帚，看着前方的山核桃树，眼神比刚才更加严厉。帕克在树下面，这个自称俄巴底亚·以利户的人倚着山核桃树，像婴儿那样哭泣。

审判日

坦纳正在为回家之旅养精蓄锐。他打算先尽可能步行，走不动了就将余下的行程交给全能者[1]去安排。那天早晨和前一天早晨，他允许女儿为他穿衣，把那一点精力也攒下来。现在，他坐在床边的椅子上——蓝色衬衫的纽扣扣到衣领下，外套搭在椅背上，帽子戴在头上——等着女儿离开家。他得趁女儿不在家时才能离开。窗户正对着一堵砖墙，俯瞰一条巷子，巷子里充满适合猫和垃圾的纽约的空气。些许薄薄的雪片从窗边飘摇而下，在他那双视力衰弱的眼睛看来，雪片太薄太分散了。

女儿在厨房里洗盘子。她一边磨磨蹭蹭地做着每一件

---

1 指上帝。

事，一边自言自语。他刚来时，回答过女儿的话，但女儿并不想听他回答。女儿怒视着他，仿佛想对他说，他尽管是个老傻瓜，但应该还有不去回应一个自言自语的女人的智力。她用一种声音问自己话，又用另一种声音回答自己。凭着昨天让女儿为自己穿衣而节省下来的精力，他写了一张便条，并将便条别在衣袋里。"如果发现这个人死了，以收货人付款的方式将尸体送交佐治亚州科林斯的科尔曼·帕鲁姆。"在这一句的下面，他继续写道："科尔曼，你变卖我的财产，支付运费和殡葬费。剩下的钱物你可以保留。你真诚的T. C. 坦纳。又：别挪窝。别被他们说服到这里来。这不是个人待的地方。"他花了半个多小时才写好这张便条；笔迹歪歪斜斜，如果有耐心，还是能辨认出来写的是什么。他用另一只手握住抓笔的手，才控制住它。他写好时，女儿已带着买来的食品杂货回到公寓里。

今天，他准备好了。他只需把一只脚推到另一只脚的前面，走到门口，走下楼梯。一旦下了楼梯，他就离开这片社区。离开这片社区后，他会招一辆出租车，去货运场。某个流浪汉会帮忙把他弄上车厢。一旦上了货运车厢，他就躺下来休息。夜里，火车将驶往南方，第二天，或者第三天早晨，不管是死是活，他都会到家。不管是死是活。重要的是回到家，他无所谓是活着还是死了。

他太愚蠢了，他应该在抵达之后的第二天就离开这里；他太愚蠢了，他根本就不应该来这里。两天前，吃过早饭后，他听见女儿和女婿在告别时所说的话。直到那时，他才变得绝望。女婿要出门三天，女儿给他送行。女婿是长途搬家车的司机。女儿当时一定是在把他的皮帽递给他。"你应该给自己弄顶帽子，"他听见女儿说，"一顶像样的帽子。"

"然后戴着它整天坐着，"女婿说，"就像那边的那位一样。他整天除了戴着帽子坐着，什么事也不做。他戴着那顶该死的黑帽子整天坐着。坐在屋里！"

"唉，你连帽子都没有，"女儿说，"除了这顶带耳扇的皮帽，你什么帽子都没有。有身份的人都戴帽子。其他人才戴你戴的这种皮帽。"

"有身份的人！"女婿叫喊道，"有身份的人！笑死我了！真是笑死我了！"女婿长着一张堆满横肉的蠢脸，说话是北方口音。

"我爸爸是来这里暂住的，"女儿说，"他活不了多久了。他以前真的算个人物。一生中，除了为自己，他从来没为任何人工作过,而且还有人——其他人——为他工作。"

"为他工作的是黑鬼,"女婿说,"仅此而已嘛。我自己也雇过一两个黑鬼。"

"你雇的只不过是北方黑鬼。"女儿说。女儿的声音突然变低,坦纳只得前倾身体,好听清女儿的话。"雇一个真正的黑鬼干活需要脑子。你必须知道如何管理他们。"

"是吗,所以说,我没有脑子喽。"女婿说。

突然,坦纳的心头涌上来一种对女儿的温暖的感觉,这让他颇感意外。女儿有时说的一些话会让人觉得,她还是有点头脑保存在某个地方以备不时之需的。

"你有脑子,"女儿说,"但不经常用它。"

"在大楼里看见一个黑鬼他就中风了,"女婿说,"而你跟我说他能管理……"

"闭嘴,不要这么大声,"女儿说,"他不是因为那个才中风的。"

沉默。"你打算把他埋在哪儿?"女婿问。他采取了另一种策略。

"把谁埋了?"

"坐在那儿的他。"

"就在纽约这里,"女儿说,"你以为是在哪儿呢?我们不是有块地嘛。我再也不愿回老家了。"

"你的立场很坚定嘛,"女婿说,"我只是想弄确实了。"

她回到父亲的房间时,坦纳的双手抓在椅子的扶手上。他那双盯着女儿看的眼睛,就像一具愤怒的尸体的眼睛。"你答应把我埋在那儿的,"他说,"你说话不算数。你说话不算数。你说话不算数。"他的声音干巴,几乎听不见。他开始颤抖,手、头和脚都在颤抖。"把我埋在这儿,让我在地狱里受火烧!"他叫喊道,继而跌回到椅子里。

女儿战栗着挺直身体。"你还没死呢!"她说,然后悠缓地吐了一口气,"你还有很长的时间担心这个呢。"她转过身,捡起散落在地上的报纸。她灰色的头发垂及肩部,圆圆的脸已开始显露疲惫之态。"你活在世上的最后几件事,我都给你做了,"她嘀咕道,"而你还这样闹腾。"她把报纸夹在胳膊下,说:"别对我说什么地狱。我不信那个。那只是顽固的浸礼会信徒的一大套胡言乱语。"然后她就去了厨房。

他抿得紧紧的嘴依然鼓着,上面的假牙被夹在舌头和上颌中间。泪水流过脸颊,他用肩膀偷偷地擦了擦两边脸颊。

她的声音从厨房里传过来。"和抚养个孩子一样麻烦。

他想来，现在在纽约了，又不喜欢这里了。"

他并不想来。

"假装自己不想来，但我看得出来他想来。我说，你如果不想来，我不会强迫你的。你如果不想像个体面人那样生活，我也没办法。"

"至于我，"她的声音变高了，"快要死的时候，可不会对墓地挑三拣四。他们可以把我埋在最近的地方。我离开这个世界时，会为依然待着没走的人着想。我可不会只想着自己。"

"你当然不会了，"她用另外一个声音说，"你从来就没那么自私过。你是个会考虑别人利益的人。"

"嗯，我总是尽量做到这一点，"她说，"我总是尽量做到这一点。"

他的头在椅背上靠了一会儿，帽子向下倾斜，遮住眼睛。他养育了三个儿子和这个女儿。三个儿子都死了，两个死在战争中，另外一个去见了魔鬼。除了这个女儿，已经没有人觉得有责任去关心他。她结婚了，但没有孩子，像个女要人似的住在纽约。当女儿回老家发现他过着原来的生活时，就准备把他带回去。女儿把头伸进棚屋的门里，面无表情地凝视了片刻。然后女儿突然尖叫起来,向后一跳。

"地上是什么东西?"

"科尔曼。"他说。

那个老黑鬼躺在坦纳床脚的草垫上,睡着了。他就像一个装满骨头的臭烘烘的皮囊,只是被粗略地塑造成了人的形状。年轻的时候,科尔曼看起来像头熊;现在他老了,看起来像只猴子。坦纳则相反:年轻的时候看起来像只猴子,老了之后,看起来像头熊。

女儿走到棚屋前面的地上。两把藤椅靠在棚屋的外面,但她不愿意坐下来。她站在离棚屋十英尺的地方,仿佛需要隔这么远才能躲开臭味。然后,她开始说那番话。

"你不要自尊,我还要呢。我知道自己的责任,我被抚养长大来履行责任。如果你不是这样养育我的,那我母亲把我抚养长大,就是干这件事的。她是个普通人,但不是喜欢和黑鬼住在一起的那种人。"

这时,已经醒来的科尔曼悄无声息地溜到门外。坦纳刚好瞥见那向外滑行的弯腰驼背的身影。

为了女儿和科尔曼都能听到,他叫喊道:"你以为是谁做饭?你以为是谁劈柴火、倒泔水?他获得假释后就到我这里来了。这个无赖在我手上三十年了。他不是个坏黑鬼。"

女儿不为所动。"这究竟是谁的棚屋?"她问,"你的还是他的?"

"是他和我一起盖的,"他说,"你回你那儿去。不管那里好不好,我都不会跟你去的。"

"看起来,是你们一起盖的。这是谁的地?"

"住在佛罗里达的一个人的。"他躲躲闪闪地说。当初,他知道这是一块将要被出售的地,认为不会有人想买这块地。他早该知道情况并不会和他想的一样。

后来,在夏天里,他看见那鼠海豚形状的褐色身影大步穿过田地时,立刻就知道发生了什么事;谁也不必告诉他。那个人走过田地的那副模样,仿佛除了这一小块坑坑洼洼的豆田,整个世界都是他的,而他现在得到这块豆田了。他把杂草踏到一边,粗粗的脖子像是肿了起来,肚子就像他那金怀表和表链的王座。弗利博士。他只拥有部分黑人血统,其余部分是印第安人和白人血统。

这个黑鬼觉得自己是个大人物——药剂师、殡葬承办人、法律总顾问和房地产商人。坦纳有时会恶毒地看着他们,有时候,目光又很温和。准备好迎接他的奚落吧,尽管他是个黑鬼，坦纳看着他走近时对自己说。除了与生俱来的这层皮，你再也没有别的东西给他看了，但这层皮就像一条蛇蜕下的皮，没用了。政府反对你，你一点机会也没有了。

坦纳坐在门廊下那把靠着棚屋的直背椅上。"弗利，晚上好。"博士走近并突然停在空地的边上时，坦纳说，并点点头，仿佛在那一刻才看见弗利，尽管很明显，弗利穿过田地时他一直在看着。

"我来这儿看看我的产业，"博士说，"晚上好。"他的声音快速而响亮。

是你的产业还没多久呢，坦纳在心里说。"我看见你过来了。"他说。

"我最近买下了这里。"博士说。然后他不再看坦纳，绕到棚屋的一边。过了一会儿，他回来了，在坦纳面前停下脚步。然后他冒失地跨到门前，把头伸进去。科尔曼那时也在屋里睡觉。他看了一会儿，然后转过身。"我认识这个黑鬼，"他说，"科尔曼·帕鲁姆——他喝了你们这些人酿的假酒后，要过多久才能睡醒？"

坦纳紧紧地抓着椅子底部的突起。"这个棚屋不是你的产业。它只是在你的产业上，这是我的一时大意。"他说。

博士当即从嘴里取出雪茄。"不是我的错啊。"他说道,然后笑了笑。

坦纳坐在椅子里,看着前方。

"犯这种错——误可得不到什么好处。"博士说。

"我还从来没发现过一件能得到好处的事。"坦纳嘀咕道。

"每件事都能得到好处,"黑鬼说,"只要你知道怎么做好它。"他依然站在那里,微笑着,上下打量这个占用别人土地的人。然后,他转身绕到棚屋的另一边。一阵沉寂。他在寻找酒坊。

那是杀了他的最好时机,棚屋里有杆枪,坦纳可以不费吹灰之力就杀了弗利。因为害怕下地狱,从儿时起,在此等暴力之事上,他总是软弱的。他从来都没杀过人,一向凭智慧和运气应付黑鬼。他应付黑鬼有一套是出了名的。应付他们是一种艺术。应付一个黑鬼的秘诀,就是让他知道他的脑子根本没机会胜过你的脑子。然后,他就会跟随你,认为自己找到了一件对他终生有益的好东西。他已经被科尔曼纠缠了三十年。

初次见到科尔曼时,坦纳正雇着六个黑鬼在一片松林中央地带的锯木厂里干活，那片松林离任何一个地方都有十五英里。他们是他雇用过的最差劲的一群人，是星期一不来上班的那种人。他们听到了什么传言，说一个新林肯被选上了，这个新林肯打算废除工作。坦纳用一把非常锋利的折刀控制了他们。那时候，他的肾有毛病，这个毛病让他的手抖个不停。他通过削木头来强行掩饰手的颤抖。他不想让他们看见他的手会不由自主地颤抖，他自己不想看见也不喜欢他的手颤抖。那把刀子在他颤抖的双手里一刻不停地剧烈移动着。他削出许多粗糙的小雕像——他不会看它们一眼，如果他看了，他也说不出那都是些什么。这些小雕像掉在地上，到处都是。黑鬼把雕像捡起来带回家——他们和最黑暗的非洲之间并未隔着多少岁月。他手里的刀子不时闪出光辉。他不止一次地突然停下，用一种漫不经心的声音对某个背对着他的半躺着的黑鬼说："黑鬼，这把刀子现在在我手里，如果你不马上停止浪费我的时间和金钱，它很快就会到你的肠子里。"接着，那个黑鬼就会在那句话说完之前爬起来——慢慢地，但确实在行动。

  一个大块头开始在锯木厂的边缘处徘徊。他是个非常黑的黑鬼，体形是坦纳的两倍大。他看着其他人工作，不看的时候，就躺下来睡觉。他仰躺在他们面前，四肢伸开，就像一头巨大的熊。"那人是谁？"坦纳问，"如果他想工作，叫他到这里来；如果他不想工作，叫他走。我不许闲人在这里游荡。"

他们不知道他是谁。他们知道他不想工作。他们不知道别的事情了，不知道他从哪里来，为什么来，尽管他可能是他们中间某个人的哥哥，他们所有人的亲戚。第一天，坦纳就当没看见他。和这六个黑鬼比起来，坦纳只是个双手颤抖、瘦巴巴的黄脸白人。他愿意等待麻烦，但不是永远等下去。第二天，陌生人又来了。整个上午，坦纳雇的那六个人都在看那个闲人，然后他们不看了，开始吃东西——那时，离中午还有整整三十分钟。他并未冒险命令他们站起来，而是去找麻烦的源头。

陌生人倚着空地边缘上的一棵树，半闭着眼看着他。陌生人傲慢的表情中有一丝谨慎。他的表情在说：这并不是一个了不起的白人，为什么要装模作样地走过来，打算做什么？

坦纳本打算说："黑鬼，这把刀子现在在我手里，如果你不从我的视线里走开……"但他在走近黑鬼时改变了主意。这个黑鬼眼睛小小的，眼里布满血丝。坦纳猜他身上藏着一把刀，可能会随时用它一下。一种突然出现的聪慧控制了他的手，手上的那把折刀移动着。他不知道自己正在雕什么，但他来到黑人的面前时，已经在一块树皮上弄出五十美分硬币那么大的两个洞。

黑鬼的目光落在他的双手上，并停在那里。他的下巴松松垮垮的，他目不转睛地看着正在不顾一切地撕扯树皮的那把刀。他注视着，仿佛看见正作用在树皮上的一种看不见的力量。

坦纳也在瞧着，然后大吃一惊。他看见一副胡乱拼凑的眼镜架。

坦纳将眼镜拿到离自己远一些的地方，透过两个镜圈往外看，目光越过一堆刨屑，看进树林里，看到他们圈骡子的那个围栏的边上。

"小伙子，你看不清楚东西吗？"他问。然后，他开始用一只脚刮擦地面，在地里寻找铁丝。他捡起一小段捆干草用的铁丝；不一会儿，他又发现一根短一些的，把这根也捡起来。他将两根铁丝固定在树皮上。知道自己要做什么后，他倒不着急了。他将眼镜架修好，递给黑鬼。"戴上吧，"他说,"我讨厌看见有人看不清楚东西。"

在那一瞬间,黑鬼可能会做点什么事。他可能会接过眼镜,用手捏碎,也可能会抓过刀子对着坦纳。但在那一瞬间,在他那双像是因喝酒而肿胀的浑浊双眼里,坦纳看见,把刀子捅进这个白人肚子里的愉悦被一种别的什么东西取代了。坦纳说不出那是什么。

黑鬼伸手接下眼镜。他小心地把眼镜脚固定在脑后,然后朝前方看了看。他带着夸张的庄重神情,左看右看。然后,他直视坦纳,咧嘴而笑——或是扮了个鬼脸,坦纳说不清那是什么鬼脸,但立即产生一种感觉:他在面前看到自己的负像[1],仿佛愚蠢和束缚是他们共同的命运。他没来得及看清,那幅幻象就消失了。

"神父,"他说,"你为什么在这里游荡?"他又拾起一块树皮,看都没看就开始雕刻。"今天又不是星期日。"

"这里今天不是星期日?"黑鬼说。

"今天是星期五,"他说,"你们神父就是这样——每天都在喝酒,所以不知道什么时候是星期日。你透过这副眼镜

---

1 摄影术语,指明暗色调与实物相反,或色彩与实物互补的影像。

看到了什么?"

"看到一个男人。"

"一个什么样的男人?"

"看到一个修这副眼镜的男人。"

"他是白的还是黑的?"

"他是白的!"黑鬼说,仿佛直到这时,他的视力才充分改善,让他发现了这一点。"是啊,他是白的!"他说。

"嗯,你把他当成白的对待了,"坦纳说,"你叫什么名字?"

"叫科尔曼。"黑鬼说。

他从此就未能摆脱科尔曼。你把一个黑鬼当猴耍,但他跳到你的背上,在那里待了一辈子。要想不被别人当猴耍,你能做的只有杀了对方或者走开。而他不想因为杀了一个黑鬼而下地狱。他听见博士在棚屋的后面踢翻一只提桶。他坐着,等着。

片刻后,博士又出现了。他用手杖劈开散布在地上的一丛丛约翰逊草[1],为自己开路。他在院子中央站住。

---

[1] 又称假高粱,被认为是对农作物最危险的田间杂草种类之一。

"你不属于这里,"他开口道,"我可以控告你。"

坦纳仍然坐在那里,默不作声,瞪着田地的另一头。

"你的酒坊在哪儿呢?"博士问。

"要是这里有酒坊,那它也不属于我。"他说,然后紧紧地抿着嘴。

黑鬼轻轻地笑了。"你倒运了,对吧?"他低声说,"你曾经在河对岸有一块地,然后又没了?"

坦纳仍在注视着前方的树林。

"你要是想给我经营那个酒坊,可以住在这儿,"博士说,"要是不想,那就卷铺盖走人吧。"

"政府还没来这里强迫白人给有色人种干活呢。"坦纳说。

博士用拇指肚摩挲着戒指上的宝石。"我喜欢政府不比喜欢你多,"他说,"你打算去哪儿?去城里,在比尔特莫宾馆弄个房间?"

坦纳什么话也没说。

"有一天,"博士说,"白人肯定要给有色人种干活,你可以走在大众的前面嘛。"

"对我来说,那一天不会到来。"坦纳没好气地说。

"对你来说,那一天已经到来了,"博士说,"对其他人来说,那一天还没到来。"

坦纳的目光掠过树木线最远处的蓝色边缘,望进灰白的午后天空。"我有个女儿在北方,"他说,"我用不着给你干活。"

博士从表袋里掏出怀表看了看,又把怀表放回去。他盯着自己的双手手背看了一会儿。他看起来似乎已经估量过,并且心里明白这个世界变得天翻地覆还需要多少时间。"她不会想要你这样一个老爹,"他说,"她也许说她想要,但那不可能。你就算有钱,他们也不想要你。他们有自己的想法。他们培养黑人,又把黑人丢开。我自己挣钱,那种事我一件也没干过。"他又看着坦纳。"我下周会再来,"他说,"你到时候要是还在这里,我会认为你决定给我弄那个酒坊。"他在原地站了一会儿,以脚后跟为支点,摇晃着身体,等待答案。最后,他转过身,在杂草丛生的小道上开辟出回去的路。

坦纳仍旧看着田地的另一头,仿佛灵魂从躯体里被吸出,进入树林中,椅子上只剩一具空壳,别无其他。他如果早知道是这样一个问题——坐在这个不是人待的地方朝窗外看，或者只是给一个黑鬼经营酒坊，那他宁愿给那个黑鬼经营酒坊。他可以每天都做黑鬼的白人黑鬼。他听见女儿从厨房走进来，站在他身后。他的心跳加快了。他听见女儿重重地坐在沙发上。女儿还没准备走。他并未转头看女儿。

女儿在沙发里默默地坐了几分钟，然后开口了。"你的苦恼在于，"她说，"老是坐在那扇窗户前面，但外面没什么可看的。你需要某种刺激和一次发泄的机会。你要是允许我把你的椅子推过去看看电视，你就不会再去想那些病态的东西了——死亡、地狱和审判。我的天哪。"

"审判就要来了，"他嘟囔道，"绵羊将从山羊里被分出来。[1]那些信守承诺的人将从食言的人里被分出来，那些尽己所能做到最好的人将从不这样做的人里被分出来，那些敬重父母的人将从诅咒父母的人里被分出来，那些……"

女儿缓缓地发出一声几乎将父亲淹没的巨大的叹息。"我浪费这些好话有什么用？"她自问道。她站起来，回到厨房里，开始敲打东西。

---

[1] 在《圣经》里，山羊喻指冷漠对待弱小者的人，绵羊喻指关爱世人的人。

女儿太自以为是了！在老家，他住在棚屋里，但棚屋的周围至少有空气。他可以把双脚放在地面上。在这里，她甚至不是住在一栋房子里。她住在一栋建筑的一个鸽笼里，和形形色色的外国人住在一起，他们所有人说话都让人难以理解。对于神志健全的人而言，这不是个人待的地方。他在这里的第一个早晨，女儿带他去游览，在十五分钟的时间里，他就看明白这究竟是个什么地方了。自那以后，他就没走出过公寓。他再也不想坐地铁或是你站着不动就移动的楼梯，或是能上升到三四十楼的电梯了。安全地回到公寓后，他想象自己和科尔曼又游历一次城市。每隔几秒钟，他就要回头，以确保科尔曼就在身后。要始终走在人行道里面，不然这些人会把你撞倒的。紧跟在我后面，不然你会走丢的。别把帽子弄掉了，你这个该死的白痴，他说。科尔曼弯腰费力地跑步跟着，气喘吁吁地嘟囔道：我们在这里干吗？你怎么会想到这么笨的主意，到这里来？

我来这里是为了让你知道，这根本就不是人待的地方。现在你知道你待的是个好地方了。

我原本就知道，科尔曼说，是你不知道。

他在这里待了一个星期后，收到科尔曼寄给他的一张明信片。明信片是火车站的胡滕替科尔曼写的。绿色的墨水字，内容是："我是科尔曼——X[1]——你好吗老板。"在这句话的下面，胡滕写了他自己的话："不要常去那些夜总会，回家吧，你这个无赖，此致，W.T.胡滕。"他回寄一张明信片给科尔曼，由胡滕转交，明信片上说："你如果喜欢这个地方，这个地方还不赖。此致，T.C.坦纳。"由于必须把卡片拿给女儿去寄，所以他没在上面说养老金支票一到他就回去的事。他不打算将这件事告诉女儿，只会留一张便条。支票一到，他就坐出租车去长途汽车站，接着就算踏上回乡之路了。女儿会和他一样高兴。女儿已经发现他的存在让她不快，而女儿的责任感又让他厌烦。如果他溜走，女儿会体会到竭尽所能让他离开的那种快乐，除此之外，还有他的忘恩负义所带来的快乐。

至于他，他将回到博士土地上的那个鸠巢，服从一个嚼十美分雪茄的黑鬼的指挥。而且，不能像原先那样在意这一点。

但他被一个黑人演员，或者一个自称是演员的人弄垮

---

[1] 文盲用以代替签名的符号。

了。他不相信那个黑鬼是演员。

这栋建筑的每层楼上有两套公寓。隔壁鸽笼里的人搬出去时,他已经和女儿在一起住了三个星期。他站在走廊里,看人家搬出去。第二天,他又看着另外一家人搬进来。走廊狭窄黝黯,他站在不挡路的角落里,时不时地向搬家的人提供点意见。他们如果理会他,工作会轻松一些。家具崭新但廉价,他断定将要搬进来的人是一对新婚夫妇。他打算在那里等着他们到来,给他们祝福。过了一会儿,一个穿着浅蓝色套装的大个子黑鬼提着四只胀鼓鼓的帆布手提箱,低着头,使力冲上楼梯。一个长着明亮古铜色头发的棕皮肤年轻女人走在他的后面。扑通一声,黑鬼把手提箱扔在坦纳女儿家隔壁那套公寓的门前。

"小心,亲爱的,"女人说,"我的化妆品在箱子里。"

坦纳一下子就明白究竟是怎么回事了。

黑鬼咧开嘴笑着,在女人一边的屁股上打了一下。

"别这样,"她说,"有个老家伙在看着呢。"

他们俩转过身看着他。

"你们好。"他说道,点点头。然后,他迅速拐进女儿家的房门。

女儿在厨房里。"你猜租了隔壁那套公寓的是什么人?"他问道,容光焕发。

女儿疑惑地看着他。"什么人?"她含混道。

"一个黑鬼!"他欢快地说,"亚拉巴马南部的一个黑鬼,如果我没猜错的话。他还娶了个浅褐色皮肤、生活奢侈、戴着一顶红假发的女人,他们就要住在你的隔壁了!"他拍了一下自己的膝盖。"是的,小姐!"他说,"要不是这样就见鬼了!"这是他来到这里后第一次有机会大笑。

她的脸立刻抬起来。"好吧,你现在听我说,"她说,"你离他们远一点。别到那边去试图对他友好。这里的这些不一样,我不想和黑鬼有什么麻烦,你听见我的话了吗?要是你必须住在他们的隔壁,你就管好自己的事,他们也管好自己的事。只要都管好自己的事,所有人都能融洽相处、和平共存。"女儿开始像兔子那样耸起鼻子,这是她的一个愚蠢的习惯。"在这里,所有人都只管好自己的事,所有人都能融洽相处。你需要做的就这么多。"

"在你出生之前,我就和黑鬼打交道了。"坦纳说。他又走出门,来到走廊里等着。他敢打赌,那个黑鬼乐意和一个理解他的人聊聊。等着的时候,他兴奋得忘乎所以,两次把烟草汁吐在护壁板上。大约二十分钟后，那套公寓的门再次打开，黑鬼走出来。他戴着一条领带和一副角质边框眼镜，坦纳头一次注意到，他的下巴上蓄着一点几乎不可见的胡子。真是个时髦人士。黑鬼没停下来，似乎没看见走廊里还有人。

"你好啊，伙计。"坦纳说道，点点头。但是黑鬼没听到，和他擦身而过，噔噔地快速下楼去了。

可能又聋又哑，坦纳想道。他回到公寓里坐下，每次听到走廊里有声音，就站起来走到门口，把头伸出去，看看是不是那个黑鬼。下午已经过去一半，就在黑鬼转过楼梯的拐角时，他捕捉到黑鬼的目光，或者说他认为自己捕捉到了，但他还没来得及开口说一个字，人家就已经走进自己的公寓，砰的一声关上门。他从来都不知道，一个不是被警察追赶的人居然能走得那么快。

第二天一大早，隔壁那个女人踩着漆金高跟鞋独自走出家门时，他正站在走廊里。他想对女人说早上好或者只是点点头，但本能告诉他要小心。她看起来不像他以前见过的任何一种女人，不管是白的还是黑的。他紧贴着墙，假装自己是隐形的，内心极度害怕。

那个女人面无表情地瞪了他一眼,扭过头,沿着远离他的一边走,仿佛正在绕开一个打开的垃圾桶。他屏住呼吸,直到那个女人走出视线。然后,他耐心地等那个男的。

十点左右,黑鬼出来了。

这一次,坦纳径直走上前拦住他。"早上好,神父。"他说。根据坦纳的经验,如果一个黑鬼喜欢阴着脸,这个头衔通常能让他的表情雨过天晴。

黑鬼猛然站住。

"我看见你们搬进来了,"坦纳说,"我自己也刚到这里不久。要我说,这里不太像人待的地方。我估摸着你希望自己能回到南亚拉巴马去吧。"

黑鬼没迈步,也没答话。他打量起老头来。他的目光从黑帽子的顶上开始移动,向下来到整齐地扣到脖子下的无领蓝色衬衫、褪了色的吊裤带、灰色的裤子和高帮鞋,然后又非常缓慢地上升。与此同时,一种死一般冰冷的莫测高深的愤怒似乎使他的身体僵硬并收缩了。

"神父,我想你也许知道在这一带的什么地方能找到池塘和鱼。"坦纳用越来越微弱的声音说,但声音里仍含着相当的希望。

黑鬼先是愤怒地喘着粗气,然后开口了。"我不是南亚拉巴马人,"他用呼哧呼哧的声音上气不接下气地说,"我是纽约城人。而且我也不是神父,我是个演员!"

坦纳哈哈大笑。"大多数神父都有点像演员,不是吗?"他说道,眨了眨眼睛,"我估摸传道只是你的副业。"

"我不传道!"黑鬼叫喊道。然后他从坦纳身边冲过去,仿佛一大群不知道从哪里出来的蜜蜂突然降落在他的身上。他跑下楼梯,走了。

坦纳在走廊里站了一会儿才回到公寓里。在那天余下的时间里,他坐在椅子里,盘算着自己是否应该再试一次,和那个黑鬼交个朋友。每次听到楼梯上有声响,他都会走到门口朝外望,但黑鬼直到下午较晚的时候才回来。他上到楼梯口时,坦纳正站在走廊里等他。"晚上好,神父。"他说,忘了黑鬼自称是演员。

黑鬼停下,抓住楼梯栏杆。从脑袋到胯部,一阵颤抖让他痛苦不堪。然后,他开始慢慢地朝前走。等走到足够近了,他猛扑上去,抓住坦纳两边的肩膀。"我不想听,"他低声道,"你这样一个戴着羊毛帽子、红脖子的婊子养的白人废物老混蛋的废话。"他屏住呼吸,然后又说话了,因为带着那么巨大的愤怒,他的声音震荡开来,快要变成大笑。那声音响亮、尖厉但虚弱。"而且我也不是神父!我不是基督徒,我不信那种废话。没有什么耶稣,也没有什么上帝。"

老人觉得身体里的心脏就像个橡树瘤一样坚硬结实。"这就像在说你不是黑的,"他说,"我也不是白的!"

黑鬼把他猛地推到墙上。他拉下坦纳的黑帽子,遮住他的眼睛。然后,他抓住坦纳的衬衫前襟,把他撞到他女儿家打开的门边,再把他推进去。女儿从厨房里看见他像个瞎子似的撞在过道门的边上,摇摇晃晃地跌进起居室。

他脑袋坚硬,但也吃不消这一跤。从脑震荡中恢复过来后,他有点中风了。

有好几天,他的舌头似乎被冻结在嘴里。在冰冻期间,舌头是平常体积的两倍大。他无法让女儿理解他的话。他想知道政府支票是不是来了。他打算用这笔钱买张汽车票回老家。过了几周,女儿能听懂他的话了。"支票来了,"她说,"但只够支付头两个星期的医药费。请告诉我,你不能说话,不能走路,不能直截了当地思考,一只眼睛又才受过伤,你怎么回老家?请告诉我好吗?"

到那时,他才逐渐明白自己当前面临的形势。他再也回不去科林斯了。至少,他必须让女儿明白,他必须被送回老家安葬。他们可以把他装在冷藏车里运回去,这样他就不会在途中腐烂。他不想自己被这里的殡葬人员摆弄。他死后,他们得立刻把他运走,他可以搭大清早的那班火车走,他们可以给胡滕拍个电报,叫他去找科尔曼,科尔曼会做余下的事情。我不会让一个黑鬼埋你的,女儿说,不要再说这种病态的事情了。过一段时间你就完全康复了。经过多次争论,他终于逼得女儿做出保证。女儿会把他运回去。他现在明白了,女儿答应他只是为了让他闭嘴。

女儿做出保证后,他睡眠平稳,复原一些。在异常真实的梦境中,他可以感觉到家乡清晨冰冷的空气从松木棺材的缝隙透进来。他看见科尔曼双眼通红地站在车站月台上等着,而胡滕则戴着绿色的眼罩和黑色的袖套,站在那里等火车停下。胡滕可能在想:这个老傻瓜如果待在他应该待的老家,就不会睡在该死的棺材里,乘六点零三分的火车回来了。科尔曼会掉转借来的骡车,好让他们把棺材滑下月台,滑到骡车敞开的一头上。棺材从火车上下来后,他们两个就默默地把装着他的棺材一寸一寸地推进骡车里。他在里面抓挠棺材板。他们丢下棺材,仿佛棺材着了火。

他们站在那里看了看对方,然后又看着棺材。

"是他,"科尔曼会说,"是他本人在里面。"

"不对,"胡滕会说,"肯定有一只老鼠钻了进去,和他在一起。"

"是他。这是他的一个把戏。"

"就算有只老鼠钻进去了,他也必须待在里面。"

"是他。弄根铁撬棍来。"

胡滕会咕咕哝哝地走开去找铁撬棍,然后走回来,开始撬棺材盖。在胡滕把棺材盖撬开之前,科尔曼就已经在跳上跳下,兴奋得气喘吁吁。坦纳会用双手向上一推,在棺材里跳起来。"审判日!审判日!"他会叫喊道,"你们两个傻瓜难道不知道这就是审判日吗?"

现在,他知道女儿的允诺究竟价值几何了。他还不如去相信别在外套口袋里的便条,以及在街上、货车车厢里或随便什么地方发现他已经死了的陌生人。除了她会按照自己的方式行事这一点,别指望她能做什么。她又走出厨房,拿着帽子、外套和胶靴。

"现在,听着,"她说,"我得去趟商店。我不在的时候,你不要试图站起来走动。你已经去过洗手间了,不需要再去了。我回来的时候,不想看见你躺在地板上。"

你回来时根本就看不到我了,他在心里说。这将是他最后一次见到女儿那张愚蠢的扁脸。然后他觉得有些内疚,女儿一向对他很好。但他只是女儿的一件麻烦事,仅此而已。

"你想在我走之前喝杯牛奶吗?"她问。

"不要。"他说。然后他吸了一口气,说:"你在这里有个好地方。这是这个国家的一个好地方。如果我生病给你带来了许多麻烦,我很抱歉。想对那个城里黑鬼友好是我的错。"除此之外,我还是个该死的说谎者,他在心里说,以消除掉他对女儿说的这些话在他嘴里产生的无法忍受的味道。

女儿凝视了他一会儿,好像他正在失去理智。然后,她似乎又从好的方面想了。"现在时不时说点这种令人愉快的话,是不是会让你感觉好一些呢?"她问道,在沙发上坐下来。

坦纳觉得自己的膝盖痒得想要伸直。走吧,走吧,坦纳默然地发火道,快点走吧。

"有你在这里真好,"女儿说,"我不会让你待在其他地方的。我自己的爸爸。"女儿冲他爽朗地一笑,然后抬起右腿,开始穿靴子。"我想在这样的天气,狗都不愿出门,"她说,"但我必须去一趟。你可以坐在这里,祈祷我不要滑倒,扭断脖子。"她把那只穿了靴子的脚跺在地板上,开始去穿另一只靴子。

他转眼看向窗外。雪花贴在窗玻璃的外面,结成冰。他再次看女儿时,女儿已经站起来,就像一个被塞进帽子和外套里的大玩具娃娃。她戴上一双绿色的针织手套。"好了,"她说,"我走了。你确定自己什么都不要?"

"不要,"他说,"放心走吧。"

"噢,那再见。"女儿说。

他抬了抬帽子,好让那颗长着斑点的光秃秃的苍白色脑袋透透气。女儿关上过道门。他因为兴奋而颤抖起来。他的手伸到身后,把外套拉到大腿上。穿上外套后,他等着,直到不再气喘吁吁。然后,他抓住椅子的扶手,把自己撑起来。他觉得自己的身体就像一口巨大而沉重的钟,钟锤从一边摆到另一边,却敲不出任何声音来。站起来后,他在原地摇摇晃晃地站了一会儿,直到掌握住平衡。他感到一阵恐惧和挫败感。他肯定是走不成了。不管是死是活,他肯定到不了老家。他把一只脚推到前面,没摔倒,于是自信又回来了。"耶和华是我的牧者,"他含混道,"我必不至缺乏。"[1]他朝沙发挪动,在那里可以扶着东西。他够到沙发了!他上路了。

等他走到门口,他女儿可能已经走下四段楼梯,走出这栋建筑了。他走过沙发,一手扶着墙作为支撑,贴着墙壁缓慢前行。没有人可以把他埋在这里。他非常有信心,仿佛老家的树林就坐落在楼梯的底部。他来到公寓的前门口,打开门,朝走廊里张望。自从那个演员把他推倒,这是他第一次朝走廊里张望。走廊里空荡荡的,有一股潮味。薄薄的发霉的油地毡延伸到另一套公寓的门前。那扇门关着。"黑鬼演员。"他说。

楼梯口离他站立的地方有十或十二英尺。他在专心致志地想办法,想不用手扶墙,不绕远路,缓慢前行就能到那里。他把双臂从身体两侧伸出去一些,不扶东西直接朝前移动。走下一半的距离时,他的双腿忽然消失了,或者感觉上仿佛是消失了。他迷惑地向下看了看,它们仍在那里。他向

---

[1]《诗篇》23:1。

前摔倒,但用双手抓住了楼梯栏杆的柱子。挂在那里时,他朝下看向那黑漆漆的楼梯,他似乎从没用这么久的时间盯视过某样东西。然后,他闭上眼睛,重重地向前跌下去。他滚到这段楼梯的中间,停下了。

他感觉到他们斜着把棺材从火车上弄下来,放到行李车上。他没有弄出任何声响。火车轰鸣着开走了。随即,行李车在他下面轰隆作响,把他运到车站的一边。他听见脚步声啪嗒啪嗒地朝他越走越近,他猜一群人围过来了。等他们走过来,我要让他们大吃一惊,他想道。

"他在里面,"科尔曼说,"他的一个把戏。"

"是一只老鼠在里面。"胡滕说。

"是他。弄根铁撬棍来。"

随即,一道浅绿色的光芒落在他身上。他在光芒中移动着身体,虚弱地叫喊道:"审判日!审判日。你们这些傻瓜不知道这就是审判日吗?"

"科尔曼?"他喃喃道。

俯在他身上的这个黑人长着一张乖戾的大嘴和一双阴郁的眼睛。

肯定是停错站了,坦纳想,那些傻瓜把我过早放下了。

这个黑鬼是谁？这里的天还没亮呢。

黑鬼的旁边还有一张脸，一个女人的脸，苍白，顶着一堆闪出古铜色光芒的头发。那张脸扭曲了，好像她刚才踩进一堆大粪里。

"哦，"坦纳喃喃道，"是你。"

演员俯得更近一些，然后抓住坦纳衬衫的前襟。"审判日，"他用嘲讽的腔调说，"没有什么审判日，老头。除了这一次。这可能是你的审判日。"

坦纳想握住一根栏杆把自己拉起来，但他什么也没抓到。那两张脸，黑的和苍白色的，似乎在摇曳。凭着一股意志的力量，他把他们固定在自己的眼前。与此同时，他抬起一只轻如气息的手，快活地说："把我拉起来，神父。我在回家的路上。"

他女儿在从杂货店回来时发现了他。他的帽子被拉下来盖在脸上，他的头和手臂塞在栏杆的辐条中间，他的脚悬在楼梯井的上方，就像一个戴着镣铐的人。女儿发疯似的拉他，然后又飞奔去找警察。他们用锯子切开楼梯栏杆，将他拉出来，说他已经死了一个小时。

女儿把他埋在纽约城，做完这件事后，她晚上睡不着觉。夜复一夜，她辗转反侧，脸上出现了非常明显的皱纹。于是她把他挖出来，运到科林斯。现在，她晚上休息得安稳了，脸色也恢复得和过去差不多一样好了。

天竺葵

　　老达德利蜷缩进那把快要被塑造成他身体形状的椅子里。他看着窗外十五英尺外黑红砖头上的一扇窗户。他在等天竺葵。每天早晨，大约十点钟，他们把天竺葵拿出来，五点半再收进去。在家乡，卡森夫人的窗前也有一盆天竺葵。家乡有很多天竺葵，更漂亮的天竺葵。老达德利想到，我们的才是真正的天竺葵，和这种挂着绿色纸蝴蝶结的淡粉红色玩意儿不一样。将要被他们放在窗前的天竺葵让他想起家乡患有小儿麻痹症的男孩格里斯比，他每天早晨都要被推出去晒太阳。卢提莎可以弄点那样的天竺葵的种子，把它种在地下，这样几周后就有东西可看了。住在巷子对面的那些人对天竺葵不上心。他们把天竺葵扔在外面，任烈日整天烘烤。他们的花放得太靠近窗台，风几乎都要把它吹翻了。他们对它不上心,不上心。不应该把天竺葵摆在那里。老达德利觉得自己的喉咙似乎被堵住了。卢提莎什么东西都会种。拉比也是。他的喉咙被拉紧了。他后仰着头,竭力让头脑清醒。他觉得没有多少事情能让他在想起来时,喉咙不变成这样。

他女儿进来了。"你不想出去走走吗?"女儿问,流露出挑衅的表情。

他没回答女儿。

"嗯?"

"不想。"他想知道女儿打算在那里站多久。女儿让他的眼睛也有了喉咙的感觉。他的眼睛湿润了,女儿也看见了。女儿以前就看见过,并且为他感到难过。看起来,女儿似乎也为自己感到难过。但她可以拯救她自己,老达德利想到,如果她不管我,让我待在家乡我该待的地方,不履行她该死的责任。女儿走出房间,留下的那声清晰可闻的叹息爬过他的身体,让他再次回想起那一刻:这根本就不是女儿的错,是他突然想搬到纽约来和女儿一起住的。

他本可以留在老家。他应该固执己见,告诉女儿,他要在自己一直生活的地方度过一生,她每月寄不寄钱给他都无所谓,他可以靠养老金和做零活凑合着过。收起她那该死的钱吧——她比他更需要钱。如果能这样完成责任，女儿应该会很高兴吧。接着女儿还可以说，如果你临死时子女不在你身边，那是你自己的错；她还可以说，如果你生病了而又没人照顾你，那也是你自找的。但他有个心愿，他想看看纽约。他还是个孩子时，去过亚特兰大一次，但只在电影里看过纽约。"大城市的节奏"啊。大城市都是些重要的地方。刹那间，愿望从心底溜出来。他在电影里看过的那个地方有他的容身之地！这么重要的一个地方居然也有他的容身之地！他说："好，去吧。"

说这句话时，我肯定是出什么毛病了。我要是好好的，不可能说这种话。我疯了，而她又那么想履行她那该死的责任——这句话是她从我身上勾出来的。她为什么要跑到老家烦我？我自己能过下去。有退休金可以活口，打点零工，我可以在膳宿公寓租个房间。

透过膳宿公寓里那个房间的窗户，他能看见河——浓稠的红色河流似要漫过岩石和弯道。他回想着，除了是红色的，又流得慢，那条河还有什么特征。在回忆的画面中，他在河流两岸加上绿色斑点表示树木，又给上游的某个地方加上褐色斑块表示垃圾。每周三，他都要和拉比乘着平底船在河上捉鱼。拉比对上下二十英里的河道都很熟悉。在科尔县，没有哪个黑鬼比拉比更了解这条河。他爱这条河，但这条河对老达德利没有任何意义。他只想捉到鱼而已。他喜欢夜里带着一长串鱼回来，再把鱼摔进水槽里。"就捉到这么几条。"他说。只有男子汉才能捉到这么多鱼，膳宿公寓的那些老姑娘总是这么说。周三一大早，他就和拉比出发，捉一天鱼。拉比负责找鱼群和划船，捉鱼的总是老达德利。拉比对捉鱼不大热心——他就是爱这条河罢了。"老板，你把线放在这里没用啊，"他会说，"这里没有鱼。这条河的这一带根本就没藏着鱼，没有啊，先生。"然后他会笑笑，把船划到下游去。拉比就是这样。偷东西时，他比黄鼠狼还厉害，但他知道哪儿有鱼。老达德利总是把小鱼都给他。

自从老婆在一九二二年去世，老达德利就住在膳宿公寓楼上靠拐角的房间里。他保护着那些老太太。他是这栋房子里的男人，做这栋房子里的男人该做的事情。晚上的工作比较枯燥：那些老姑娘像螃蟹一样来到客厅，坐下来织毛衣，作为这栋房子里的男人，他必须聆听和评判这场不时出现惊声尖叫和叽叽喳喳的麻雀战争。但是白天有拉比。拉比和卢提莎住在膳宿公寓的地下室里。卢提莎做饭；拉比负责打扫和照料菜园子，他更喜欢丢下做了一半的工作，去帮老达德利的忙——搭个母鸡窝，或漆一道门。拉比喜欢听人说话，喜欢听老达德利讲他曾经待过的亚特兰大的故事，喜欢听枪支内部部件是如何组合在一起的，以及这个老人知道的其他事情。

有时候，他们晚上出去猎负鼠[1]。他们从没逮到过一只负鼠，但是老达德利喜欢偶尔离开那些女士，而打猎是个很好的借口。拉比不喜欢猎负鼠。他们从未逮到过一只负鼠，甚至从未把一只负鼠赶到树上过。另外，拉比是个水上黑鬼。老达德利谈论猎狗和猎枪时，他会说："老板，咱今晚不出去逮负鼠了，对吧？我有点其他的小事要做。""你今晚打算偷哪家的鸡啊？"达德利会笑着说。"我想，今晚我可以去打负鼠。"拉比叹气道。

老达德利会拿出枪，拆开，然后在拉比擦拭部件时，向他讲解机械原理。接着，他会把枪再装起来——拉比对此总是大感惊奇。老达德利希望能对拉比讲讲纽约。如果他对拉

---

[1] 产于美洲的一种小动物，幼崽会被放在母亲身上的育儿袋里。

比讲讲纽约,那它就不会显得那样大——每次走在纽约的街上,也就不会有被压住的感觉。"不是那么大,"他可以这么说,"不要被它吓住,拉比。它就像其他任何一个城市一样。城市嘛,有什么复杂的。"

但城市确实复杂。纽约前一分钟还繁忙、拥挤,后一分钟就变得肮脏、沉寂。他女儿甚至不住在房子里。她住在大楼里——一排十分相似的黑红色和灰色大楼,说话刺耳的人探出窗外,看着其他窗户,其他人也像他们一样,再看回去。你可以在大楼里上上下下,走廊就像每一英寸上都有一扇门的卷尺。他记得,第一周,他被大楼弄晕了。他会半夜醒来,希望晚上的走廊会变个模样。他朝门外看出去,走廊被拉长了,就像狗行通道一样。街道全都一样。他想知道走到一条街的尽头会到达哪里。一天晚上,他梦见自己真的这么做了,结果他在大楼的尽头停下了——哪儿也去不了。

第二周,他深深地意识到女儿、女婿和外孙的存在——他没办法离开他们的活动范围。女婿是个怪人,开卡车,只有周末才回来。他不说"不",而是说"白",而且从没听说过负鼠。老达德利和那个男孩睡一间屋,那个孩子十六岁了,但他们无法交流。有时候,只有老达德利和女儿在公寓里时，女儿会坐下来和他说说话。女儿首先得想出点要说的事情。通常，女儿很快就把话说完了，又觉得不应该这么快就站起来干点别的事，所以老达德利只好说点什么。老达德利总是极力去想自己还没说过的事情。女儿从来不听自己已经听过的话。她以为父亲在人生最后几年和家人住在一起，好过住在破败的膳宿公寓里，公寓里全都是摇头晃脑的老女人。女儿在履行责任。她的兄弟姐妹都不履行责任。

有一次女儿带老达德利去购物，但老达德利的动作太慢了。他们去坐"地铁"——埋在地下的铁路，就像一个巨大的洞穴。人们从火车里流出来，漫过台阶，涌出地面，汇入街道。他们翻滚一般离开街道，走下台阶，走进火车里——黑的白的黄的，各种颜色的人全都混在一起，如同汤里的蔬菜。一切都沸水似的翻滚着。火车从隧道里、运河上呼啸而来，猛然停下。下车的人推上车的人，噪声响起，火车又猛冲而去。老达德利和女儿乘了三路地铁，才到达他们要去的地方。他搞不懂大家为什么还要出门。他觉得自己的舌头似乎已滑到胃里。女儿抓住他外套的袖子，拉着他穿过人群。

他们也坐地上火车，女儿称之为"高铁"。他们必须登上一座高高的站台去乘高铁。老达德利往栏杆下看了看,人群和汽车在他下面急速移动。他想吐。他一手扶着栏杆,跌坐在站台的木地板上。女儿大叫一声,把他从站台边缘拉过来。"你想跳下去自杀吗?"她叫喊道。

透过木板的缝隙,老达德利可以看见汽车正在街上游弋。"我不在乎,"他低声道,"我不在乎自己想不想跳下去。"

"别这样,"女儿说,"等我们到家了,你就会感觉好一些的。"

"家?"他重复道。汽车在他下面有节奏地移动。

"别这样,"女儿说,"火车来了,我们正好赶上。"每列火车都被他们碰巧赶上了。

他们上了那列火车。他们回到那栋大楼和那套房子里。这套房子太挤了。没有地方能让人独自待着。厨房通向洗浴间,洗浴间通向其他所有房间,你走到哪儿都总是在原地。在家乡,有楼上和地下室,有河,市中心就在弗拉里尔斯前面……我的喉咙真该死。

今天,天竺葵出来得晚了。现在是十点半。他们通常会在十点十五分把天竺葵拿出来。

在走廊深处的什么地方,一个女人尖叫着说的什么听不分明的话传到街上;一台收音机播放着微弱而又破碎的肥皂剧音乐;一个垃圾桶滚下消防通道。隔壁那套房子的门砰然关上,走廊上传来一阵脚步声。"是那个黑鬼,"老达德利喃喃道,"那个鞋子锃亮的黑鬼。"这个黑鬼搬来时,他已经在这里住了一周。那个星期四,这个黑鬼走进隔壁那套房子时,他正看着门外狗行通道一样的走廊。黑鬼穿着灰色细条纹西装,系着一条黄褐色领带。白色的衣领笔挺笔挺的,在脖子上印出一条非常明显的线。他的鞋子是闪亮的黄褐色——和他的领带及肤色很配。老达德利挠了挠头。他还不知道住在大楼深处的这类人能雇得起用人呢。他轻声笑了。黑鬼穿上周日套装[1]对他们很有好处。这个黑鬼也许知道附近乡下的情况——或许知道怎么去乡下。他们或许可以一起去打猎。他们或许可以在什么地方找到一条溪流。他关上门,走到女儿的房间。"嘿!"他喊道,"隔壁那家人雇了个黑鬼,肯定是来替他们打扫的。你猜,他们会让他每天都工作吗?"

---

[1] 指周日穿去教堂的最好的衣服。

女儿正在整理床铺,抬起了头。"你在说什么呀?"

"我说,隔壁的那户人家找了一个用人——一个黑鬼——穿得很漂亮,一套周日套装。"

女儿走到床的另一边。"你肯定是糊涂了,"她说,"隔壁那套房子是空的,而且,这里没人雇得起用人。"

"我敢说我看见他了,"老达德利吃吃地笑道,"打着领带,穿着白衬衫,直接走进去了——还穿着尖头皮鞋。"

"如果他进去了,说明那是他自己看房子。"女儿低声道。她走向梳妆台,开始手忙脚乱地收拾东西。

老达德利大笑起来。只要愿意,他女儿可以蛮有趣的。"嗯,"老达德利说,"我想我可以过去问问他哪天放假。或许我可以让他相信,他是喜欢捉鱼的。"然后他拍着口袋,让那两枚二十五美分硬币叮当作响。他还没来得及去到走廊上,女儿就愤怒地走到他身后,把他拉了回来。"你没听见我的话吗?"女儿大喊道,"我刚才不是开玩笑。如果他进去了,说明那是他自己打算租那套房子。不要过去问他什么问题,或是和他说话。我不想和黑鬼产生什么麻烦。"

"你是说,"老达德利低声道,"他要住在你的隔壁了?"

女儿耸耸肩。"我猜是这样。你做你自己的事情吧,"她补充道,"不要和他有什么瓜葛。"

女儿就是这样说的,好像老达德利是个全无常识的人。接着,他便开始责备女儿。他陈述自己的意思,而女儿也明白他的意思。"你没受过这样的教养!"他雷鸣般地说,"养你这么大,不是为了让你和黑鬼住这么近,觉得他们和你一样好,认为我会和一个黑鬼或那类人搅和在一起!你如果认为我想和他们有什么瓜葛,那肯定是疯了。"他不得不放慢语速,因为嗓子正在抽紧。女儿僵硬地站着,说只要付得起钱,他们爱住哪里就住哪里,而且尽可以拣好地方住。她竟然对我说教!老达德利心想。然后女儿不再说话,步伐僵硬地走开了。女儿总是这个样子。女儿前倾肩膀,高抬脖子,极力让自己显得神圣。好像我是个傻瓜。老达德利知道北方人允许黑鬼坐在自家的门口,允许他们坐在自家的沙发上,但他不知道自己依照规矩一手养大的女儿会住在他们的隔壁——而且认为他希望和他们搅和在一起。和那个黑鬼搅和在一起!

他站起来,从另一把椅子上拿起一张报纸。女儿再走进来时,他可以假装正在读报。他不喜欢女儿站在那儿,注视着他,觉得自己必须想出点什么事让他去做。他的目光越过纸张,看着小巷对面的那扇窗户。天竺葵还没被摆出来。以前从没这么迟过。第一次看见天竺葵那天,他一直坐在那儿看着窗外的那扇窗户,为了知道早餐时间已经过去多久了,他看了看手表,他抬起头时,天竺葵就在那儿了。天竺葵让他大吃一惊。他不喜欢花,但天竺葵看起来不像花。它就像家乡的病男孩格里斯比。天竺葵是那些老太太在客厅里布置的帷幕的那种颜色,而上面的纸蝴蝶结看起来就像是卢提莎周日穿的制服后面的那个蝴蝶结。卢提莎钟爱饰带。大多数黑鬼都如此,老达德利想道。

女儿又进来了。她进来时,他有意看着报纸。"帮我个忙,可以吗?"她问道。这个他可以帮的忙也许是女儿刚刚想到的。

他希望女儿不要再让他去杂货店了。他上次走丢了。这些该死的大楼全都一个样。他点点头。

"下去问问三楼的施密特太太能不能把衬衫图案借给我,就是用在杰克身上的那个。"

为什么她就不能让我坐着。她不需要什么衬衫图案。"好啊,"他说,"多少号?"

"十号——和我们一样。从我们的公寓往下走三层就到了。"

走在狗行通道里，老达德利总是感到害怕。他怕某扇门会突然打开，一个穿着内衣的尖鼻子男人会从窗台上滑下来，对他吼道："你在这里干吗？"黑鬼的那套房子的门开着，他看见一个女人坐在窗户旁边的一张椅子上。"北方黑鬼。"他嘟囔道。那个女人戴着无框眼镜，膝盖上放着本书。只有戴上眼镜，黑鬼们才觉得自己打扮好了，老达德利想到。他想起卢提莎的眼镜。为了买眼镜，卢提莎攒了十三美元。然后她到医生那里，叫医生看看她的眼睛，告诉她应该戴多厚的眼镜。医生让她在镜子里看一些动物的图片，接着又用光照了照她的眼睛，并通过她的眼睛看了看她脑袋的内部。最后，医生说她不需要戴眼镜。她太生气了，连续烤煳了三天玉米面包，最后在十美分店给自己买了几副眼镜。那些眼镜只花了她一美元九十八美分，她每个礼拜六都戴着。"黑鬼都这样。"老达德利轻声笑了。意识到自己发出了声音，他用手捂住嘴。可能有人在某套房子里听见了他发出的声音。

他拐弯下到第一段楼梯上。下到第二段楼梯上时，他听见有脚步声从下面传上来。他的目光越过楼梯扶手，看见一个女人——一个穿着围裙的胖女人。从上面看，她有点像家乡的本森太太。他琢磨这个胖女人会不会和自己说话。他们相距四级楼梯时，他快速地瞄了女人一眼，可女人没看他。他们站在同一级楼梯上时，他的眼睛往上瞟了片刻，女人则面色阴冷地看了看他。然后女人就从他身边过去了。女人什么也没说。老达德利觉得胃沉甸甸的。

他走下四段而不是三段楼梯。然后他又上一段楼梯，找到十号。施密特太太说，好的，等一等，接着就去拿图案了。她派了一个孩子把图案交给他。那个孩子一句话也没说。

老达德利上楼。他爬楼梯的速度比下楼梯的速度慢。上楼让他觉得疲累。一切似乎都让他觉得疲累。不像有拉比替他跑腿的日子。拉比动作很轻。掏人家的鸡窝时，即便被母鸡察觉到了，他也能在母鸡咕咕叫之前从鸡窝里抓出最肥的鸡仔，速度也快。老达德利走起路来总是慢吞吞的。只有胖人才那样走路。他记得有一次他和拉比去莫尔顿附近打鹌鹑。他们带着一条猎犬。这条狗比任何花哨的指示犬都能更快地找到鹌鹑。他把鹌鹑带回去也没用，但享受发现鹌鹑的乐趣。他瞄准那些鸟时，就像枯树桩一样。那一次猎犬岿然不动。"肯定是个大家伙，"拉比低声说，"我感觉到它了。"

他们朝前走时,老达德利慢慢地举起枪。他必须小心地上滑溜的松针。拉比带着无意识的小心,不停地将重心从一边转移到另一边,抬脚,又把脚落在打了蜡似的松针上。他直视前方,快速朝前移动。老达德利一只眼看着前方,一只眼盯着地面。可能会有斜坡,他可能会向前滑出去,摔个半死,或者在上坡时,向后滑倒。

"这回最好是我去逮雀子吧,老板?"拉比建议道,"一到礼拜一,你的脚就不太灵便。万一在坡上跌倒了,你会把雀子都吓跑的,因为你举着枪呢。"

老达德利想打这一群鹌鹑,他很容易就能一枪打中四只。"我去打它们。"他嘟囔道。他把枪举到眼前,身体前倾。他脚下有个东西一滑,于是他向后滑倒,脚后跟着地。枪响了,一群鹌鹑飞散到空中。

"好雀子啊,被我们放走了。"拉比叹气道。

"我们还会找到一群的,"老达德利说,"把我从这个该死的洞里拉出去。"

要不是摔倒,我能一枪射中五只。我能像射篱笆上的罐子一样射中它们。他把一只手搁在耳朵上,另一只手向前伸出。我可以像射泥飞靶那样射中它们。乓!下面的楼梯上传来一阵咯吱声,他转过身——他的胳膊仍端着一支看不见的枪。那个黑鬼踏级而上,朝他走来,一丝愉悦的微笑在黑鬼修剪整齐的胡子上延展开来。老达德利张开的嘴耷拉着。黑鬼嘴唇下垂,似乎正极力不让自己笑出来。老达德利觉得自己动弹不得。他凝视着黑鬼的衣领在皮肤上制造出的那条清晰的线。

"老先生,你在打什么呀?"这个黑鬼说,发出一种类似于黑鬼的大笑和白人的嗤笑的声音。

老达德利觉得自己就像个拿着弹出式手枪的小孩。他张着嘴,舌头僵硬在嘴里。他觉得膝盖以下空荡荡的。他脚下一软,跌下三级楼梯,并以坐姿停下来。

"你最好悠着点儿,"黑鬼说,"你很容易在楼梯上伤到自己。"然后他向老达德利伸出手,要把他拉起来。一只又长又窄的手,干净的指甲剪得整整齐齐,似乎被磨过。老达德利的双手垂在两膝之间。黑鬼抓住老达德利的胳膊,把他拉起来。"嘘!"他喘着气说,"你可真沉呀。在这边帮着点儿。"老达德利绷直膝盖,踉跄地往上走。黑鬼扶着他的胳膊。"我去任何一楼都可以,"他说,"我可以帮你。"老达德利紧张又忙乱地朝四周看看。他身后的楼梯似乎消失了。他和黑鬼一起踩着楼梯往上走。黑鬼每走一级,都要等着他。"等于说,你打猎喽?"黑鬼说道,"嗯,让我想想啊。我打过一次鹿。我记得我们用多德森三八打。你用什么?"

老达德利凝视着黑鬼那双黄褐色的皮鞋。"我用枪。"他嘀咕道。

"我喜欢摆弄枪胜过打猎,"黑鬼说,"永远都不要杀生。似乎有点遗憾,禁猎区越来越少了。不过,如果时间和经济上许可,我很想收集枪支。"他在每一级台阶上停下,等着老达德利踏上那一级。他讲解各种枪支和它们的制造方法。他穿着带斑点的灰袜子。他们走完楼梯了。黑鬼扶着老达德利的胳膊,陪他沿着走廊走。乍看之下,他的胳膊就像被黑鬼的胳膊锁住了。

他们一直走到老达德利女儿家的门口。黑鬼问:"你住在这一层?"

老达德利看着门,摇了摇头。他还不曾看黑鬼一眼。从楼梯一路上来,他都没看黑鬼。"嗯,"黑鬼说,"这是个令人愉快的地方——一旦你习惯了。"他拍了拍老达德利的背,接着走进自己的那套房子里。老达德利走进女儿家的房子。喉咙里的痛楚现在已经蔓延到整张脸上,并从眼睛里渗透出来。

他把椅子拖到窗边，坐到椅子上。他的喉咙快要爆裂了。他的喉咙快要因为一个黑鬼爆裂了——一个该死的黑鬼，拍了他的背，还叫他"老先生"。他认为黑鬼不可以做这种事。他是好地方的人。好地方。在那个地方，黑鬼不可以做这种事。他的眼睛很不舒服。眼睛在眼窝里膨胀，须臾，眼窝似乎已经盛不下眼睛。他被困在这个地方，在这里，黑鬼可以管他叫"老先生"。我不会被困住的。不会的。为了拉伸胀胀的脖子，他将头后仰到椅子的靠背上。

有个男人在看他。小巷对面窗户里有个男人正直视着他。那个男人在看着他哭。那是天竺葵应该出现的地方。那个男人穿着内衣，看着他哭，等着看他的喉咙爆裂。老达德利和那个男人对视着。那是天竺葵应该出现的地方。天竺葵属于那儿，那个男人不属于那儿。"天竺葵呢？"他从绷紧的喉咙里喊出这句话。

"你为什么哭啊？"那个男人问，"我从来没见过男人这样哭。"

"天竺葵呢？"老达德利用颤音说。"它应该在那儿。不是你。"

"这是我的窗户,"那个男人说,"只要我想,我就有权在这儿。"

"天竺葵呢?"老达德利尖声道。他的喉咙里仅剩一点空间了。

"它掉下去了,但这和你无关。"那个男人说。

老达德利站起来,朝窗台下仔细看了看。天竺葵掉到巷子里了,从六楼掉下去的。他看见破碎的花盆,泥土撒了一地,一个粉红色的东西从绿色的纸蝴蝶结里伸出来。天竺葵从六楼掉下去了。从六楼掉下去,碎了。

老达德利看着那个嚼着软糖、等着看他喉咙爆裂的男人。"你不该把它放得离窗台那么近,"他喃喃道,"你为什么不把它捡起来?"

"你为什么不捡呢,老爹?"

老达德利瞪着那个男人,那个男人站在应该是天竺葵出现的地方。

我会的。我会下楼把它捡起来的。我会把它放在我自己的窗台上,想看就整天看。他从窗口转过身,离开房间。他沿着狗行通道慢慢地走,来到楼梯前。楼梯延伸下去,就像楼层里的一道深深的伤口。楼梯从一个山洞似的缺口处打开，往下延伸，延伸。刚才他在那个黑鬼后面攀登这些楼梯。黑鬼站在他旁边，把他拉起来。黑鬼的胳膊挽着他的胳膊，黑鬼和他一起爬楼梯。黑鬼说自己打过鹿，称他为"老先生"。黑鬼看见他端着一支并不存在的枪，看见他像个孩子似的坐在楼梯上。黑鬼穿着锃亮的黄褐色皮鞋，极力不让自己笑出来，但整件事太可笑了。可能这里的一些黑鬼在爬楼梯时会让袜子上的黑斑点露出来，为了让自己不笑，就耷拉着嘴。台阶不住地往下掉。我不会下楼让黑鬼拍我的背的。他回到房间里，来到窗边，朝下看着天竺葵。

那个男人坐在应该是天竺葵出现的地方。"我没看见你把它捡起来嘛。"他说。

老达德利瞪着他。

"我见过你，"那个男人说，"我看见你每天都坐在那张旧椅子上，盯着窗外，看我的房子。我在我的房子里做什么是我自己的事，明白吗？我不喜欢让人看着我正在做什么。"

天竺葵在巷子里，天竺葵的根的气味飘散在空气中。

"同样的话我只说一遍。"说完，那个男人就从窗前走开了。

理发师

迪尔顿[1]正在尝试变革。

"白人民主预选"结束后,雷拜换了一个理发师。那场选举开始的三周前,给他刮脸的那个理发师问他:"你打算选谁?"

"达尔蒙。"雷拜说。

"你同情黑鬼?"

坐在椅子上的雷拜吃了一惊。他没料到这个理发师竟然对他这么粗鲁。"不。"他说。如果不是失了态,他本可以说:"我既不同情黑仔,也不同情白人。"他曾对雅各布斯说过这样的话。雅各布斯是个哲人,而且,为了向你表达自由

---

1 本篇中出现的地名都为美国南方的小地名,不一一加注。

派在迪尔顿是多么痛苦,雅各布斯——一个受过他那种教育的人,会咕哝道:"这样不好。"

"为什么?"雷拜直率地问。他知道自己能辩倒雅各布斯。

雅各布斯说:"不说了。"他有课。雷拜注意到,他一想和雅各布斯辩论,雅各布斯就时常有课。

"我既不同情黑仔,也不同情白人。"雷拜原本可以这样对理发师说。

理发师从泡沫中划出一条清晰的小路,然后用刮脸刀指着雷拜。"我跟你讲,"他说,"现在只有两边,白的和黑的。谁都能从这场竞选中看出这一点来。你知道霍克[1]是怎么说的?他说百五十[2]年前,他们互相追捕,你吃我,我吃你——用宝石扔鸟——用牙剥马皮。在亚特兰大,有个黑鬼走进一家白人理发店,说:'给咱剪个头。'他们把他扔了出去但这还算轻的[3]。为什么,听着,上个月,马尔福德的三

---

1 霍克(Hawk)原意为鹰。
2 理发师用 hunnert 表示百,hunnert 是 hundred(百)在部分乡间的误读误拼。
3 理发师说话常不断句,次序颠倒,为保留特色,在不影响理解的情况下,译文直译。

个黑鬣狗枪击了一个白人，抢走人家屋里一半的财产，他们现在在哪儿你知道吗？在他们县的监狱里，吃得就像美国总统——把他们锁起来干苦活他们会弄脏自己；再不然就是一些该死的黑鬼同情者看见他们搬石头会伤心。为什么，我告诉你，等我们搞定那些老哈妈[1]，就再也没有这样的好事儿了，而且我们要选个人把这些黑鬼弄到他们该待的地方。嘿。"

"乔治，你听到了吗？"理发师对正在水槽周围擦地板的那个有色男孩喊道。

"一清二楚。"乔治说。

该雷拜说点什么了，但他说不出什么恰当的话。他想说些乔治能理解的话。他很惊讶，乔治也被带进谈话中来了。他想起雅各布斯说他曾在一所黑仔学院作了一周的讲座。他不能说黑鬼——黑仔——有色——黑色。雅各布斯说，他每晚回家后都要对着后窗大喊"黑鬼黑鬼黑鬼"。雷拜想知道乔治的倾向。乔治看起来是个挺干净的男孩。

"如果有黑鬼走到我的店里来，说要剪头发什么的，我会好好给他剪一剪头发的。"理发师在牙齿间弄出一阵声响。

---

[1] 原指女子长而大的罩衣，这里指同情黑人的白人。

"你是老哈妈吧?"他问。

"我投达尔蒙的票,如果这就是你的意思的话。"雷拜说。

"你听过霍克讲话吗?"

"我有过这样的荣幸。"雷拜说。

"你听过他的最后一次讲话没有?"

"没有,我知道他的每场演讲内容都一样。"雷拜坦率地说。

"是吗?"理发师说,"呵,最后一场演讲真是太精彩了!那是老霍克说给那些老哈妈听的。"

"许多人,"雷拜说,"觉得霍克森[1]是个煽动家。"他不知道乔治是否明白煽动家这个词的含义。他应该说:"说谎政客。"

"煽动家!"理发师拍着膝盖大叫,"霍克就是这么说的!"他吼道,"真是一击必中!'那些人,'霍克说,'那些老哈妈说我是个煽动家。'然后他回击了,但比较客气:'大家说,我是个煽动家吗?'然后他们就喊:'不啊,霍克,你

---

[1] 霍克森是霍克的全称。

怎么会是煽动家呢！'然后他自己喊道：'噢，对，我是煽动家，我是本州最他妈好的一个煽动家！'你该听听那些人的叫喊声！嘿！"

"好一场表演，"雷拜说，"但也只能是……"

"老哈妈，"理发师咕哝道，"你被他们骗得晕头转向了。让我来告诉你点儿事……"他复述霍克森在独立日的演讲。又是一场精彩的演讲，以诗歌结尾。达尔蒙是谁？霍克问道。是啊，达尔蒙是谁？人群吼叫道。为什么他们还不知道，他是一个"蓝色男孩[1]"，吹着号角。是啊。婴儿在草地里，而黑鬼在玉米地里。伙计！你早该听听这首诗。没有哪个老哈妈听到这首诗还能不发抖。

雷拜想，如果理发师能读一点……

听着，他不需要读任何玩意儿。他需要做的就是思考。这些天来，这些不思考的人的麻烦就在这里，他们不使用自己的常识。我现在为什么不思考？我的常识在哪里？

我为什么不说出自己的看法？雷拜愤怒地想。

---

[1] 一首英文童谣，原文化用了"来吹号角吧。羊在草地上，牛在玉米地里"这几句歌词。

"没门儿,先生,"理发师说,"说漂亮话不能给任何人带来好处。漂亮话不能代替思考。"

"思考!"雷拜叫道,"你觉得自己在思考?"

"听着,"理发师说,"你知道霍克在蒂尔福德对他们说了些什么吗?在蒂尔福德,霍克对他们说,他希望黑鬼们能老实待在他们的地方,如果不想待在那个地方,他有地方安置他们。你怎么看?"

雷拜搞不懂这和思考有什么关系。

理发师觉得这和思考很有关系。他还思考了其他许多事情,并告诉了雷拜。他说,雷拜应该听听霍克森在"穆林橡树"、贝德福德和齐克威尔的演讲。

雷拜坐回到椅子上,提醒理发师他是来刮脸的。

理发师又开始给他刮脸。他说,雷拜应该去听在斯巴达斯威尔的那场演讲。"没有一个老哈妈敢留下来,而且所有'蓝色男孩'的号角都哑了。霍克认为,"他说,"是时候压制……"

"我有个约会,"雷拜说,"我赶时间。"我为什么要留在这里听这连篇废话呢?

在那天余下来的时间里,那场愚蠢的对话一直萦绕在他的脑海里。他晚上躺在床上后,细节源源不断地进入他的脑海。让他厌恶的是,他正在重历那场对话,说出了他本来会说的话——如果他有机会准备一下。他想知道雅各布斯会如何处理这场对话。雅各布斯有办法让别人觉得,他知道的比雷拜认为他知道的多。在同行中,这不算一个坏把戏。雷拜经常分析这个小把戏以自娱自乐。雅各布斯应该可以足够冷静地应付理发师。想象着雅各布斯会如何行事,雷拜又开始重新过一遍对话。最后,他又以自己的身份再次过了一遍对话。

他再次去理发店时,已经忘了那场争论。理发师好像也已经忘了,说了一会儿天气就不再说话。雷拜寻思着晚饭要吃什么。噢。今天是星期二。星期二,他妻子做罐头肉。把罐头肉拿出来,和奶酪一起烤,一片肉,一片奶酪,最后呈条纹状。为什么我们每周二都得吃这东西?你如果不喜欢,就得——

"你还是老哈吗?"

雷拜的头猛地一动。"什么?"

"你还支持达尔蒙?"

"是的。"雷拜说道,开始寻找储备在大脑里的材料。

"唉,听着,你们这些教书先生,你知道,似乎,嗯——"理发师困惑了。雷拜看得出来,理发师对自己没有上次那样自信了。不过,理发师似乎在找话强调自己的一个新论点。"要是听到霍克关于教师薪水的话,你们这帮人也许就会选他了。感觉你现在已经决定选他了。有什么理由不选?你不想多拿点钱?"

"多拿点钱?"雷拜笑了,"你知不知道,一个腐败的执政者使我损失的钱,要比他能给我的多?"他发现自己终于和理发师在同一水平上了。"我不选他,是因为他讨厌很多种人,"他说,"他花掉我的钱,是达尔蒙能花掉的两倍。"

"即便如此,那又怎样?"理发师说,"如果是为了做好事,我不会攥着钱不放。为了质量,我可以随时掏腰包。"

"我说的不是这个!"雷拜说道,"不是……"

"霍克承诺的提薪计划根本不适用于他这样的教员。"有人在房间后部说道。一个带着经理式自信的胖男人走近雷拜。"他是大学教师,对吧?"

"是啊,"理发师说,"他是大学老师,他得不到霍克的加薪。话说回来,如果达尔蒙当选了,他也捞不着一美分。"

"啊,他还是能得到点东西的。所有学校都支持达尔蒙。

他们等着领好处——免费的笔记本或新课桌什么的呢。这就是游戏规则。"

"教育好了,"雷拜气急败坏地说,"每个人都能受益。"

"我好像很久以前就听过这种话了。"理发师说。

"你看,"那个胖男人解释道,"你不能完全不在乎学校。这就是他们的论调——让每个人都受益。"

理发师大笑。

"如果你曾想过……"雷拜开口了。

"也许应该在门口给你弄张新桌子,"那个胖男人得意地哈哈大笑,"你觉得呢,乔?"他用手肘碰了碰理发师。

雷拜想把脚抬到胖男人的下巴下面。"你知不知道什么叫理智?"他含混道。

"听着,"胖男人道,"你想说什么就说吧。但有一点你还没意识到:我们这里出问题了。如果在你的教室后排有几张黑面孔看着你,你会感觉如何?"

雷拜眼前一阵黑暗,他觉得自己就像被人击倒在地。乔治进来洗水槽。"只要他们愿意学,我就愿意教——不管黑白。"雷拜说。他想知道乔治有没有抬头。

"好吧,"理发师接口道,"但不要混在一块,嗯?乔治,你想去白人学校念书吗?"他叫嚷道。

"不想那么干,"乔治说,"我们需要点粉[1]。盒子里就剩这点了。"他把那点粉拍进水槽里。

"那就去弄一点来。"理发师说。

"是时候了,"那个经理继续说,"就像霍克森说的,是时候进行坚决、果决的压制了。"他也背诵起霍克森在独立日的演讲。

雷拜想把他推到水槽里。天热,到处都是苍蝇,为什么要浪费时间听一个胖子说话。透过着色玻璃窗,他可以看见法院广场——凉爽的蓝绿色。他打心眼里希望理发师能快一些。他把注意力集中在外面的广场上,他觉得自己就在那里。他能辨清那些树,空气缓缓流动。几个男人溜达上法院人行道。雷拜看得更仔细了,他觉得自己认出了雅各布斯。但雅各布斯傍晚有课。不过,确实是雅各布斯。看着像。如果是他,他在跟谁说话?布莱克利?可能是布莱克利。他眯起眼睛。三个穿着佐特套装[2]的有色男孩在人行道上闲逛。

---

[1] 过去剪发要在脖子上扑点粉,防止碎发扎人。
[2] 二十世纪四十年代流行的男装。上衣宽肩,长度及膝,裤子高腰窄口。

其中一个倒在路上,雷拜只能看到他的头,另外两个躺在他身上,倚靠着理发店,严重阻挡了雷拜的视线。他们为什么不他妈的到别的地方驻扎?雷拜愤恨地想。"快一点,"他对理发师说,"我有个约会。"

"你急什么呢?"胖男人说,"你最好待在这里,替'蓝色男孩'辩护。"

"你知道,你还从来没对我们说你为什么要选他呢。"理发师轻笑着,拿开雷拜脖子四周的围布。

"是啊,"胖男人说,"你能不能跟我们说说,别谈什么好真府[1]了。"

"我有约会,"雷拜说,"我得走了。"

"你就是知道达尔蒙那么可怜,也没办法替他说一句好话。"胖男人咆哮道。

"听着,"雷拜说,"我下周还会再来,到时你要多少选达尔蒙的理由,我就给你多少——比你给我的那些选霍克森的理由更有说服力。"

"我倒想听听,"理发师说,"因为我跟你讲,你说什么

---

[1] 原文有意把 government(政府)拼成 govermint。

都没用。"

"好啊,咱们到时见分晓。"雷拜说。

"记住啊,"胖男人挑衅道,"你不能说什么好真府。"

"我不会说一句你们听不懂的话。"雷拜含混道。然后,他觉得自己像个傻瓜,因为他表现出了愤怒。胖子和理发师都龇着牙笑了。"我周二来找你。"说完,雷拜就走了。他厌恶自己说了会对他们讲出理由来。必须想出理由来——系统的理由。他无法像他们那样立刻打开大脑。他渴望自己能那样。他渴望"老哈妈"这个诨名能不那么准确。他渴望达尔蒙会吐烟草汁。必须想出理由来——摆脱麻烦,省下时间。我这是怎么了?为什么想不出理由来?动动脑筋,我能把那个理发店里的所有人都说得无地自容。

他到家时,已经有了论点提纲的开头部分。不能用任何废词、大词——这并非易事,他知道。

他即刻就干了起来。他弄到晚饭时分,得了四句话——又全部划掉。吃饭中途,他站起来走到书桌边改了一句。晚饭后,他又划掉修改后的句子。

"你怎么了?"妻子感到奇怪。

"没事,"雷拜说,"没事。只是有工作要做。"

"我不是想妨碍你。"她说。

妻子出去后，他继续工作，把桌子下面的横档都踢松了。十一点时，他已经写了一页。第二天上午，思路顺畅多了，他在中午前完成文章。他觉得够直言不讳的了。开头是"出于两个原因，一些人把另一些人选到权力位置上"，结尾是"不经斟酌就使用想法的人无异于逆风而行"。他觉得最后一句非常有力。他觉得整篇文字已经足够有力。

下午，他带着文章转悠到雅各布斯的办公室。布莱克利在那里，但后来走了。雷拜把文章读给雅各布斯听。

"嗯，"雅各布斯说，"你想干吗？你知道自己在干什么吗？"雷拜朗读时，雅各布斯在记录纸上不停地草草写下数字。

雷拜不知道他是不是真的很忙。"保护我自己不受理发师们的攻击，"他说，"你从来没想过和理发师辩论吗？"

"我从不参与辩论。"雅各布斯说。

"那是因为你不了解那种无知，"雷拜解释道，"从未经历过。"

雅各布斯哼了哼。"哦，是啊，我没经历过。"他说。

"怎么了？"

"我从不参与辩论。"

"但我知道自己是对的。"雷拜坚持道。

"我从不参与辩论。"

"好吧,我会辩论,"雷拜说,"我要以他们说错话的速度说出正确的话。这是个速度问题。明白吗?"他继续道,"这不是什么启蒙任务,我这是为自己辩护。"

"我明白,"雅各布斯说,"我希望你能做到。"

"我已经做到了!你读一读文章。在这儿。"雷拜不知道该称雅各布斯的那副神情为呆滞还是专注。

"好了,就到纸上为止。不要因为和理发师辩论而破坏你的观点。"

"我一定要辩论。"雷拜说。

雅各布斯耸耸肩。

雷拜原打算和他详细谈论文章。"嗯,再见。"他说。

"好的。"雅各布斯说。

雷拜搞不懂自己为什么一开始就对他读了文章。

他周二下午要去见理发师,在那之前,他很紧张,觉得可以在妻子身上试验这篇文章作为练习。他还不知道妻子也支持霍克森。他一提到选举,妻子就会强调说:"不要以为教个书就代表什么都知道。"我说过我什么都知道吗？或许我不应该喊她过来。他想知道通过随口说出来，他的观点听起来究竟会是什么样。不长，不会占用她太多时间。或许她会因为被叫了而不高兴。但是，她也有可能会被我的话感染，可能。他叫了她。

她说好的，但你必须等我把手上的事情忙完，反正我手上一有事情，就必须走开去做别的事情。

他说，他不能等到天黑——还有四十五分钟理发店就要关门了——麻烦你快点好吗？

她擦着手走进来。她说，好啦，好啦，我在这儿了，不是吗？说吧。

他看着妻子头顶的上方，开始轻松而又随意地说了。他那玩弄辞藻的声音听起来不错。他不知道是这些词本身还是他的语调让辞藻听起来是这样的。他在一句话的中间停下来，朝妻子看了一眼，目的是从她的表情中得到点线索。妻子的头微微转向她椅子旁边的桌子——桌上放着一本翻开的杂志。他停下时，妻子站起来。"很棒。"说完，她就回厨房了。雷拜离开家去理发店。

他慢慢地走着，想着自己将要在理发店说的那些话。他不时停下来，茫然地看着商店橱窗。"布洛克饲料公司"展示了一款家鸡自动宰杀器——机器上方是"让胆小的人也能杀家禽"的标语。雷拜想知道是不是有很多胆小的人用过这东西。快到理发店时，透过门洞，雷拜隐约看见那个带着经理式自信的男人正坐在角落里看报纸。雷拜走进理发店，把帽子挂起来。

"你好啊，"理发师说，"今天是全年最热的一天！"

"是够热的。"雷拜说。

"狩猎季节马上就要结束了。"理发师随口说道。

雷拜想说：好了，让我们开始吧。他打算在他们谈话时插入自己的论点。那个胖男人还没注意到他。

"你应该看看我那条狗前几天是怎么吓唬鹌鹑的，"雷拜坐到椅子上时，理发师又说道，"鹌鹑第一次散开时我们打中了四只，第二次散开时我们又打中两只。真不赖。"

"永远都不要打鹌鹑。"雷拜声音嘶哑地说。

"什么事也比不上带个黑鬼、带条狗、带把枪去赶鹌鹑惬意，"理发师说，"你如果没打过鹌鹑，那真是白活了。"

雷拜清了清喉咙，理发师则继续做他的事。坐在角落里的胖男人把报纸翻到下一页。他们以为我来这里是为了干吗？雷拜想道，他们不可能忘了。他等着，听着苍蝇发出的噪声和后面几个男人含混不清的谈话声。胖男人又翻了一页报纸。雷拜听到乔治正在用扫帚在理发店里的某处地面上慢吞吞地划拉，停下，再划拉，再……"你，呃，还是霍克森的人？"雷拜问理发师。

"是啊！"理发师笑道，"是的！你知道，我已经忘了。你要告诉我们你为什么选达尔蒙。嘿，罗伊！"他冲胖男人喊道，"到这边来。我们来听听我们为什么应该选'蓝色男孩'。"

罗伊哼了一声，又翻了一页报纸。"等一下，让我看完这篇。"他含混道。

"乔，你那边坐的是谁啊？"理发店后部有个男人喊道，"一个好真府男孩？"

"是啊，"理发师说，"他要做演讲呢。"

"那种话我已经听得够多的了。"那个男人说。

"你没听雷拜说过啊，"理发师说，"雷拜人不错。他不知道选举是怎么回事，但人不错。"

雷拜脸红了。有两个男人慢悠悠地走到前面来。"不是演讲，"雷拜说，"我只是想和你们讨论讨论——理智地讨论。"

"罗伊，到这边来。"理发师喊道。

"你这是要干吗？"雷拜含混道。然后他突然说："既然叫了其他人，为什么不把你的小工乔治也叫上。你不敢让他听吗？"

理发师默默地看了雷拜一秒钟。

雷拜觉得自己太无拘无束了。

"他能听到，"理发师说，"他在后面能听到。"

"我只是觉得他可能会感兴趣。"雷拜说。

"他能听到，"理发师重复道，"他能听见他听见的话，他能听见很多话。他能听见你说的话，还有没说的话。"

罗伊一边叠报纸一边朝这边走过来。"你好啊，孩子，"他把一只手放在雷拜的头上，说道，"开始演讲吧。"

雷拜觉得自己正在一张网中挣扎。他们带着笑意的红脸膛笼罩着他。他听见那些话从自己的嘴里跑出来——"嗯，我是这样认为的，一些人选……"他感觉这些话就像货车一样从他的嘴里开了出来，丁零当啷，连环相撞，戛然停住，滑开，相连着倒退，震动不已，骤然停止时和开始时一样猛烈。结束了。雷拜有些不高兴，竟然结束得如此之快。一时间，他们似乎都在等着他继续说下去，没有人说话。

然后，理发师突然叫唤道："你们有谁要选'蓝色男孩'啊？！"

有人转身窃笑。还有个人弯下了腰。

"我，"罗伊说，"我要现在就一路跑过去，那样明早就成第一个给'蓝色男孩'投票的人了。"

"听着！"雷拜叫嚷道，"我并不想……"

"乔治，"理发师喊道，"你听见演讲了吗？"

"听到了，先生。"乔治说。

"乔治，你打算选谁啊？"

"我并不想……"雷拜喊道。

"我不知道他们让不让我选，"乔治说，"让的话，我打算选霍克森先生。"

"听着！"雷拜叫喊道，"你们以为我这是为了改变你们那榆木脑袋吗？你们把我当成什么人了？"他用双手抓住理发师的肩膀，使劲摇晃，"你们以为我打算影响你们那该死的、傻子一般的无知状态吗？"

理发师晃了晃肩膀，甩开雷拜的双手。"别激动，"他说，"我们都觉得这次演讲非常精彩。我一直就是这么说的——你要思考,你要……"雷拜打他时,他踉跄地往后逃,然后跌坐在第二张椅子的脚踏上。"我们觉得这次演讲非常精彩。"他说完了,从容地看着雷拜那张苍白的、一边还涂着泡沫的脸。雷拜从上面瞪着他。"我一直都是这么说的……"

脖子处的血液在皮肤下汹涌奔流。雷拜转身推开周围的人,快速朝门口冲去。外面,太阳把一切都悬浮在热量的水潭中,在几近奔跑着拐第一个弯之前,泡沫已经融化,滴入他的衣领,并顺着理发师的围布,流到他的膝盖上。

野猫 [1]

I

老加布里埃尔在身前慢慢地斜挥手杖,摇摇摆摆地穿过房间。

"谁啊?"他来到门口,低声道,"我闻到了黑鬼的气味。"

他们柔软而低沉的笑声从蛙鸣中升起,继而与各种声音混杂成一片。

"盖布[2],你真是神机妙算啊。"

"老爹,你和我们一起去吗?"

"你闻一闻就知道我们是谁了。"

---

[1] 本篇小说中的野猫指短尾猫,而非走失或遭遗弃的家猫。短尾猫分布于加拿大南部至墨西哥北部一带,独居动物,夜晚活动,以兔类、鸟类和啮齿动物为食。
[2] 盖布和后文出现的加布拉都是加布里埃尔的简称。

老加布里埃尔朝门廊走出去一点。"马修、乔治、威利·迈里克。还有一个是谁?"

"老爹,是布恩·威廉斯啊。"

加布里埃尔用手杖试探着门廊的边缘。"你们这些人要干吗?排班轮流值夜吧。"

"我们是莫斯和卢克的手下。"

"我们要去逮那只猫。"

"你们打算用什么东西逮那只猫?"老加布里埃尔咕哝道,"你们找不到任何称手的东西去杀死一只野猫。"他在门廊的边上坐下,让脚悬在斜坡上。"我已经对莫斯和卢克讲过这一点了。"

"加布拉,你杀死过多少只野猫?"他们的声音划开黑暗,进入他的耳朵,充满温和的讽刺意味。

"在我小的时候,也曾出现过一只猫,"加布里埃尔说道,"它在这里出没,见活物就咬。有天晚上,它从一间小屋的窗子钻进去,跳到一个黑鬼的床上。那个黑鬼还没来得及叫唤,喉咙就被撕开了。"

"老爹,这只猫在树林里。它只出来伤过奶牛。尤佩·威廉斯在穿过树林去锯木厂时见过它。"

"尤佩有没有把它怎么样?"

"撒腿就跑,"他们的笑声再次打破了夜晚的寂静,"他以为野猫在追他。"

"它是在追他。"加布里埃尔喃喃道。

"它只追奶牛。"

加布里埃尔嗤笑一声。"它从树林里跑出来,可不只是为了咬奶牛。它想喝人血。你们要留神。另外,你们逮它不会得到任何好处。它会自己了结自己。我早就闻到它的气味了。"

"你怎么知道自己闻到的就是它?"

"我从来没认错过野猫。不是我小时候在这一带出没的那只。你们为什么不排班轮流值夜呢?"他说道。

"老爹,你一个人在这里不害怕吧?"

老加布里埃尔浑身一紧。他做出要站起来的姿势。"如果你们是来找莫斯和卢克的,"他说,"那最好快点走吧。他们一小时前就去了你们要去的地方。"

II

"我说,你进来呀!你马上进来!"

瞎眼男孩独自坐在门阶上,瞪着前方。"人都走了?"他喊道。

"除了老胡祖,其他人都走了。进来吧。"

他不想进去——和女人们待在一起。

"我闻到它了。"他说。

"加布里埃尔,你快到里面来。"

他走进去,来到窗户旁边。那些女人正在嘀咕他。

"孩子,你该待在屋里。"

"你可以在房间里追踪那只猫,就从那儿开始吧。"

窗户密不透风,他摸到百叶窗的锁扣,将窗户打开。

"孩子,不要打开窗子。我们可不想让猫跳进来。"

"我可以和他们一起去,"他不高兴地说,"我能把它闻出来。我不怕。"和这些女人躲在这里,好像他也是个女人似的。

"里芭说,她也能闻到它。"

他听见那个老女人在角落里呻吟。"他们去外面是逮不到它的,"她哀诉道,"它在这儿。它就在这儿附近。它如果跳进这间屋子,首先倒霉的是我,然后是那个孩子,再然后……"

"里芭,你少说两句吧,"他听见母亲说,"我会照顾好自己的儿子的。"

他能照顾好自个儿。他不怕。他能闻到它——他和里芭都能。它会首先扑向他们。先是里芭,然后是他。他母亲说,它和普通的猫没什么两样,就是体形大一些。而且,家猫脚上锋利的地方,和野猫刀一样的爪子、刀一样的牙齿是一样的。它呼出的气热热的,吐出的口水黏黏的。加布里埃尔觉得它的爪子好像已经刺进他的肩膀里,它的牙齿已经咬进他的喉咙里。但他不会任其所为。他用手臂环掐住它的身体,摸索到它的脖子,将它的头往后一拉,然后和它一起摔在地板上,然后它的爪子离开了他的肩膀。打,打,打它的头,打,使劲打……

"谁在陪着老胡祖?"有个女人问。

"只有南希。"

"应该叫别人过去。"他母亲轻声说。

里芭呻吟开了。"出去的人还没到那儿就会被咬的。我看哪,它就在附近。它越来越近了。它一定会来咬我的。"

它的气味越来越强烈了,加布里埃尔闻得出来。

"它怎么进来?你们就会瞎担心。"

说话的是瘦明妮。任何东西都伤害不了她。她很小的时候，就被施了咒语——是一个巫婆弄的。

"只要想进来，它就一定有办法，"里芭哼哼道，"它可以抓开猫洞，钻进来。"

"到时候我们可以去南希那里。"明妮轻蔑地说。

"你们是可以啊。"老女人嘟囔道。

他知道，他和她不能。但他留下来是为了和它搏斗。你看见那个瞎眼男孩了吗？就是他杀死野猫的！

里芭开始哼哼。

"别哼啦！"他母亲命令道。

哼哼变成吟唱——低低的，在嗓子里。

主啊，主，
今朝下顾你的信徒。
主啊，主，
下顾……

"嘘！"他母亲嘘道，"我好像听到了什么。"

加布里埃尔默默地前倾身体。他全身硬挺，蓄势待发。

是重击声，可能还夹杂着吼叫声，离这里很远，声音低沉，继而是尖叫，更远。声音越来越大、越来越近，从山脚下来到院子里，来到门廊下。某件重物撞在门上，小屋随之颤动。门被撞开，尖叫声也进来了。南希！

"它咬了他！"南希尖叫道，"咬了他，从窗子钻进来，咬住他的喉咙。胡祖，"她号啕大哭，"老胡祖。"

后半夜，男人们带着一只兔子和两只松鼠回来了。

Ⅲ

老加布里埃尔摸黑回到床边。他可以在椅子上坐一会儿，也可以躺下来。他慢慢地躺到床上，让鼻子开动起来，去闻被子。他们那么做根本没用。他可以闻出来。他一直都在闻，从他们开始讨论它时就在闻了。气味出现在某个晚上——与周遭的所有气味都不同，不同于黑鬼、奶牛和泥土的气味。野猫。塔尔·威廉斯看见它跳到公牛的身上。

加布里埃尔突然坐起来。它来了。他从床上爬起来，朝门口走去。他刚才锁上了那扇门，另一扇门肯定开着。微风吹进来，他走进风里，直到他感觉到，拂面而来的全是夜风。这扇门是开着的。他猛地关上门，然后插上门闩。这么做有什么用？要是想进来，那只猫肯定进得来。他回到椅子旁边，坐下来。它只要愿意，很容易就能进来。这个房间几乎密不透风了。门旁有个让猎狗通过的洞，那只猫可以咬穿那个洞，在他逃走之前钻进来。坐在后门旁边，或许可以很快地离开。他站起来，拖着椅子穿过房间。气味很近。或许我应该数数。他可以数到一千。方圆五英里以内，没有哪个黑鬼能数到这么多。他开始数数。

莫斯和卢克已经出去六个小时了。他们明天晚上不出去，但那只猫今天晚上就想咬死他。我和你们这些小伙子一起去吧，我可以替你们把它闻出来。我是附近唯一能闻出它的人。

他们说，都是树林，我们怕把你弄丢了。围捕野猫不是你能干的事儿。

我不怕野猫也不怕树林。让我和你们这些小伙子一起去吧，让我去吧。

他们笑道，你也没有理由害怕独自一人待在这里啊。不会有东西来伤害你的。你如果害怕，我们可以顺道把你送到马蒂家。

马蒂家！把他送到马蒂家，和女人待一块儿！他们把他当成什么人啦？他根本不怕什么野猫。但是它来了，小伙子们，它不会出现在什么树林里了——它到这里来了。你们在树林里是浪费时间。待在这里，你们才能逮住它。

他应该在数数才对。数到多少了？五百零五、五百零六……马蒂家！他们把他当成什么人啦？五百零二、五百零……

他僵硬地坐在椅子上，双手紧握着横在两膝上的手杖。野猫不会把他当成女人咬的。湿湿的衬衫贴在身体上，让他的气味更强了。后半夜，男人们带着一只兔子和两只松鼠回来了。他想起那只野猫，好像他就在胡祖的小屋里，而不是和女人们待在一起。他觉得自己就是胡祖。不，他是加布拉。他可不像胡祖那样容易被咬到。他要揍它。他要揍死它。他要……他怎么揍？他已经手无缚鸡之力很多年了。它会咬死他的。除了等死，没有其他办法。气味近了。一个老人，除了等死，还能怎么办？它今晚就会咬死他。牙齿滚烫而爪子冰凉。爪子会慢慢地刺进他的肉里，牙齿则锋利地切割，再挖出他身体里的骨头。

加布里埃尔感觉到自己身上的汗水。他想，就像我能闻到它一样，它也能很容易地闻到我。我在这里闻它，而它也来闻我了。两百零四。我数到哪儿了？四百零五……

烟囱上忽然传来一阵刮擦声。他坐在椅子上，身体前倾，全身紧绷，喉咙像是被堵住了。"来吧，"他低声说，"我在这里。我在等着呢。"他动不了了。他想动却动不了。又是一阵刮擦声。他不想受罪。他也不想等待。"我在这里。"他重复道。又是——只是一声低微的声响——继而则是振翼声。蝙蝠。他的手松开手杖。他早该知道不是它。它至今只爬到过牲口棚那么高。是什么让他的鼻子不灵了？是什么让他感到不舒服了？方圆一百英里内，没有哪个黑鬼有他这样的嗅觉。他又听到刮擦声，来源不同，这个声音来自房子的角落，也就是猫洞所在的位置。啪——啪——啪。是蝙蝠。他知道是蝙蝠。啪——啪。"我就在这里。"他低声说道。不是蝙蝠。他双脚撑地，站起来。啪。"主在等我，"他轻声说，"他不想让我的脸被撕得稀巴烂。野猫，你为什么不继续？为什么想咬我？"他现在站着。"主不想让我的脸上没有一点猫爪印。"他朝猫洞走去。主和一众天使正在远处的河岸上等他，还有金色法衣等着他去穿。他一旦到了那里，就要穿上法衣，和主还有天使们站在一起，审判众生。方圆五十英里内，没有哪个黑鬼比他更适合担任审判工作。

啪。他停下。他闻到它就在外面,嗅着猫洞。他必须爬到什么东西的上面!他朝它走来干什么?他必须爬到高处!烟囱旁边钉了一个架子,他猛地转头,跌在椅子上。他推着椅子来到壁炉旁边。他抓住架子,纵身上了椅子,接着又腾起,下落,然后立刻感受到身下窄窄的隔板。他发现隔板在下陷,于是猛地抬起双脚,然后又感觉到隔板正在从墙上的某个地方脱落。他的胃在体内飞起来,又猛然停下。隔板落到他的脚上,他的头磕在椅腿的横档上。安静了一秒后,他听到一头呼吸低沉的动物在两座山之间哀号,声音从他的身上飘过去。接着是吼叫声,撕心裂肺,短促,狂怒,穿插在这痛苦的哀号中。加布里埃尔一动不动地坐在地上。

"奶牛,"他终于能呼吸了,"奶牛。"

慢慢地,他感觉到肌肉正在放松下来。它先咬了奶牛。它可能已经走了,但明晚还会回来。他颤颤巍巍地从椅子下爬起来,蹒跚到床边。那只猫在半英里之外。他的嗅觉没有先前那么敏锐了。他们不应该把老人独自丢下。他已经告诉过他们,去树林里什么都逮不到。它明天晚上就回来了。明天晚上,他们可以待在这里,弄死它。现在,他想睡觉了。他告诉过他们,去树林里根本就逮不到野猫。他告诉过他们野猫在哪里。他们如果听他的,现在已经逮到它了。他希望临死时能睡在床上,他不想躺在地上,脸被野猫抓得稀巴烂。主在等着他呢。

他醒来时,黑暗里充满早晨的事物。他听见莫斯和卢克坐在火炉边,还闻到平底锅里的咸肉。他摸过鼻烟,涂了点在上嘴唇上。"你们逮到什么了?"他锐利地问。

"昨晚什么也没逮到,"卢克把盘子放到他的手上,"这是你的咸肉。你怎么把架子弄散了?"

"不是我弄散的,"老加布里埃尔咕哝道,"半夜的时候,风把它给吹倒了,我也被吵醒了。本来就要掉下来了。你永远没办法强行把两样东西弄在一起。"

"我们设了个陷阱,"莫斯说,"今晚就能逮住它。"

"孩子们,你们肯定能逮住它,"加布里埃尔说,"它今晚会到这边来。它昨晚不是在离这里半英里的地方弄死了一头奶牛吗?"

"这并不能说明它会朝这边来。"卢克说。

"它会朝这边来的。"加布里埃尔说。

"爷爷,你杀死过多少只野猫?"

加布里埃尔僵住了,那盘咸肉在他的手里颤抖。"孩子,我知道自己有多少斤两。"

"我们很快就能逮到它。我们在福特森林里设了一个陷阱。它在那里出没过。我们打算每晚都爬到陷阱旁的一棵树上,直到逮住它。"

他们的叉子在锡盘上划来划去,就像刀子一样的牙齿咬在石头上。

"爷爷,你还想再来点咸肉吗?"

加布里埃尔把叉子放到杯子上。"不要了,孩子,"他说,"不要咸肉了。"他周围的黑暗茫茫无际,在这黑暗深处,奶牛的哀号和他喉咙里的重击声混成一片。

庄稼

威勒顿小姐总是把桌子上弄得到处都是面包屑。这是她独有的持家成就，每次都干得不错。露西娅和伯莎洗盘子，加纳到客厅里玩《晨报》上的填字游戏。只剩下威勒顿小姐一个人在餐厅里自得其乐。真好！在这栋房子里吃早餐，总是一种折磨。露西娅坚持认为，他们应该像吃其他餐那样，有规律地吃早餐。露西娅说，定时吃早餐就能养成其他规律的习惯，而且加纳爱捣乱，所以他们不得不在吃饭上立下一些规矩。露西娅希望加纳能把琼脂[1]加到麦乳里。好像这么做上五十年，加纳就会做其他任何事情了，威勒顿小姐想到。早餐上的争执，总是始于加纳的麦乳，终于她的三匙菠

---

1 海藻胶的一种，具有稳定性和凝固性。

萝汁。"威莉[1],你知道自己已经在发出酸味了,"露西娅小姐总是这么说,"你知道自己已经在发出酸味了。"然后加纳就将眼珠子转来转去,说些令人恶心的话,伯莎就跳起来,露西娅则一脸痛苦,而威勒顿小姐则品咂着已经被她咽下去的菠萝汁的味道。

把桌子上弄得到处都是面包屑,可以放松心情,也让人有了思考的时间。威勒顿小姐如果想要写故事,就必须先思考。通常,她坐在打字机前时思路最敏捷,但掰面包也有一点效果。首先,她得想出一个题材来。能写成故事的题材实在太多了,以至于威勒顿小姐永远都想不出一个来。她常说,写故事难就难在这儿。花在思考究竟要写什么上的时间,要比实际写作时间多。有时候,她会放弃一个又一个题材,过了一两周,才能最终决定要写什么。她拿出银刮铲和碎屑托盘,开始清扫桌子。她沉思道,不知道面包师是不是个好题材?外国面包师都形象生动,她想到。米蒂尔·菲尔默姨妈去世后给她留下了四张法国面包师的着色彩照,那些面包师都戴着蘑菇一样的帽子。他们都是大个子,金发,

---

[1] 威勒顿的昵称。

而且……

"威莉!"露西娅小姐尖叫道,拿着盐瓶走进餐厅,"看在上帝的分儿上,把托盘放到刮铲的下面,不然你会把面包屑弄到地毯上的。我上个星期刷了四次地毯,可不想再刷了。"

"你从来都没因为我把面包屑弄掉在地上而刷过地毯,"威勒顿小姐不满地说,"我弄掉在地上的面包屑,我自己会拾起来,"她又补充道,"而且我也没弄掉多少。"

"这次,记得先把刮铲洗一洗再放回去。"露西娅小姐回应道。

威勒顿小姐把面包屑倒在手里,扔到窗外。她把刮铲和托盘拿到厨房,放在冷水水龙头下冲洗。她把它们擦干,放回抽屉里。结束了。现在她可以坐在打字机前面了。她可以在那里待到晚饭时分。

威勒顿小姐在打字机前坐下,舒了一口气。好了!我刚才在想什么?哦,面包师。嗯,面包师。不行,面包师不行。不够生动。面包师和社会张力没什么关系。威勒顿小姐坐着,注视着打字机。A、S、D、F、G——她的目光在打字机上游移。嗯。教员?威勒顿小姐寻思道,不,老天,不。教员总是让威勒顿小姐觉得乖僻。她读的柳湖学院的那些老师不错,但她们都是女人。柳湖女子学院,威勒顿小姐想起来了。她不喜欢这个短语:柳湖女子学院,听起来有点生物学的味道。她总是只说自己是柳湖毕业的。男教员让威勒顿小姐觉得自己要读错什么字似的。不管怎么说,教员过时了。他们甚至都不是个社会问题了。

社会问题。社会问题。嗯。佃农!威勒顿小姐从来不曾和佃农有过紧密的联系,但是,她能够想见,他们会和其他任何题材一样富有艺术感,他们还会给她的作品带来社会关怀的气息,而社会关怀,对于她渴望进去看看的那个圈子是非常重要的!"我总是能依靠钩虫[1],"她含混道,"赚点钱。"现在它来找她了!千真万确!她兴奋的手指悬在键盘上方敲击着,却没有碰到按键。接着,她突然开始快速地打字。

"洛特·莫顿,"打字机在出字,"唤他的狗。"打完"狗"字后,她突然停下。威勒顿小姐总是竭尽所能地让第一句出彩。"第一句的涌现,"她总是说,"就像一道亮光!就像一道亮光!"她会边打响指边说,"就像一道亮光!"她

---

[1] 钩虫是钩口科线虫的统称,一种危害最严重的肠道寄生虫。狗也会得钩虫病,并能传染给人类。

的故事都是建立在第一句之上的。"洛特·莫顿唤他的狗"这句话是自己找上威勒顿小姐的。她在读了一遍句子后觉得，对于佃农而言，"洛特·莫顿"是个很好的名字。让他唤他的狗，也设计得巧妙，符合佃农的身份。"狗竖起耳朵，一溜烟似的朝洛特跑过去。"把这个句子打出来，威勒顿小姐才发现毛病——一段话里有两个"洛特"，听起来不够悦耳。打字机上的纸张咔咔咔地后退，威勒顿小姐在第二个"洛特"上画了三个"×"，用铅笔在上面写了一个"他"字。现在，她准备往下写了。"洛特·莫顿唤他的狗。狗竖起耳朵，一溜烟似的朝他跑过去。""狗"也出现了两次，威勒顿小姐想到。嗯。但她觉得，两个"狗"没有两个"洛特"那么刺耳。

威勒顿小姐非常迷信她所谓的"语音艺术"。她认为，耳朵是个和眼睛一样的读者。她喜欢这样来表达自己的观点。"眼睛能形成图像，"她曾对"美国殖民者女儿全国协会"[1]的一帮人说，"抽象思维能画出图像，而一次成功的文学探索（威勒顿小姐喜欢'文学探索'这个词），依赖于大

---

[1] 一个由美国殖民地女性后裔组成的组织。

脑的抽象思维和耳朵的音调特征（威勒顿小姐也喜欢'音调特征'这个词）。"洛特·莫顿唤他的狗"带有一些嘲讽和锐利的意味，而接下来的"狗竖起耳朵，一溜烟似的朝他跑过去"又让故事有了开头，而这正是这一段需要完成的任务。

"他扯住畜生短而瘦的耳朵，和它一起滚到烂泥里。"或许，威勒顿小姐沉思道，这有点过分了。但她知道，佃农是会滚到烂泥里的。她曾经读过一本描写这类人的小说，在那本书里，他们的行为也这样糟糕，而且，在四分之三的文字中，他们做出的事情比在烂泥里打滚还要糟糕。露西娅在清理威勒顿小姐衣橱的一个抽屉时发现了这本书，随便扫了几页后，就用拇指和食指夹着这本书来到炉子旁边，丢了进去。"威莉，我今天早上清理你的衣橱时，找到了一本书，肯定是加纳放在那里的，他想开玩笑，"露西娅小姐后来对她说，"太可怕了，但你也知道加纳的为人。我把书烧了。"然后露西娅又咻咻地笑道："我敢肯定，书不是你的。"威勒顿小姐也敢肯定，那本书不是别人的，就是她的。但她犹豫了一下，没有承认。书还是她从出版社订的，因为她不想在图书馆借这本书。连邮费，那本书花了她三美元七十五美分，可最后四章她还没来得及看。尽管如此，她从那本书中得到的东西已经足以让她断言，洛特·莫顿和狗一起滚到烂泥里是合情合理的。她断定，写他这样做，也能让钩虫的特征多起来。"洛特·莫顿唤他的狗。狗竖起耳朵，一溜烟似的朝他跑过去。他扯住畜生短而瘦的耳朵，和它一起滚到烂泥里。"

威勒顿小姐倚着椅子的靠背。开头不错。接下来该思考一下情节了。当然，得有一个女人。或许，洛特可以杀了这个女人。那种女人总是惹麻烦。她甚至可以逼得洛特杀了她，因为她放荡不羁。然后，再让他受良心的煎熬。

如果真这样写，那洛特就得有原则，不过让他有原则并非难事。威勒顿小姐自忖道，现在，该如何把这些情节和一切必需的爱情利害关系融合在一起呢？应该有一些非常暴力的自然主义画面，也就是虐待狂之类的故事。通过阅读你就知道，在那个阶级是会发生这种事的。写这类东西是个难题。可是，威勒顿小姐享受这类难题。她最喜欢构思激烈的画面，但是，要下笔写时，她又老是觉得不舒服。她会想，家里人如果读到这些描述，会说什么？加纳会打响指，还会瞅准一切机会冲她眨眼睛；伯莎会觉得她很可怕；而露西娅则会用她那种傻里傻气的腔调说："威莉，还有什么我们不知道？还有什么我们不知道？"然后，露西娅会像往常那样哧哧地笑一阵。但是威勒顿小姐现在不能想这些,她得构思角色。

洛特得高大、驼背、头发蓬乱。而且,尽管长着红脖子和一双笨拙的大手,他那双悲伤的眼睛会让他看起来像个绅士。牙齿要整齐。另外,为了让他看起来有点精神,他得有红头发。衣服要从他的身上垂下来,但他对自己的衣服漠不关心,好像那身行头是他皮肤的一部分。也许,威勒顿小姐沉思道,不该让他和狗一起滚到烂泥里。女人的样子要过得去——黄头发,脚踝丰润,泥土色的眼睛。

那个女人会把晚饭端到小屋里给他吃,他就坐在那里,吃着女人只是放了盐的块状麦羹,想着一些庞大而遥远的事情——再买一头奶牛、一栋油漆的房子、一口清洁的井,甚至是一个属于他自己的农场。女人会冲他吼叫,因为他劈的木柴根本不够她的炉子用。女人又因为背痛而哀号。女人坐着,直瞪瞪地看着他吃酸掉的麦羹,说他没胆子去偷吃的。"你只是一个该死的乞丐!"女人会嘲笑道。然后洛特会对她说你闭嘴。"闭上你的嘴!"他大喊道,"我想要的,我都得到了。"女人转动眼珠子,以此来嘲讽他,还大笑,然后说:"我会怕像你这样的东西?"洛特把椅子往后面推了推,站起来朝她走过去。女人从桌上抓起一把刀——威勒顿小姐搞不懂这个女人怎么这么傻——身体后退,刀子挡在胸前。洛特朝前扑过去,女人像一匹野马似的从他身边掠过去。然后,他们再次面对面——他们的眼睛里充满仇恨——他们前后晃动。威勒顿小姐可以听见时间正一秒一秒地滴在外面的铁皮屋顶上。洛特再次朝她扑过去,但她的刀子已经准备好,可以随时插进他的身体里——威勒顿小姐受不了了。她从后面对着女人的脑袋重重地就是一拳。刀子脱手,一阵薄雾把女人从房间里卷走。威勒顿小姐转向洛特。"让我弄点热麦羹给你吃。"她说。她走到炉子边,用干净的盘子端来柔软洁白的麦羹和一块黄油。

"啊,谢谢。"洛特说。他对威勒顿小姐微笑,露出好看的牙齿。"你总是能把饭烧得恰到好处。你知道的,"他说,"我一直在想——我们可以离开这个租来的农场。我们可以有个像样的地方。今年如果能赚点钱,我们就可以买头奶牛,再一步步好转。威莉,想想这样做的意义吧。想想吧。"

她坐到洛特身边,把手放在他的肩膀上。"我们就这样干吧,"她说,"我们今年挣的肯定会比以往任何一年的都要多。春天的时候,我们就能买得起奶牛了。"

"威莉,你总是知道我心里在想什么,"他说,"你总是知道。"

他们坐了很长时间，想着彼此是多么了解对方。"把饭吃完吧。"威莉最后说道。

洛特吃完饭后，帮她掏炉灰。然后，在七月炎热的夜晚，他们沿着牧场朝小溪散步，谈论他们有一天将会拥有的那个家。

三月末，雨季就快来了，他们完成了让人几乎难以相信的工作。在过去的一个月里，为了趁着好天气完成所有工作，洛特每天早上五点就起床，威莉则还要早一个小时。洛特说，下个星期，雨可能就要开始下了，我们到时如果还没有把庄稼收割完，那么庄稼就没了——过去几个月以来我们获得的一切也都会没了。他们知道这意味着什么——又是和去年一样紧巴巴的一年。而且明年也不会有奶牛，只会有一个小孩。洛特总想要奶牛。"小孩花不了多少钱，"他辩解道，"而且奶牛还能帮补着喂养小孩呢。"但威莉的态度很坚决——奶牛可以以后买——但小孩必须有一个好的开始。"也许，"洛特最后说道，"我们能赚足够多的钱，两样都会有。"然后，他就出去看新翻过的土地，好像看着犁沟就能算出收成似的。

尽管所获不多,但今年到目前为止都很好。威莉把小木屋打扫得干干净净,洛特也修好了烟囱。牵牛花盛放在门阶旁,<u>丛丛金鱼草</u>生长在窗户下。平平安安的一年。但现在他们为庄稼焦心。他们必须在下雨前收割完庄稼。"还需要一个星期,"洛特夜晚回来时嘀咕道,"还需要一个星期,我们才能干完。你觉得自己能收吗?其实不该要你去,"他叹息道,"但我雇不到帮手。"

"我能行,"她说,把颤抖的双手藏到身后,"我能收。"

"今晚阴天。"洛特阴郁地说。

第二天,他们一直干到天黑——一直干到再也干不动了,两个人才摇摇晃晃地回到小木屋,倒在床上。

夜里,威莉在疼痛中醒来。一种轻柔的绿色的疼痛,紫色光芒从其间通过。她不知道自己是不是已经醒了。她的头向两边转来转去,一些嗡嗡作响的形象在脑子里研磨石块。

洛特坐起来。"你觉得不好过吗?"他声音颤抖地问。

她用胳膊把自己撑起来,接着又沉下去。"到溪边把安娜叫来。"她喘着气说。

嗡嗡声越来越响,那些形象越来越灰暗。疼痛先是和嗡嗡声以及那些形象混合了几秒钟,然后就无休止了。疼痛一波接一波地涌来。嗡嗡声越来越清晰，天亮时，她才知道，那是雨声。后来，她用嘶哑的声音问："雨下了多久了？"

"这会儿，差不多两天了。"洛特答道。

"庄稼没了，"威莉茫然地看着外面向下滴水的树木，"完了。"

"没完，"他轻声说，"我们有了一个女儿。"

"你想要的是儿子。"

"不，我已经得到我想要的了——一个威莉变成了两个——这甚至比有一头奶牛还要好，"他咧着嘴笑道，"威莉，我该怎么做，才有资格领受这一切呢？"洛特弯腰吻了吻她的前额。

"我该怎么做，"威莉悠悠地问，"我该怎么做，才能更好地帮你？"

"威莉，你想去一趟杂货店吗？"

威勒顿小姐推开洛特的胳膊。"你，你说什么，露西娅？"她结结巴巴地问。

"我说，这次你去杂货店好不好？这个星期每天早上都是我去，但我现在太忙了。"

威勒顿小姐把椅子向后推了推，从打字机前站起来。

"好啊,"她愤怒地说,"你要买什么?"

"一打鸡蛋,两磅番茄——熟番茄——你最好赶紧去治一治感冒。你流眼泪了,嗓子也沙哑了。洗澡间里有阿斯匹林。就给杂货店签我们家的支票。穿上大衣。天冷。"

威勒顿小姐翻了翻眼珠子。"我四十四岁了,"她说道,"能照顾好自己。"

"记着,是熟番茄。"露西娅小姐回应道。

威勒顿小姐大衣的纽扣未扣整齐,慢吞吞地走上布罗德大街,来到超市。"要买什么?"她咕哝道。"两打鸡蛋,一磅番茄,对。"她经过一排排罐装蔬菜和饼干,朝装鸡蛋的箱子走去。没鸡蛋。"鸡蛋呢?"她问一个正在称菜豆的男孩。

"我们只有小母鸡蛋。"说着,他又抓起一把菜豆。

"在哪儿呢?有什么区别?"威勒顿小姐问道。

他把几根菜豆扔回箱子里,无精打采地走到蛋箱旁,递给她一盒。"其实没什么区别,"他说,把口香糖舔到门牙上,"就是小母鸡什么的,我不知道。你要吗?"

"要,还要两磅番茄。熟番茄。"威勒顿小姐补充道。她不喜欢买东西。这些店员凭什么这么骄傲呢?这个孩子肯定不会对露西娅也这么散漫。她付了鸡蛋和番茄的钱,匆匆走了。这个地方让她有些沮丧。

真蠢，超市也能让她沮丧。超市里面只能发生琐碎的家务事：女人买菜豆，用超市的推车推着孩子，为八分之一磅左右的南瓜讨价还价。他们得到什么了？威勒顿小姐就不明白了。自我表达、创造和艺术还有存在的位置吗？她的周围全都如此——人行道上全是人，行色匆匆，手里拿着小袋子，脑子里也装满小袋子。一个女人和一个脖子上套着皮条的小孩，为了让小孩离开那扇里面挂着一盏杰克灯[1]的橱窗，女人拉他、扯他、拽他。在余生里，她可能要一直这样拽着他了。还有一个女人，购物袋掉在地上，里面的东西撒了一地。一个女人正在给她的孩子擦鼻子。在街道的前面，一个老妇人正朝这边走，她的三个孙子不停地往她身上跳。在他们身后，一对夫妇走着，有些不雅地紧挨在一起。

威勒顿小姐锐利地看着这对夫妇走近，又走过去。女人身材丰满，黄头发，脚踝丰润，泥土色的眼睛。她穿着高跟鞋，戴着踝饰，身着一件非常短的棉布裙和一件格子呢外套。她的皮肤上有斑点，她的脖子探出，好像她必须伸着脖

---

[1] 即南瓜灯。

子去闻一种总是向后退的气味。她牙齿露出,脸上挂着愚蠢的笑容。男人个子很高,一副被掏空了的模样,头发蓬乱。他缩着肩膀,粗壮的红脖子的一边长着黄色的瘤子。他们步伐沉重地走着,男人笨拙地摸着女人的手,还病恹恹地冲她笑了一两次。威勒顿小姐可以看见他整齐的牙齿、悲伤的眼神和额头上的疹子。

"啊。"威勒顿小姐打了个冷战。

威勒顿小姐把买来的东西放在厨房的桌子上,然后回到打字机旁。她看着打字机里的纸张。纸上写着:"洛特·莫顿唤他的狗。狗竖起耳朵,一溜烟似的朝他跑过去。他扯住畜生短而瘦的耳朵,和它一起滚到烂泥里。"

"念起来糟透了!"威勒顿小姐嘟囔道。"根本就不是个好题材。"她断然道。她需要一些更生动的东西——更富有艺术感的东西。威勒顿小姐盯着打字机看了好一会儿。然后她突然得意忘形地用拳头在桌子上捶了几下。"爱尔兰人!"她尖叫道,"爱尔兰人!"威勒顿小姐一向崇拜爱尔兰人。她觉得,他们的粗皮鞋里都塞满了音乐,而他们的历史——光辉灿烂!这些人,她沉思道,这些爱尔兰人!他们全都精神饱满——红头发,宽肩膀,还有茂盛而下垂的八字胡。

火鸡

他的枪在树的枝叶间闪烁出钢铁似的光芒,他的嘴里发出嘶哑而响亮的咆哮:"好吧,梅森,你投降吧。玩完了。"梅森别在腰带上的那些六响长枪就像静候猎物的响尾蛇,梅森把这些枪支抛向空中。这些枪落在他的脚边时,他把它们当成干枯的小公牛头骨似的踢到身后。"你这个混蛋,"他咕哝着,拉紧缠绕在俘虏膝盖上的绳索,"这是你能弄出的最后一阵沙沙声。"他后退三步,把枪举到眼睛的高度。"好了,"他用冷酷、缓慢而又清晰的腔调说,"这是……"接着他就看见了它。它在远处的灌木丛间轻轻移动,一抹青铜色和一阵沙沙声,然后是另一处树叶缝隙间一只微微颤动的眼睛。眼睛长在红色的褶子中间,红色的褶子盖住了脑袋,并顺着脖子垂下来。他一动不动地站着,火鸡又迈了一步,然后停下来，提起一只脚，谛听着。

他要是有支枪就好了，他要是有支枪就好了！他可以举枪瞄准，把它击倒在原地。转瞬间，它可能就会从灌木丛中悄悄地钻出来，在他辨清它朝哪一个方向走之前就飞到树上了。他的头不动，眼睛睁大，在地面上寻找，看附近有没有石子，但地面看起来就像被扫过一样。火鸡又动了。悬着的脚放下来，翅膀张开，垂下，盖住那只脚。鲁勒可以看见它翅膀根部的一根根羽毛。他不知道自己是不是应该跳进灌木丛，压在它身上……它又动了，翅膀扬起，又放下。

火鸡瘸了，他突然想到。他靠近一点，尽量不让自己的移动被火鸡察觉。火鸡的头突然从灌木丛中钻出来——他离火鸡有十英尺远——又缩回去，蓦然消失在灌木丛里。他伸直双臂，十指做出抓捕的姿势，一点一点地靠近。他知道它瘸了。它可能飞不起来了。它再次探出头，看见他后又梭子般潜回灌木丛里，继而出现在那片灌木丛的另一边。它动作不平衡，左边翅膀拖着。他要捉住它。即使追到县境以外，他也要捉住它。他在灌木丛里爬着，看见它就在二十英尺开外的地方，正警惕地注视着他，脖子上下移动。它俯下身，试图张开翅膀；它站起来，然后又俯下身，朝旁边走几步，站起来,接着又俯下身,极力想让自己飞起来。但他知道,它飞不起来了。他会捉住它的。即使追到州境以外,他也要捉住它。他想象自己走进前门,火鸡挂在肩膀上,他们全都大叫:"瞧瞧鲁勒,还有那只野火鸡!鲁勒,你在哪儿打到这只野火鸡的!"

哦,他在树林里打到的。他想,他们也许会让他帮他们打一只。

"你这只傻鸟,"他嘀咕道,"你飞不起来了。我已经抓到你了。"他绕个大圈子,想走到火鸡后面去。有那么一瞬间,他几乎以为自己可以走过去把它捡起来。它窝在地上,一条腿直挺挺的,当他近得可以扑上去时,它又猛地朝前蹿,他吃了一惊。他奔跑着跟在后面,一直追到一块开阔的半顷死棉花地。然后它钻过篱笆,进入另一片树林,他只得以手和膝着地,爬过篱笆。他眼睛仍盯着火鸡,同时当心衬衫别被撕坏。接着他跟在它后面跑,他觉得头有点晕,但为了能抓住它,他加快速度。如果在树林里跟丢了,那他就永远也找不到它了。它正朝另一边的灌木丛跑。它会跑到路上的。他会抓住它的。他看见它钻进灌木丛里,他也朝灌木丛跑,等他来到那里,它已经又钻出灌木丛,眨眼间就消失在树篱下。他快速穿过树篱时听到衬衫被撕破的声音，还感觉到胳膊被剌伤时产生的一道道冰凉感。他停下一秒钟，低头看了看被撕烂的衬衫袖子，但火鸡就在他前方不远处。他看着它跑过山脚，下到一块空地上，于是又开始追。如果他提着野火鸡回家，他们不会注意到他的衬衫。哈恩从没打到过火鸡。哈恩什么都没打到过。他猜想，他们看见他时，会大吃一惊的。他猜想，他们会在床上谈论这只火鸡。他们就是喜欢这样谈论他和哈恩。哈恩不知道这件事，他睡觉很死。每天夜里，鲁勒准时在他们开始说话时醒来。他和哈恩睡一间屋，他们的父母睡隔壁一间，两间屋之间的那道门总是开着，所以鲁勒每天晚上都听着。他父亲到最后总是说："孩子们怎么样？"而他们的母亲就会说，主啊，他们简直要把我给累死。主啊，我想我不该担心，但看到哈恩现在这副样子，我怎么能不担心呢？哈恩打小就是个不同寻常的孩子，她说。她说，他还会长成一个不同寻常的男人；而他们的父亲就说，是啊，如果他不是先被关进监狱的话；而他们的母亲就说，你怎么能这么说呢？他们就像鲁勒和哈恩那样争论。因为要想事情，鲁勒有时候会再也睡不着了。每次听完，他都困倦得不行，但每天晚上还是照样醒来听着，一旦他们开始谈论他,他就在床上坐起来,好听得更清楚些。有一次,他父亲问,鲁勒为什么经常一个人玩?他母亲则说,我怎么知道?如果他想一个人玩,我不知道他为什么不能这么做。他父亲就说,这件事让我担心。他母亲就说,哦,你担心的如果就是这个,那还是省省吧。有人对我说,他母亲说,他们看见哈恩出现在"随时伺候"[1]里。我们不是告诉过他,千万不要去那里吗?

第二天,父亲问鲁勒最近都在干什么,鲁勒说:"一个人玩。"然后,他就有点像个瘸子似的走开了。他猜,父亲肯定一脸担忧。他猜,当他回到家,肩上挂着火鸡,父亲一定会觉得他了不起。火鸡窜到路上,又朝路边的水沟跑。火鸡沿着水沟奔跑,鲁勒离它越来越近,然后,他被一根突出的树根绊倒,口袋里的东西撒了一地,他不得不快速把东西捡起来。他站起来时,火鸡已经不见了。

"比尔,你带一队人直下南峡谷;乔,你抄近路绕过峡谷,截住它,"他对手下叫喊道,"我从这条路追击。"然后,他又沿着水沟跑起来。

---

[1] 酒吧名。

火鸡就在沟里，离他不超过三十英尺。火鸡躺着，气喘吁吁，几乎以脖子为支撑点，他离火鸡将近一码远时，火鸡又窜开了。他紧追不舍，一直追到水沟尽头。然后火鸡跑到路上，滑到另一边的树篱下。他不得不在树篱边停下来喘口气。透过树叶，他看见火鸡就在树篱的另一边，脖子贴着地面，身体因气喘吁吁而一起一伏。他看见火鸡的舌尖在张开的嘴里一上一下。如果我能把胳膊伸过去，或许可以趁它累得动弹不得抓住它。他贴近树篱，一只手小心地伸过去，然后一把抓住火鸡的尾巴。那边没有动静。火鸡也许已经倒在地上死了。他把脸凑近树叶，看过去。他用另一只手把细枝推到一边，但细枝老是回到原位。他放开火鸡，把手抽回来抵住树枝。透过自己弄出的小洞，他看见那只鸟正醉酒似的摇摆着向前走。他跑到树篱的最边上，来到另一边。他刚才抓住它了。它不该觉得自己有多聪明，他咕哝道。

火鸡在空地中央来个急转弯，又朝树林而去。不能让它进树林！不然他就再也抓不到它了！他跟在它后面跑，锐利的眼睛紧盯着它，接着，一件东西突然打中他的胸口，他眼前一黑，喘不过气来。他向后摔倒在地上，因为胸口的剧痛，忘了火鸡。他躺了一会儿，诸多物体在他的两边摇晃。

最后，他坐起来。他面对着自己撞上的那棵树。他用双手摸了摸脸和胳膊，那些长长的剐伤刺痛起来。他可以抓住它，把它挂在肩膀上的。他们原本会跳起来叫喊："仁慈的上帝啊，瞧瞧鲁勒！鲁勒，你在哪儿打到这只野火鸡的！"他父亲原本会说："乖乖，我还没见过这么大的火鸡呢！"他踢开脚边的一块石子。他现在再也找不到那只火鸡了。他不明白，为什么先让他看见火鸡，又不让他抓住它。

就好像被人恶意地耍弄了一番。

白跑这么久。他坐在那里，绷着脸看着自己白色的脚踝从裤腿里伸出来，钻进鞋子里。"傻啊。"他含混道。他翻过身，俯卧着，让一边的脸颊贴着地面，不去管地上脏不脏。衬衫撕破了，胳膊剐伤了，前额上还多出一个包——他能感觉到它才鼓出一点，但它肯定会变成一个大包——什么也没捞着。冰凉的地面贴着他的脸，沙砾硌得他的脸生疼，他只好又翻过身。哦，见鬼，他想道。

"哦，见鬼。"他小心地说。

过了一会儿，他只说："见鬼。"

然后他就像哈恩那样，把"鬼"字拉长，同时极力让眼睛里也有哈恩那样的神情。有一次，哈恩说："上帝啊！"母亲就走到哈恩后面,一边跺脚一边说:"我不想再听见你说这样的话。'不可妄称耶和华——你神的名。'[1] 你听见我的话了吗?"他猜就是那句话让哈恩闭嘴的。哈!他记得妈妈那次把哈恩骂得落荒而逃。

"上帝啊。"他说。

他专注地看着地面,用手指在尘土里画圆圈。"上帝啊!"他重复道。

"真该死。"他轻声说。他可以感觉到脸在发烫,心脏在胸腔里怦怦直跳。"真他妈该死。"他说,声音小得几乎听不见。他回过头,没人。

"真他妈该死,耶路撒冷仁慈的主啊。"他说。他叔叔说过"耶路撒冷仁慈的主啊"。

"仁慈的父,仁慈的上帝啊,把这些小鸡扫出院子吧。"他说,咯咯地笑起来。他的脸红得很厉害。他坐起来,看着自己白色的脚踝从裤腿里伸出来,钻进鞋子里。它们看起来好像并不属于他。他用手各环住一只脚踝,接着弯起膝盖,把下巴抵在一个膝盖上。"我们在天上的父,射中了六只,扳

---

[1] 见《出埃及记》20:7。

倒了七只。"他说道，又咯咯地笑了。嗬，母亲要是听见，非打你的头不可。真该死，她非把你的头拍得缩进去不可。他笑得直打滚。真该死，她会把你骂个狗血淋头，她会像拧一只该死的小鸡似的拧你的脖子。大笑让他身体的一侧生疼，他用手使劲按着那里，一想到自己该死的脖子，他又笑得颤抖起来。他躺在地上，笑得满脸通红，浑身无力，没办法去想她会把他该死的头拍得缩进去。他一遍遍地对自己说这些话，过了一会儿，他不笑了。他又说了一遍，但笑不出来。他又说了一遍，可还是笑不出来。追了这么久全是白费力气，他又想到，还不如回家去。他坐在这里究竟要干什么呢？别人嘲笑他时的那种感觉忽然涌上心头。呀，见鬼去吧，他对他们说。他站起来，重重地踢一个人的腿一下，然后说："吃我一脚，笨蛋。"接着，他转身走进树林，抄近路回家。

他一进门，他们就会大喊大叫："你怎么把衣服给撕破了呀？你额头上的大包是怎么回事？"他会说他掉进了坑里。有什么分别？是啊，上帝啊，有什么分别？

他几乎站住了。他以前从没听过自己用这样的腔调说过内心话。他不知道该不该赶走这种想法。他觉得这种想法可能非常不好，但是见鬼，他就是这样想的呀。他无法停止这样想。见鬼……真见鬼,他就是这样想的。他觉得他可能无法自已。他想着这件事,朝前又走了几步。他突然琢磨起自己是不是要变"坏"了。哈恩已经变坏了。哈恩打台球,抽香烟,十二点半才溜回家,而且,嗬,自以为是个人物。"你能怎么办呢?"祖母对他们的父亲说,"他到了这个年纪了。"什么年纪?鲁勒纳闷。我十一岁了,他想到,太小了。哈恩十五岁才开始那样。我猜自己比哈恩更坏,他想到。他寻思着自己要不要和这些坏想法搏斗。祖母曾和哈恩谈过话,告诉他,战胜魔鬼的唯一方法就是和他搏斗,你不和魔鬼搏斗,就不再是我的孙子了。鲁勒坐到树桩上——她说我可以再给你一次机会,你想要吗?哈恩冲她喊道,不要!你能不能不要烦我?而她告诉他,好吧,就算你不爱我,我也爱你,不管怎么样,你是我的孙子,鲁勒也是。哦,不,我不会的,鲁勒在心里对自己快速地说道。哦,他不要那样。祖母没对他唠叨过这样的废话。

听着,他会把祖母吓得合不拢嘴。他会让她的牙齿掉到汤里。他咯咯地笑了。祖母下次再问他要不要玩巴棋[1],他就

---

[1] 一种桌面掷骰子游戏,源于印度。

说，见鬼，不要，真该死，你能不能玩一些好玩的游戏？把该死的纸牌拿出来，他教她几招儿。他倒在地上，笑得喘不过气来。"我们喝点酒吧，孩子，"他会这么说，"让我们把自己弄得臭烘烘的。"听着，他会把祖母吓得跌一跤。他坐在地上，满脸通红，龇着牙兀自笑着，不时爆发出一串清亮的咯咯声。他记得那个神父说过，今时今日，年轻人成批成批地追随魔鬼而去，抛弃文雅的风度，追随撒旦的足迹。他们会后悔的，他说，他们会痛哭流涕、咬牙切齿。"痛哭流涕。"鲁勒嘀咕道。男子汉不会哭鼻子。

怎样才叫咬牙切齿？他寻思着。他磨了磨上下颌，扮出一个丑脸。他如是做了几次。

他敢说，他能成为一个神偷。

他想到追了半天火鸡却什么也没捞着。这是一场卑鄙的恶作剧。他敢说，他能成为一个珠宝大盗。他们都很聪明。他敢说，他能让整个苏格兰场[1]都来追踪他。见鬼。

不过，你不该以这种方式想到上帝。

但他就是这样想的呀。他就是这样想的，他有什么办

---

[1] 指伦敦警卫厅，负责大伦敦地区（不包括伦敦城）的治安和交通。

法。他朝四周迅速地看了一眼,好像有人藏在灌木丛里。然后,他大吃一惊。

火鸡倒在一道树篱的边上——一团青铜色,红色的脑袋毫无生气地贴在地面上。鲁勒注视着它,无法思考。接着,他犹疑地前倾身体。他不会去碰它的。它为什么还要出现在这里让他逮呢?他不会去碰它的。它就躺在那儿吧。但肩上挂着火鸡走进房间的那幅画面回来了。瞧瞧鲁勒,还有那只火鸡!上帝啊,瞧瞧鲁勒!他在火鸡旁边蹲下,注视着,却不去碰它。他不知道它的一边翅膀是怎么了。他捏住翅膀的尖端,把翅膀掀起来,看着下面。羽毛被鲜血浸透了。它中枪了。他估摸着,它一定有十磅重。

主啊,鲁勒!好大一只火鸡啊!他想知道把它挂在肩膀上是何感觉。也许,他思忖道,我该拿上它。

鲁勒给我们打了一只火鸡。鲁勒在树林里打到它的,硬是把它给追死了。是啊,他是个不同寻常的孩子。

鲁勒突然琢磨起自己是不是个不同寻常的孩子。

但他立刻认为:我是……一个……不同寻常的……孩子。

他觉得自己比哈恩还要不同寻常。

他要忧心的事儿比哈恩要多，因为他更了解事情的情况。

他深夜听父母说话时，有时听见他们就像打算杀了对方那样争论。而第二天，他父亲会早早就出门，他母亲前额上的青筋显了出来，一副觉得一条蛇可能会随时从天花板上蹿下来的神情。他觉得自己可能是迄今最不同寻常的孩子之一。或许这就是火鸡会出现在这里的原因。他用手摸着火鸡的脖子。火鸡或许能防止他变坏。上帝或许不想让他变坏。

或许是上帝让它死在这里的，好让他一站起来就能看到它。

或许上帝现在就在灌木丛里，等着他做决定。鲁勒脸红了。他想知道上帝是否觉得他是个非同寻常的小孩。上帝一定认为他是。他突然发现自己脸红了，还正咧着嘴微笑，于是马上用手摸脸，强迫自己不再胡思乱想。如果你想让我把它带走，他说，我会很乐意。找到火鸡可能是一种迹象。上帝可能想让他当一个传道士。他想起宾·克罗斯比[1]和斯潘

---

[1] 宾·克罗斯比（1903—1977），美国知名演员和歌手，演唱过关于传道士的歌曲。

塞·特雷西[1]。他可以弄个地方，让变坏的小孩待在里面。他提起火鸡——真的很重——挂到肩膀上。他希望能看到自己挂着火鸡的模样。他想，他还不如绕远路回家——穿过县城。他有的是时间。他慢悠悠地出发了，一边挪动着火鸡，直到肩膀能比较舒服地适应它。他想起自己在发现火鸡之前想到的那些事。他猜想，那些都不是好事。

他猜，是上帝在为时已晚之前阻止了他。他应该非常感激。谢谢你，他说。

他说，走吧，兄弟们，我们把火鸡带回去当晚餐。我们真的很感激你，他对上帝说，这只火鸡有十磅重。你真是慷慨。

这没什么，上帝说，听着，我们得谈谈这些小伙子。他们完全交给你处理，明白吗？我把这个差事完全托付给你了。我信任你，麦克法尼。

你放心吧，鲁勒说，我会学好的。

他走进县城，肩上挂着火鸡。他想为上帝做点事，但又不知道自己能做什么。如果今天街上有人拉手风琴，他会把

---

[1] 斯潘塞·特雷西（1900—1967），美国知名演员，曾扮演过传道士角色。

他的一毛钱给他们。他只有一毛钱，但他会把这一毛钱给他们。不过，或许他能想出一件更好的事。他存着这一毛钱，是为了买重要的东西。他可以从祖母那里再要一毛钱。孩子，给你该死的一毛钱，你要不要？他虔诚地闭上嘴，让自己笑不成。他不可以再这样想。他不可能再从祖母那里要到一毛钱。他再管祖母要钱，他母亲会拿鞭子抽他。或许会出现一件他能做的事情。如果上帝想让他做一件事，那件事会出现的。

他走进商业区，眼角的余光注意到人们正瞧着他。梅尔罗斯县共有八千人口，一到周六，他们全都到商业区蒂尔福德来。鲁勒走过时，他们全都转头看着他。他看了一眼自己在一家商店橱窗上的映像，轻轻转了转火鸡，然后快步前行。他听见有人在叫喊，但继续朝前走，假装没听见。是他母亲的朋友，艾丽丝·吉尔哈德。不要理她，让她追吧。

"鲁勒！"她叫道，"我的天哪，你在哪儿打到这只火鸡的？"她快步来到他身后，把一只手搭在他的肩膀上。"好大一只鸟，"她说，"你的枪法一定很好。"

"我没打它，"鲁勒冷淡地说，"我逮住它的。我硬是把它给追死了。"

"天哪,"她说,"你哪天也给我逮一只,好不好?"

"那要看我有没有时间了。"鲁勒说。艾丽丝以为自己很精明。

两个男人走过来,对着火鸡吹口哨。他们对着街角的其他几个男人叫喊,让他们过来看看。他母亲的另一个朋友也停下了,坐在马路牙子上的一些乡下男孩也都站起来,极力装作不感兴趣地看着火鸡。一个穿着猎装、带着枪的男人停下来,看了看鲁勒,又走到他的身后,看了看火鸡。

"你觉得它有多重?"一位女士问道。

"至少十磅。"鲁勒说。

"你追了它多久啊?"

"差不多一个小时。"鲁勒说。

"该死的淘气鬼。"穿着猎装的男人咕哝道。

"太令人惊奇了。"另一位女士议论道。

"大概有那么久。"鲁勒说。

"你一定非常累。"

"不累,"鲁勒说,"我得走了。我赶时间。"他摆出一副似乎在思考什么的神情,沿着街道匆匆往前走,走出他们的视线。他觉得全身温暖舒畅,好像某件很好的事即将发生或已经发生。他回头看了一次，看见那些乡下小孩在跟着他。他希望他们走上前来，要求看看火鸡。他突然觉得，上帝一定是个大好人。他想为上帝做点事情。但他并没看见有人拉手风琴或卖铅笔，而且他已经走过商业区。在走到住宅区的那些街道之前，他可能会遇上一个。他如果遇上了，一定施舍掉那一毛钱——尽管他知道自己短时间内不可能再要到一毛钱。他开始希望自己能遇到乞丐。

那些乡下孩子仍跟在他后面。他觉得自己应该停下来，问他们想不想看火鸡，但他们可能就会瞪着眼看他。他们都是佃户的孩子，有时候，佃户的孩子就会瞪着眼看你。或许他可以给佃户的孩子找一个安顿他们的家。他想回头再穿过商业区，看看自己是否经过了一个乞丐但没注意到，但他觉得人们可能会以为他是想带着火鸡炫耀一番。

主啊，派一个乞丐给我吧，他突然祈祷起来，在我到家之前派一个乞丐给我。他以前从来没为自己祈祷过，但这是一个善意的念头。上帝把火鸡放在了那儿。上帝会派一个乞丐给他的。他认定上帝会派一个乞丐给他。他现在到了希尔街，希尔街上除了住宅，别无其他。在这里能碰到乞丐才怪呢。除了几个孩子和几辆三轮脚踏车，人行道上空荡荡的。

鲁勒回头看了看，那些乡下小孩仍在跟着他。他决定慢下来，好让他们赶上他，也给乞丐更多的时间来到他面前——如果真有乞丐正在赶来。他想知道有没有乞丐正朝他而来。如果有一个正走来，那说明上帝特意去找了一个，说明上帝真的关心人。他忽然忧心不会有乞丐来——一种非常深的忧虑。

会来一个的，他对自己说，上帝关心他，因为他是个不同寻常的孩子。他朝前走。现在街上空无一物。他猜不会有乞丐来了。或许上帝不信任——不，上帝信任他。主啊，请派个乞丐给我！他恳求道。他眯着眼，全身的肌肉绷得紧紧的，然后说："求求你！现在就派一个来。"就在他说这话的那一刻——就在那一刻——赫蒂·吉尔曼转过他面前的那个街角，径直朝他走来。

他几乎和撞到树时感觉一模一样。

赫蒂正沿着街朝他走来。就像火鸡躺在那儿一样，她仿佛一直躲在房子的后面，等着他经过。她是个老妇人，大家都说她比城里任何一个人都有钱，因为她已经乞讨二十年。她溜进人家的房子，不得到点什么绝不动窝。而且，你要是不给她点什么，她就诅咒你。不过，她终究是个乞丐。鲁勒加快脚步。他把那一毛钱从口袋里掏出来，准备着。他的心脏在胸腔里上下扑腾。他哼了哼，看自己还能不能说话。他们互相走近时，他伸出手。"给你！"他喊道，"给你！"

她是个身高脸长的老妇人，穿着一件古代的那种黑斗篷。她的脸是死鸡的皮的颜色。看见他时，她脸上显出好像突然闻到什么臭味的神情。他朝她冲过去，把一毛钱塞到她的手里，然后头也不回地往前奔。

他的心脏慢慢平复下来，觉得全身充盈着一种新的感受——似乎既快乐又窘迫。也许，他红着脸想到，我会把我所有的钱都给她。他觉得自己似乎已不需要踩着脚下的地面了。他突然注意到身后那些乡下小孩的脚步声正变得沉重，他几乎想都没想就转过身，温和地问："你们想看看火鸡吗？"

他们在原地停下，瞪着他。站在前面的一个孩子吐了一口唾沫。鲁勒快速朝地面看了看。里面真的有烟草汁！"你在哪儿打到这只火鸡的？"那个吐唾沫的问。

"我在树林里发现它的，"鲁勒说，"我硬是把它给追死了。瞧瞧，它翅膀下面中枪了。"他把火鸡从肩膀上拿下来，放低一点，让他们都能看到。"我想，它被打中过两次。"他继续兴奋地说,拉起火鸡的翅膀。

"拿过来让咱瞧瞧。"那个吐唾沫的说。

鲁勒把火鸡递给他。"你看见下面的弹孔了吗?"他问道,"嗯,我觉得同一个地方被打中两次,我觉得它是……"那个吐唾沫的把火鸡扔起来,挂到自己的肩膀上,他转身时,火鸡的脑袋打到鲁勒的脸。其他小孩和他一起转过身,他们一同悠闲地朝来的方向走。那个吐唾沫的朝前走,火鸡僵硬地耷拉在他的背上,头一圈一圈慢吞吞地摇晃着。

直到他们走到下一段街区,鲁勒才动了动。最后,他意识到自己再也看不见他们了,他们已经走过去太远。他几乎是蹑手蹑脚地转过身,朝家的方向走去。他走过四段街区,然后突然意识到天黑了,于是开始奔跑。他越跑越快,出现在通向他家的那条路上时,心脏已经跳得和两条腿一样快。他断定有个可怕的东西正在身后追赶他,双臂伸直,十指做出抓捕的姿势。

火车

因为想着那个列车员,他差点忘了自己买的是卧铺票。他买了上铺的票。车站的售票员说他可以给黑兹[1]一个下铺,但黑兹问,难道没有上铺了吗?那人说你如果想要,当然有,然后就给了他一张上铺的票。黑兹向后倚着座位,看着头上圆形的顶棚。卧铺就在这里。他们把顶棚放下来,上面就成了卧铺,你可以顺着梯子爬进去。他没看到周围有梯子,他猜他们把梯子收在储物间里了。储物间就在你走进来的那个地方。一上火车,他就看见那个列车员站在储物间前面,正在穿他那列车员的外套。黑兹立刻停下来,就停在列车员站的地方。

---

1 黑兹尔的简称。

转动的脑袋像，脖子后面像，短短的胳膊也像。列车员从储物间旁边走开，看着黑兹，黑兹看到他的眼睛，眼睛也像，一模一样——最初的一刹那，和老卡什的眼睛一模一样，再看又不一样。他看着这双眼睛时，它们就变得不同了：坚定而又冷淡。"你……你什么时候放卧铺？"黑兹啜嚅道。

"还早呢。"列车员说，又走进储物间。

黑兹不知道还能说什么。他继续朝前走，找到自己的座位。

现在，火车飞速前进，不时掠过一些树木，驶过一片片田野和一块正在相反方向加速变暗的静止的天空。黑兹把头向后靠在座位上，看着窗外，火车淡薄的黄色灯光照射着他。列车员经过四次，两次向前，两次向后。第二次向前走时，他锐利地看了黑兹片刻，但什么也没说，然后就走过去了。黑兹转过头，就像上次那样注视着他的背影。连步伐都像。峡谷里来的那些黑鬼都差不多。他们的特征非常明显——结实、秃顶，全身上下就像石头。当年，老卡什有两百磅重，身上没有一点儿脂肪，身高五英尺，顶多五英尺两英寸。黑兹想和列车员说说话。他如果对列车员说，我从伊斯特罗德来，那个列车员会说什么？列车员会说什么？

火车抵达埃文斯维尔[1]。一位女士上了车,坐到黑兹的对面。这意味着他下面的那个卧铺是她的。她说她觉得要下雪了。她说她丈夫开车把她送到车站,她丈夫说他到家之前还不下雪,那才怪呢。他有十英里的路要走。他们住在郊区。她去佛罗里达州看女儿。她以前没时间出这么远的门。事情一向就是如此,接二连三,日月如梭,你似乎根本就搞不清自己是老了还是正年轻。她一副时光欺骗了她的神情。她睡着了不能提防时,时光就以两倍的速度飞逝。黑兹很高兴有个人在这里说话。

他记得,他还是个孩子时,他和母亲以及其他小孩会去田纳西铁路线上的查塔努加[2]。在火车上,他母亲总是找话头和别人说话。她就像一只刚被放出来的捕鸟老狗,不停地奔跑,对每一块石头和每一根枝条都要嗅一嗅,停下来时,会吞咽身边任何事物周遭的空气。他们要下车时,她已经和车上所有人都说过话了。她也记得他们。许多年后,她会说她想知道那个要去韦斯特堡的女人如今在哪儿,抑或那个卖

---

[1] 美国中北部州印第安纳的第三大城市。
[2] 美国南部州田纳西和佐治亚交界处的一个小城。

《圣经》的男人是不是已经把妻子接出医院了。她渴望与人交往——好像她与之谈话的那些人的遭遇，也发生在她身上了。她姓杰克逊。安妮·卢·杰克逊。

我母亲姓杰克逊，黑兹心里想道。他已经不再听面前这位女士说话，尽管他仍看着她，她也以为他正在听。我的名字叫黑兹尔·威克斯，他说，我十九岁。我母亲姓杰克逊。我在伊斯特罗德长大，田纳西州伊斯特罗德；他又想起那个列车员。他打算和列车员攀谈几句。他突然想到，列车员甚至可能是卡什的儿子。卡什有个儿子跑了。那还是黑兹出生前的事。即便如此，列车员肯定知道伊斯特罗德。

黑兹瞥着窗外那些从他身边掠过的黑乎乎的影子。他可以闭上眼睛，回想夜色下的伊斯特罗德。他可以找到路两边的那两栋房子、一家店铺、黑鬼住的房子、一间牲口棚和一道延伸进草场里的栅栏——月光照射其上时栅栏呈灰白色。他可以把骡子的脸牢固地搭在栅栏上，让它挂在那儿，感受夜晚究竟是什么样子。他自己也感受着。他感受到夜晚轻轻地触摸他的全身。他看见他妈妈出现在小路上，用解下来的围裙擦着手，似乎已经换上睡衣。然后，她站在门口：黑——兹——，黑——兹——到这里来。火车替他回答了母亲的呼喊。他想站起来去找列车员。

"你是回家吗？"侯森太太问他。她的名字叫华莱士·本·侯森。结婚前，她姓希契科克。

"噢！"黑兹吃了一惊。他说："我在，我在托尔金汉姆下车。"

侯森太太在埃文斯维尔认识一些人，那些人有个亲戚在托尔金汉姆——一个叫亨利斯先生的，她记得是。黑兹既然来自托尔金汉姆，可能认识这位亨利斯先生。他听没听过……

"我不是托尔金汉姆人，"黑兹低声道，"我对托尔金汉姆一无所知。"他没去看侯森太太。他知道侯森太太接下来要问什么，而且感觉她就要问了。她果然问了："哦，你住哪里？"

他想从侯森太太面前走开。"就是那儿。"他含混道，在座位上扭动着。然后他说："我也不太清楚，我去过那儿，但……这是我第三次来托尔金汉姆。"他快速地说，侯森太太把脸凑上前，盯着他。"自从六岁之后，我就再也没来过。我对它一无所知。我曾在那里看过一场马戏表演，但不是……"他听见车厢尾部传来一阵当啷声，他看了看，想知道声音是从哪里发出来的。列车员正把卧铺部分的墙壁往外拉一点。"我要去找一下列车员。"他说,然后逃到走道上。他不知道自己要和列车员说什么。他来到列车员身边,仍然不知道自己要和他说什么。"我猜,你这是在弄卧铺。"他说。

"没错。"列车员说。

"你弄好一个要花多长时间?"黑兹问。

"七分钟。"列车员说。

"我是伊斯特罗德人,"黑兹说,"我是田纳西州伊斯特罗德人。"

"那个地方不在这条线上,"列车员说,"你如果是想去那个地方,那你坐错火车了。"

"我是要去托尔金汉姆,"黑兹说,"我是在伊斯特罗德长大的。"

"你想让我现在就把你的卧铺弄好吗?"列车员问。

"嗯?"黑兹说,"田纳西州伊斯特罗德。你没听过伊斯特罗德吗?"

列车员把座位的一边拉平。"我是芝加哥人。"他说。他拉下两边窗户的窗帘,接着把另一个座位拉下来。就连脖子后面都像。他弯腰时,脖子后面露出来,呈现为三块疙瘩。

他是芝加哥人。"你站在走道中央了。有人会想从你身边过去。"他突然转脸对黑兹说。

"我想我该去坐一会儿。"黑兹红着脸道。

他知道,他走回卧铺时,人人都在盯着他看。侯森太太看着窗外。她转过脸,犹疑地看着他。然后她说,还没下雪,对吧?接着她放松下来,说了一大段话。她觉得她丈夫今晚要一个人做饭了。她雇了一个小姑娘去给他做饭,但他只能自个儿做今天的晚饭了。她不觉得偶尔做饭会对男人有什么伤害。她觉得这样对丈夫有益。华莱士不懒,但认为一天到晚做家务也不会得到什么。她不知道到了佛罗里达,让人伺候着是什么感觉。

他是芝加哥人。

这是侯森太太五年来头一次度假。她五年前去大瀑布城[1]看过姐姐。时光飞逝啊!她姐姐已经离开大瀑布城,搬到滑铁卢[2]。现在再让她看见姐姐的小孩,她肯定认不出他们。她姐姐写信说,他们已经和他们的父亲一样高大。事情

---

1 美国西北部州蒙大拿的一个城市。
2 美国中北部州艾奥瓦的一个城市。

变化得真快啊,她说。她姐姐的丈夫从前在大瀑布城的城市自来水公司工作——职位不错——但是在滑铁卢,他……

"我上次回去过那儿,"黑兹说,"如果它还在那儿,我就不会在托尔金汉姆下车。它被分开了,就像,你知道的,它……"

侯森太太皱了皱眉。"你想到的肯定是另外一个大瀑布城,"她说,"我说的大瀑布城是个大城市,一直就在原来的地方。"她盯着他看了一会儿,然后继续说道:他们在大瀑布城时过得很好,但是到了滑铁卢,他忽然酗酒。她姐姐只能一个人供房子、教育小孩。侯森太太实在不明白,他怎么能年复一年地坐在家里喝酒。

黑兹的母亲在火车上从来不多说话,她主要是听别人说。她姓杰克逊。

过了一会儿,侯森太太说她饿了,问他想不想去餐厅。他想去。

餐厅车厢满了,一些人在排队。黑兹和侯森太太在队伍里站了半小时,他们在窄窄的走道上摇摇晃晃,每隔几分钟就要歪向一边,让别人挤过去。侯森太太和她旁边的一位女士攀谈起来。黑兹茫然地盯着墙壁。他绝不会有勇气独自到餐厅来。能遇见侯森太太，真是幸运。如果她没有一直说话，他会主动告诉她，他上次去过那儿，那个列车员不是那儿的人，但他看起来很像峡谷里的黑鬼，很像老卡什的儿子。他会在他们吃饭时告诉她。从他所站的地方，他看不到餐厅里面，但想知道里面是什么样子。和餐馆差不多，他猜。他想到卧铺。等他们吃完饭，卧铺大概已经准备好，他可以钻进去了。妈妈如果知道他在火车上睡卧铺，会说什么呢！他敢打赌妈妈从未想到会发生这种事。他们接近餐厅门口时，他可以看到里面了。就像城里的餐馆！他敢打赌妈妈从未想到它会是这个样子。

每次有人离开餐厅——有时是一个人，有时是好几个人——领班就会对站在队伍最前头的人招手示意。现在，他示意两个人进去，队伍移动了一点，黑兹、侯森太太及侯森太太攀谈的那位女士站在餐厅的门口，朝里看了看。一分钟后，又有两个人离开。领班招了招手，侯森太太和那位女士进去，黑兹跟在她们的后面。那人拦住黑兹，说："只有两个座位。"然后他又把黑兹推回到门口。黑兹的脸又红又难看。他极想走到后面那个人的身后，接着又极想穿过队伍，回到他来的那节车厢。但是餐厅门口人头攒动。他不得不站在那儿,任由周围的人看着他。一时间,没有人离开,他只能站在那里。侯森太太没有再看他。最后,坐在餐厅另一头的一位女士站起来,领班伸出手,黑兹犹疑着,看见那只手又伸出来了。他沿着过道歪歪斜斜地朝那个座位走,中途撞上两张桌子,手也被某个人的咖啡弄湿了。他看都没看和他坐在一起的人。他点了菜单上的第一样东西,饭菜送来后,他根本没去看它是什么就吃起来。和他坐在一起的几个人已经吃好了,而他知道,他们坐着,看着他吃。

走出餐厅时,他感到很虚弱,双手不由自主地做出一些紧张不安的小动作。看着那个领班示意他坐下似乎已是一年前的事。他在两节车厢之间停下,吸点冷空气,以清醒清醒头脑。果然有效。他回到自己的那节车厢时,所有的卧铺都已经准备好了。走道黑暗阴森,悬在浓重的绿色里。他又意识到自己有个卧铺,上铺,而且他现在可以钻进去了。他可以躺下来,把窗帘拉起一点,看看外面,观察观察——这是他原来的打算——看看万物在夜晚如何经过一列火车。他可以移动着直视夜晚。

他拿着大袋子,来到男盥洗室,换上睡衣。一块标牌说,请找列车员,协助您到上铺。那个列车员可能是峡谷里某个黑人的亲戚,他突然想到,我可以问问,他在伊斯特罗德,或者在整个田纳西州,有没有亲戚。他在过道上走着,寻找列车员。他可以在钻进卧铺之前和列车员简短地谈一谈。列车员不在车厢的那一头,于是他又回来,到另一头看看。绕过拐角时,他撞上一件沉重的粉红色东西。那东西喘息着咕哝道:"真笨!"原来是包裹在粉红色睡衣里、头发打成结盘在脑袋上的侯森太太。他已经忘了侯森太太。她的样子很可怕,头发油光水滑,被梳到后面,一撮撮的,就像黑色的毒蘑菇一样框在脸的两边。侯森太太想从他身边过去,他也想让她过去,但他们总是每次都朝同一个方向移动。她的脸涨紫了,仅剩一些白色的小斑点尚未充血。她挺直身体,站着不动,然后说:"你怎么回事啊?"他从侯森太太身边溜过去,跑到走道上,冷不防地撞在列车员身上。列车员摔倒,他跌在列车员身上,列车员的脸就在他脸的下面——那是老卡什·西蒙斯的脸。因为想着这人就是卡什,须臾,他无法从列车员身上离开,低声说:"卡什。"列车员把他推开,站起来,沿着过道迅速往下走了,黑兹匆忙爬起来,跟在后面,说他想到卧铺上去,同时心里想着,这人是卡什的亲戚。接着,他就像被一件自己看不见的东西击中,突然想到:他就是卡什跑掉的儿子。而且,他知道伊斯特罗德,但是不喜欢那个地方,不想谈起它,也不想谈起卡什。

列车员安放通向卧铺的梯子时,他站在那儿凝视着。他爬梯子时,仍看着列车员,看到了卡什。列车员和卡什并非完全一样,可不同之处不在眼睛里。爬到梯子的中间时,他回过头来看着列车员,说:"卡什死了。他从猪身上感染了霍乱。"列车员耷拉着嘴,眯起眼睛看着黑兹,咕哝道:"我是芝加哥人。我父亲是铁路工人。"黑兹盯着他,然后大笑:黑鬼当铁路"工人"。他笑着,列车员胳膊一扭,猛地抽回梯子,黑兹不得不抓着床单,爬到卧铺上。

他趴在卧铺上,因为刚才的惊吓而颤抖。卡什的儿子。伊斯特罗德人。但是不喜欢伊斯特罗德。讨厌它。他一动不动地趴了一会儿。他在走道里跌在列车员身上似乎已是一年前的事。

过了一会儿,他想起自己确实已经到了卧铺上。他翻过身,看到灯光,然后看看四周。没有窗户。

边墙上没有窗户。这面墙并没有被推起来,变成一扇窗户。墙里面也没藏着窗户。边墙上绵延着一件渔网似的东西,但那不是窗户。刹那间,他突然想到,是列车员干的——给了他这个没有窗户、只挂着一张渔网的卧铺——因为列车员讨厌他。可是，所有卧铺肯定都这样。

卧铺的顶部是低低的穹盖。他躺下来。弧形的顶部看起来好像没有关牢，又像是正在关闭。他静静地躺了一会儿。喉咙里有东西，像海绵一样，有鸡蛋的味道。他吃了几个鸡蛋当晚饭。它们就在喉咙里的海绵内。它们就在他的喉咙里。他不想翻身，因为怕它们会动起来。他想要灯灭掉，他想要黑暗。他没翻身就伸出手，感觉到按钮，拍一下，黑暗立刻下沉到他的身上，接着又退去一点儿，因为走道里的灯光从没关闭的缝隙里照射进来。他想让卧铺里漆黑一片，他不想黑暗被稀释。他听见列车员的脚步声从走道传来，轻柔地陷入地毯。他步伐平稳，擦着绿布幔，走到另一头。声响逐渐低弱，然后听不见了。他是伊斯特罗德人。他是伊斯特罗德人却讨厌伊斯特罗德。卡什不会认他的。他不会想要这样的儿子。他不会想要一个白猿一样的人，穿着白色外套，口袋里装着小扫帚。卡什的衣服看起来就像是被石头压过一会儿，闻起来有黑鬼的气味。他想到卡什的气味。列车员闻起来是火车的气味。伊斯特罗德再也没有峡谷来的黑人了。没有了。他在路上转过身，在黑暗中，或曰半明半暗中看见店铺的门板,牲口棚大开着,里面漆黑一片,那所小一点的房子已经有一半被运走,门廊不见了,门厅里的地板也没有了。上次离开佐治亚的军营时,他本该趁着休假去托尔金汉姆的姐姐家,但是他不想去托尔金汉姆,于是回到伊斯特罗德,尽管他知道那里是什么样子:两家人散落到各个城市,就连那条路前前后后的黑鬼都去了孟菲斯[1]、默弗里斯伯勒[2]和其他地方。他回到那里,睡在房子里厨房的地上,一块木板从房顶掉下来,砸在他的头上,划伤了他的脸。他跳起来,碰到那块木板。火车摇摇晃晃,停住,继而又前进。他在房子里四处瞅瞅,看他们有没有落下什么该带走的东西。

他妈妈总是睡在厨房里,把她那胡桃木衣橱也放在那里。这一带只有这么一个衣橱。她姓杰克逊。衣橱是她花三十美元买的,她再也没买过别的大件。他们把它留下了。他猜,他们的卡车没有地方放这东西。他打开所有的抽屉。最上面那格里有两根捆扎用的长绳,其他抽屉里空无一物。他感到惊讶,居然没有人把这样一个衣橱偷走。他拿出捆扎

---

[1] 美国田纳西州西南部的一个城市。
[2] 美国阿肯色州、北卡罗来纳州和田纳西州均有使用该名的城市,此处当指田纳西州的默弗里斯伯勒。

绳，把所有的橱腿绑到地板块上，并在每一个抽屉里留下一张字条："该衣橱归黑兹尔·威克斯所有。不要妄图偷走，否则你将遭到追杀。"

知道衣橱能有点保障，她会放心一些地安息了。她晚上什么时候想出来看看，就能看见它了。他想知道她是否在晚上出来过，并去了那里——脸上带着那种表情，不安，东张西望，走上那条小路，穿过四面敞开的牲口棚，在上了门板的店铺的阴影里停下，然后又不安地朝前走，脸上是他透过越来越窄的缝隙所看到的那种神情。他们给她盖上棺材盖时，他透过缝隙看到她的脸，看见阴影落在她的脸上，让她的嘴巴看起来像是耷拉了下来，好像她并不想安息，好像她要跳起来，推开盖子，像一个寻求满足的灵魂似的飞出去。但他们把盖子盖了下去。她也许会从那里飞出来，也许会跳起来——他觉得她就像一只可怕的巨型蝙蝠，会从慢慢变窄的缝隙里钻出来——从那里飞出来。但黑暗落在她的身上，棺材盖永远地合上了，合上了。他从里面看见棺材盖正在合上，越来越近，越来越往下，切断他透过窗户、透过不断变暗并越来越快地变窄的缝隙所看到的光线、房间和树木。他睁开眼，看见棺材盖正在往下合上，于是他从缝隙间跳起来，挤出去，悬在那里，移动，晕晕乎乎。火车微弱的灯光幽幽地照射出下面的地毯，移动，晕晕乎乎。他悬在那里，湿淋淋、冷冰冰，看见车厢另一头的列车员，黑暗中的一个白色影像，站在那里，看着他，一动不动。铁轨转弯，他又病恹恹地落进火车极速奔驰的寂静中。